O TEMPO DAS CEREJAS

MONTSERRAT ROIG

O tempo das cerejas

Tradução do catalão
be rgb
Meritxell Hernando Marsal

1ª reimpressão

COMPANHIA DAS LETRAS

A tradução desta obra teve o apoio do Institut Ramon Llull.

institut ramon llull

Grafia atualizada segundo o Acordo Ortográfico da Língua Portuguesa de 1990, que entrou em vigor no Brasil em 2009.

Título original
El temps de les cireres

Capa
Bloco Gráfico

Foto de capa
suteishi/ Getty Images

Preparação
Silvia Massimini Felix

Revisão
Érika Nogueira Vieira
Luís Eduardo Gonçalves

Dados Internacionais de Catalogação na Publicação (CIP)
(Câmara Brasileira do Livro, SP, Brasil)

Roig, Montserrat, 1946-1991.
O tempo das cerejas / Montserrat Roig ; tradução be rgb, Meritxell Hernando Marsal. — 1ª ed. — São Paulo : Companhia das Letras, 2025.

Título original: El temps de les cireres.
ISBN 978-85-359-4205-7

1. Ficção espanhola I. Título.

25-283089 CDD-863

Índice para catálogo sistemático:
1. Ficção : Literatura espanhola 863

Cibele Maria Dias – Bibliotecária – CRB-8/9427

EDITORA SCHWARCZ S.A.
Rua Bandeira Paulista, 702, cj. 32
04532-002 — São Paulo — SP
Telefone: (11) 3707-3500
www.companhiadasletras.com.br
www.blogdacompanhia.com.br
facebook.com/companhiadasletras
instagram.com/companhiadasletras
x.com/cialetras

Para Quim Sempere

PRIMEIRA PARTE

Brejos

Tempo perdido. Tempo perdido. Tempo perdido.
Repetir as mesmas palavras para profundidades maiores,
é talvez se despir para encontrar o caminho
do outro lado.
Brejos.

Joan Vinyoli

Quando Natàlia voltou para Barcelona, preferiu ir ao apartamento de tia Patrícia, que ficava na Gran Via perto da rua Bruc. Seu irmão Lluís, casado com Sílvia Claret havia dezoito anos, morava na parte alta da cidade, em um duplex da rua Calvet, perto da Via Augusta. No entanto, não iria ao apartamento do irmão, não por Sílvia, com quem compartilhava ao menos o gosto pela cozinha, mas por Lluís. Natàlia, que tinha se esquecido de muitas coisas durante os doze anos de ausência, não conseguira apagar da memória o sorriso zombeteiro de Lluís quando teve que levá-la às pressas à clínica em seu carro. Natàlia estava quase desenvolvendo uma septicemia, se você quer trepar, vá em frente, mas pense nas coisas antes e use a cabeça, dissera-lhe então, enquanto ela se contorcia de dor no baixo-ventre.

Natàlia achou o aeroporto maior, mais claro e com muito mais tráfego do que como o imaginara. Gente de todo tipo passeava ali, havia movimento, e os sinalizadores luminosos apontavam para entradas e saídas de aviões com bastante frequência. Enquanto esperava que a esteira de bagagem trouxesse sua mala e duas bolsas, "bagagem pobre", Natàlia olhava distraída para as pessoas ao seu redor. O homem que lhe contou sobre as grandes vantagens da colônia Puig, "exportamos para toda a Europa, uma colônia catalã que deu a volta ao mundo", por sorte se posicionara no outro extremo. As duas freiras irlandesas olhavam de soslaio e esperavam bem juntas. A mulher que tinha lábios vermelho-fogo, como uma modelo dos anos 50, olhava com deleite para as janelas do hall, "deve estar procurando alguém?", o senhor que lia o *New Statesman*, que fumava seu cachimbo e fazia pose de professor do Instituto Britânico, comparava sua hora com a do relógio do aeroporto. Por fim as malas chegaram e as formigas-passageiros se enfileiraram com disciplina, e com mais ou menos sonolência, na direção das portas que davam para fora. Natàlia Miralpeix duvidou por um momento: podia pegar o ônibus da Iberia, que a deixaria na Plaça d'Espanya, ou ir de táxi. Tinham sobrado umas pouquíssimas libras esterlinas com ela, "pobre Jimmy, seu capital", e as trocou no aeroporto Heathrow. Por sorte, a libra andava cada vez mais cara e lhe rendeu um bom câmbio.

Ergueu o braço e um táxi parou. Virou-se para dar uma última olhada no aeroporto. Reconheceu os traços mágicos e supostamente infantis de Miró e sorriu, "já estou em casa". Entrou no carro, "para a esquina da Gran Via com a Bruc". Pelo espelho retrovisor via os olhos cinza-escuros do taxista. Uns olhos que a observavam de tempos em tempos, "não sei que imagem passo. É tão estranho uma mulher de quase quarenta anos que viaja sozinha? Talvez sejam meus jeans...". Jimmy, que andava ainda mais esfarrapado que ela, a fez comprar a calça no mercado de Portobello. Se tem uma coisa em você que é bonita, é sua bunda, lhe disse, você tem uma bunda de toureiro e essa calça, quanto mais apertada, melhor. O céu de Barcelona tinha aquele cinza compacto, pesado, frequente na primavera barcelonesa. Parecia que as nuvens, inteiras, desciam aos poucos até tocarem as bordas das árvores. Era céu de dor de cabeça e de sono. O que cairia bem seria uma boa tempestade, o taxista disse enquanto seus olhos se dirigiam a Natàlia. Ela só via do taxista uma nuca estreita e enrugada, uma nuca que tinha dobras até se encontrar com o começo das costas, e, através do espelho, apenas a faixa do rosto que vai da testa até a parte superior do nariz. A paisagem era atravessada por carros em ferros-velhos, cores cinza e amarronzadas, motores destroçados, cestas metálicas de supermercado, folhas sujas de poeira, deslizamentos nas margens da estrada, árvores moribundas e a ermida de Bellvitge engolida por enormes prédios enfileirados. Natàlia olhou os ciprestes da ermida, cobertos de poeira, e pensou naqueles dias amarelos em que ia ao local com seu pai. Os carros passavam velozes, quase colados ao táxi, "já me disseram: você vai ver como há mais dinheiro". Natàlia subiu o vidro da janela.

Fazia dois dias que tinham matado Puig Antich, e Natàlia se dizia, não sou tão boba a ponto de esperar encontrar um aroma especial. Lembrou-se dos olhos desolados de Jenny, a nova amiga de Jimmy. "Tinha ido lá para me despedir. Na noite anterior, preparei aquele frango assado que sei fazer tão bem. Você pega o frango, pede para limparem por dentro, enfia dois cubinhos de caldo Maggi ou algo do tipo, e também um limão com as extremidades cortadas." Explicou a Jenny, porque Jimmy gostava muito desse prato. Você cozinha muito bem, Natàlia, ele sempre lhe dizia quando viviam juntos em Bath. "Tinha tomado um porre de sangria, será que coloquei gim demais? E depois sabia que ia passar mal do fígado. Não posso comer tanto arroz, ele me estufa a barriga e custa a digerir. Outra coisa é que os frangos ingleses são muito mais gordurosos que os nossos. Antes da sangria, tomei umas três taças de xerez e, depois, o vinho tinto horrível que vendem nos pubs, vinho que vendem em garrafas enormes. Mas o Jimmy queria sangria." É nossa despedida, *isn't it*?, ainda que a Jenny esteja lá... Ainda que Jenny estivesse lá, Natàlia fez o frango assado com um limão dentro, e a senhora Jenkins foi muito amável, pois a deixou usar seu forno para assar o frango. *My dear, I see*... disse-lhe a gordinha senhora Jenkins com um sorriso todo compreensivo. Os ingleses compreendem tudo e te deixam usar o forno quando se trata de uma despedida. Jimmy fora amável e duas ou três vezes, meio de brincadeira, meio a sério, a beijara. Jenny preparou a mesa e esquentou os pratos antes para que não tivessem de comer o frango com arroz frio. A noite foi *very nice, indeed*, e Natàlia pôde comprovar que Jimmy tinha mudado muito, de fato. Agora já tinha seu cargo dos sonhos na cidade em que nasceu, Liverpool, e se lembraria da estadia conjunta na pequena cidade de Bath "como uma das mais maravilhosas da minha vida, te juro" e tinha dito um *I promise you* tão sério e concentrado que Natàlia não conseguiu deixar de rir. Jimmy disse isso enquanto tomavam o *cream tea* com *scones*, os doces escoceses, na Pump Room, o salão de teto neoclássico e de amplos janelões que dá para os antigos banhos romanos. Enquanto Jimmy passava manteiga e geleia em um *scone*, Natàlia lhe dizia que Jenny era simplesmente encantadora, além de ser a mulher mais conveniente à nova fase de sua vida. Isso já estava bem entendido. Jenny era um Hogarth puro, as bochechas de uma tênue cor rosa, o queixo decidido, os olhos de gatinha, morena, e um nariz que ficava vermelho com frequência. A pele delicada e branca, sempre prestes a rachar. Quando a conheceu, Natàlia pensou que tinha o mérito de ser morena e pequena, de ter os olhos vivos e risonhos e, sobretudo, um narizinho de rato que adquiria em seguida umas tonalidades avermelhadas graças ao frio. Um filme inglês era fácil de reconhecer, e não apenas pelos prados imensos e pelas casas de ladrilho, mas pelo nariz das atrizes. Um nariz como o de Samantha Eggar em *O colecionador*, o filme que fez com que Natàlia se apaixonasse pelo bairro de Hampstead, não era nada fácil de esquecer. Você precisa ir?, Jimmy lhe perguntou passando creme no doce escocês. Natàlia disse que sim, e falou de novo enquanto passeavam perto do rio Avon — foram os cisnes que fizeram Natàlia chorar, ainda hoje não sabe por quê —, Natàlia acreditava que sim, tinha que ir, precisava voltar para Barcelona. Se não fizer isso agora, nunca vou fazer, já passei quase doze anos fora de casa. Por que está voltando, Natàlia? ele perguntou, e ela disse, não sei.

Natàlia tinha ido, então, à casa de Jenny no dia seguinte ao da despedida. Deixara ali a assadeira do frango e precisava devolvê-la para a senhora Jenkins. Foi nesse momento que Jenny lhe disse, escutei na rádio, parece que executaram um anarquista espanhol, Puchantik, acho que se chama assim. Natàlia deixou a assadeira cair em cima da saia — naquela manhã comprara uma saia comprida de veludo cotelê preto, a última, tinha jurado — e se sentou no braço de uma das poltronas que davam para a lareira de Jenny. Jimmy, a princípio, tinha lhe dito que não iria morar na casa de Jenny, mas havia um pequeno jardim, uma tentação, pois às vezes aparecia ali alguma gaivota meio perdida que vinha do mar; de fato, faltavam apenas quatro semanas para ir a Liverpool e talvez, sim, acabasse casado com Jenny. Jenny tinha a idade de Jimmy, vinte e cinco anos, era natural. Natàlia ficou um bom tempo em silêncio. Jenny se espantou um pouco e abriu os olhos de gatinha. Não sabia o que fazer, pois Natàlia tinha se calado. *Oh, my dear! Did you know him?*, vai saber o que se passava pela cabeça de Jenny ao ver Natàlia daquele jeito.

Mas é que Natàlia não tinha como explicar nada a Jenny; podia dizer a ela, sabe, é como aquilo da madalena de Proust, essa morte, agora que estou voltando... E é que Natàlia tinha ido embora no mesmo ano dos distúrbios nas Astúrias — Emilio e ela cantaram aquele hino *Asturias, patria querida* e *Astúries, llibertat!* pela Rambla de Barcelona até ficarem roucos — e da prisão de Grimau. Grimau, a quem executaram no ano seguinte e que dissera que sua morte deveria servir para ser a última das vítimas do fascismo... E agora matavam Puig Antich. Sabia que Puig Antich foi preso bem perto da sua casa, no nosso bairro? Imagine só, no pacífico e tranquilo Eixample, dizia-lhe em uma carta Blanca Cortades, a única pessoa de Barcelona que lhe escreveu com certa regularidade durante os doze anos de exílio voluntário em Paris e em Londres. Natàlia não contava a estadia em Roma como um tempo de exílio porque foi uma época de felicidade com Sergio e, além disso, ela não precisou trabalhar porque tia Sofía de Cuernavaca, a tia de Sergio, tinha deixado para ele uma boa herança. Os dias que Natàlia passou com Sergio no Trastevere eram verdes e ela nunca se esqueceria dos passeios pelos velhos palácios do Renascimento repletos de roupas estendidas, os gatos que escapuliam por entre as ruínas, a relva que se embrenhava pelas janelas do Cinquecento, a pintura ocre, desbotada, das casas. Aquela foi uma época de amor e de melancolia, mas isso já é outra história... Como dizia, então, Blanca tinha lhe contado com todos os detalhes a história de Puig Antich e dos jovens anarquistas, mas ela acreditava que não chegariam a matá-lo. Corriam boatos de que apareceria um indulto na última hora e que todo mundo tinha intercedido por ele, desde o abade de Montserrat até o papa. E assim, semana após semana, chegava o Conselho de Ministros das sextas-feiras e Franco e seu governo não davam o *enterado*.* Vão deixar o assunto morrer, Blanca acreditava, não podem matá-lo agora, pois estamos quase entrando no Mercado Comum Europeu, conforme dizem. Embora o pai de Blanca, jornalista de renome, opinasse que enquanto a esquerda tinha certeza de que não matariam Puig Antich, a direita — e não a ultra, mas a civili-

* Não emitiam a ciência/conformidade com a sentença. (Todas as notas de rodapé são da tradução.)

zada — temia muito que houvesse uma execução. Como você pode ver, Blanca continuava, meu pai continua acreditando que a esquerda deste país é muito inocente. Aqui, Blanca dizia, há um clima que vai da calma à inquietação, mas todo mundo se aferra ao indulto. Não podem matá-lo, não pode ser, repetia em sua última carta.

No domingo depois da execução, e um dia antes de partir da Inglaterra, Natàlia foi até Reading. Fazia um dia esplêndido. O ar estava limpo e os prados vicejavam cheios de luminosidade. Os casais ingleses passeavam junto ao Tâmisa e os cisnes deslizavam, majestosos. As crianças e os cães se perseguiam mutuamente pelo gramado dos prados e se derrubavam até se confundirem. Natàlia fotografou tudo: os prados no encalço do rio, os botes e as crianças, os cães e os cisnes, a ponte, as casas de ladrilho vermelho e a prisão de Reading. Ao lado de uma das fábricas mais antigas do condado, a fortaleza se erguia, uma prisão vitoriana bastante sombria, com torreões nos quatro cantos e uma entrada enorme que parecia o pórtico de um castelo. Procurando "contemplar a tenda azul que os prisioneiros/ De céu usam chamar", passeou dentro daquela fortaleza o condenado à morte de Oscar Wilde: "Já a forca, onde a serpente finca embaixo o dente,/ É uma árvore de luto;/ E, verde ou ressequida, lá se perde a vida/ Bem antes que dê fruto".* Natàlia, que gostaria de ter escrito o que sentia naquele momento, buscou um ângulo que reunisse a luminosidade de um dia tão belo e pensou em Puig Antich, que já não daria nenhum fruto. Foi Jimmy quem lhe falou com mais fervor sobre Oscar Wilde, o escritor que descobriu "a vida quando começava

* Oscar Wilde, *Balada do cárcere de Reading*. Trad. de Paulo Vizzioli. São Paulo: Nova Alexandria, 1997. De agora em diante, todas as citações da balada serão desta tradução.

a perdê-la".[*] "E eis o som da oração que o laço do carrasco/ Estrangulou num grito./ Somente eu conheci a dor que o fez berrar/ Com amargor tão forte,/ E os remorsos violentos e suores sangrentos/ De sua negra sorte:/ Quem vive mais do que uma vida também deve/ Morrer mais que uma morte."

Naquele domingo fazia muito calor; Natàlia deixou a Leika de segunda mão em cima do gramado e descansou. Olhou para a tenda azul, tão grande, e as codornas que se enfileiravam e faziam círculos ao redor dos salgueiros-chorões. Como todos os domingos, Natàlia comprou o *Sunday Times*. Ao lado de Wilson, que como sempre fazia carinho em seu cão e como sempre estava com seu cachimbo, e ao lado do inefável e leitoso Jeremy Thorpe, com cartola e passeando por Eton com seus pais quando tinha quinze anos, ali estava a notícia da morte de Puig Antich e do polonês Heinz Chez. "*Two police killers garrotted in Spain*",[**] os primeiros civis executados em onze anos. Quando Natàlia foi embora da Catalunha, Puig Antich tinha treze anos.

Diga, Natàlia, Jenny perguntou naquela noite — encontraram-se de novo na casa de Henry, nascido em Gibraltar —, o que é o garrote vil? Jimmy, que sabia de tudo, respondeu: o garrote consiste em uma correia de ferro, uma cadeira e uma estaca também de ferro. Acorrentam a vítima à cadeira, que está presa à estaca. Passam a correia ao redor do seu pescoço, e o carrasco aperta forte a coleira enquanto gira um parafuso que rompe a medula espinhal. Procurei na *Britannica* hoje, acrescentou. E o pescoço faz "creeeec", Henry disse enquanto encarava Jenny para ver que expressão ela fazia. Ah, cale-se, não me assuste!, ela disse.

Natàlia passara por Reading porque antes de ir embora da

[*] Não sabemos se se trata de um verso da balada, de outra obra de Wilde ou de sua fortuna crítica.

[**] Dois assassinos de policiais são garroteados na Espanha.

Inglaterra queria dizer adeus ao tio de Jimmy, o senhor Philip Hill. Ainda era cedo quando chegou à sua casa, havia uma neblina baixa e o dia despertaria mais tarde. O senhor Hill aparava a grama do pequeno jardim e tirou com muita cerimônia suas pequenas luvas de borracha para apertar a mão de Natàlia. Era a primeira vez que lhe dava a mão. Não será o último adeus, não é?, disse-lhe tio Philip, um homem gordinho e de rosto linfático. Tinha pele cor de pêssego jovem e olhos de uma aquosidade transparente. Natàlia disse, ah, suponho que não, e depois não soube o que dizer, e isto que o senhor Hill lhe dera tanto, mais que ninguém neste mundo: ensinou-lhe uma profissão, a fotografia, deu-lhe as ferramentas para se virar na vida. Ninguém, nem Sergio, que a amara, nem Jimmy, que descobrira o mundo dos sentidos para ela, nem Emilio, que abrira seus olhos, lhe dera nada tão valioso como o bom tio Philip, que não sabia quase nada de seu país nem de seu passado. Agora, Natàlia sabia que podia ser de fato independente, e escolher os objetos e o entorno de sua vida. Se não, dizia a si mesma, o que faria com meus trinta e seis anos? Ou puta, ou me casar. É claro que tio Philip não fazia ideia de quem era Puig Antich — por que haveria de saber, ele que já terminou seu trabalho neste mundo e pagava seus impostos para dar longa vida a sua majestade Elizabeth II? —, mas comentou um pouco por cima que agora encontraria o país um pouco conturbado. Não leu o *Sunday Times*? Executaram um anarquista, que forma mais canibal de matar, não é? Todas as formas são canibais, se você pensar bem, mas é que o pobre tio Philip conhecia a Espanha apenas de ouvir falar, não gostava dos países quentes, eu prefiro o frio, costumava dizer. Natàlia teve trabalho para lhe explicar que Barcelona não ficava perto de Torremolinos. O senhor Hill se especializara em fotografia marinha e tinha passado metade da vida com os bacalhoeiros que navegam pelo norte da Inglaterra e pela costa da Noruega. Quando Jimmy lhe apresentou o tio, Natàlia comentou que isso de fotografar devia ser maravilhoso — fazia pouco tempo que tinha visto *Blow-Up* de Antonioni — e que gostaria muito de aprender. Tio Philip a encarou com seus olhos de água-marinha e disse, então vamos. Estou entediado, não tenho quase trabalho e vou te ensinar a compreender uma fotografia, a dar valor a uma imagem, o que parece fácil, mas não é.

Na segunda de manhã ainda estava em Bath e ao meio-dia se encontrava dentro de um táxi que se dirigia à casa de tia Patrícia. A imagem da Plaça d'Espanya, com a mona de Páscoa no meio, lhe pareceu mais suja e feia que nunca. Talvez fosse o dia, que estava mais ou menos. Ao redor da praça, havia uma confusão de carros e ônibus — quando ela foi embora de casa, ainda havia bondes —, e o taxista começou a xingar. De ambos os lados da avenida que ia para Montjuïc, havia uns enormes outdoors com retratos de Mao, Lênin e Che: *¿Sabe usted por qué hicieron la revolución? Historia de las revoluciones... la respuesta* (*en fascículos coleccionables*).* Escutavam-se buzinas por toda parte e o ruído crescia quando um guarda de trânsito, com a nuca vermelha como um pimentão, andava de um lado para outro. "Seu apito parece um pintassilgo rouco." O taxista, que estava acostumado, se armou de paciência e começou a falar com Natàlia sobre a época em que não havia tantos carros, agora, quanto você ganha por corrida? Porcaria. Se ao menos dessem um desconto na gasolina. O homem era murciano, de Albacete, e Natàlia, que há tempos não falava catalão, gostou de escutar como o taxista falava sua língua, um catalão de sonoridade valenciana. Olha, não sei se você está longe há muito tempo... doze anos? Caramba! Pois você vai perceber como tudo mudou por aqui. Eu fui bucha de canhão, sabe... quantos anos você me daria? Cinquenta, né? Pois tenho

* Sabe por que fizeram a revolução? História das revoluções... a resposta (em fascículos colecionáveis).

quarenta e dois e o único desejo que tenho é que meus filhos não precisem passar por poucas e boas como eu. Lá na minha cidade eles pegavam as batatas. Eles, quem quer que fossem? Pois os que venceram... Os olhos cinza do taxista já não lhe pareciam tão metálicos, mas de céu nublado.

Tinha enviado um telegrama para tia Patrícia, "chego na segunda. Não se assuste, vou ficar na sua casa até encontrar um apartamento para mim". Não ousava acrescentar que chegava sem dinheiro, mas Patrícia era sua madrinha e sempre dissera que ela era sua preferida, embora Natàlia, quando era pequena, tivesse um gênio ruim e a deixasse brava muitas vezes. Tia Patrícia sempre dizia que Natàlia era uma mistura de sua irmã Paquita — que morreu como um trapo, mas fora uma preciosidade, ai, Senhor: encontraram-na embrulhada em folhas de jornal, ela que fora tão rica, mas gastou toda a fortuna do seu defunto marido com canalhas; seus caprichos eram toureiros e dançarinos de flamenco, e chegaram a dizer que tinha algo com seu cunhado, um jovem dominicano —, uma mistura, então, de Paquita com Kati, a excêntrica da Kati, que se suicidou em 1939 e que Deus a tenha perdoado. Enquanto Natàlia estava sabe Deus onde no mundo, e por que não escrevia?, a pobre Patrícia ficou viúva do poeta Esteve Miràngels — tia Sixta sempre dizia que o sobrenome não combinava com Esteve porque em vez de olhar para os anjos, ele gostava de olhar para outras coisas... —, e também morrera Judit, que teve um derrame em 1958. Por alguns anos, Judit viveu inerte sem atividades cerebrais até que uma hemorragia a levou de vez. Como o pai de Natàlia ficou sozinho, deixou de alugar seu apartamento e foi morar com Lluís e Sílvia. Foi assim que Sílvia lhe explicara em uma carta. Nesses doze anos em que esteve fora, Natàlia viu Sílvia e Lluís apenas duas vezes. A primeira foi em Paris, em uma rápida viagem de Lluís na qual levou Sílvia; a segunda em Londres, em uma Semana Santa. Natàlia e

Sílvia passearam por Londres, vasculhando butiques e lojas de departamento. Sílvia, como era de costume, contou sua vida para Natàlia e ficou muito entediada na Tate Gallery. Você já sabe, eu não entendo nada de pintura, o que posso fazer? Acabaram falando de comida. Lluís esteve em Londres às escondidas por um fim de semana para se encontrar com uma americana que conhecera em Barcelona, no museu Picasso. Mas nem Natàlia nem Sílvia tinham conhecimento algum dessa viagem. Natàlia, então, ficou sabendo das novas da família através dessas viagens escassas e de algumas cartas de Sílvia e Patrícia, escritas em castelhano. Natàlia nunca escreveu para o pai e Joan Miralpeix não perdoou a filha por não ter voltado para o enterro de Judit.

De toda forma, e apesar de ter pensado muito pouco nisso por doze anos, é fato que Natàlia sentiu algo como um vazio no estômago quando o táxi a deixou diante da portaria de tia Patrícia, na Gran Via entre a Bruc e a Girona. Tudo estava igual a antes, a mesma escada de mármore, o corrimão que dobrava para a esquerda, a imagem modernista de bronze que segurava um globo, a grade da portaria, o teto cromado, os puxadores dourados e reluzentes, os vidros esmerilhados, a peça de ferro feita para tirar o barro das botas — quando os senhores de Barcelona nem sonhavam com as ruas asfaltadas —, o tapete comprido e estreito cor de romã um pouco carcomido nas bordas... Tudo estava no lugar, os objetos polidos, o silêncio da escada, os cheiros, o mármore reluzente, embora os degraus estivessem um pouco lascados. Da grade da portaria saiu um menino que corria, um menino com cabelo longo e penas indígenas ao redor da testa. Usava uma bata escolar com listras azuis e cinto mais escuro. "Será da Constància?", Constància tinha dez anos quando ela foi embora.

O andar principal tinha os puxadores dourados, bem reluzentes, e também um olho mágico e o Sagrado Coração. Tudo fora lustrado e relustrado com Netol. Natàlia sorriu. Tia Patrícia, sempre tão limpa. Tocou a campainha, tinham trocado por uma sineta que fazia um ring bastante brega. Escutou primeiro uma corrente que saltava, depois um trinco que erguiam, barulho de ferraria e alguém que observava pelo olho mágico, quem é?, mas Natàlia não teve tempo de responder, pois a porta logo estava aberta e sentiu alguém que a abraçava com muita força, por que não me disse a hora que chegaria?

Encarna, a empregada dos Miralpeix, foi morar com Patrícia quando o apartamento na rua Bruc ficou vazio e Joan Miralpeix foi viver com seu filho Lluís e a nora, Sílvia Claret. Encarna era uma granadina de olhos e bunda grandes e de peitos fartos. Seu cabelo era preto e os lábios, cor de sangue. Encarna era quem mandava na casa dos Miralpeix — sobretudo desde o derrame de Judit — e fazia todo mundo andar na linha. Quando escutou o grito de Patrícia, começou a resmungar em voz baixa, a menina já está aqui, mas continuou lavando os pratos do almoço como se não tivesse escutado nada. Quem essa menina acha que é, ficou tanto tempo no estrangeiro, sozinha e meio perdida, em vez de estar em casa para fechar os olhos da sua mãe, que Deus a tenha na Glória! Mas não conseguiu aguentar muito tempo sem sair para o corredor e bisbilhotar, então enxaguou as mãos enrugadas de água sanitária e as secou em seu próprio avental. Pela fresta da porta da cozinha, entreviu a silhueta de Natàlia de costas. Ora essa, não tinha mudado nada, pensava, alta, o cabelo preso atrás, um pouco descabelada, como sempre, a calça colada na bunda, botas de camurça e um suéter fechado de caxemira com a gola esgarçada. Veste-se como uma cigana, disse a si mesma, e Encarna ainda demorou um pouco para aparecer, até que o fez toda digna, empinando o peito e fazendo pose de brava. Encarna, Patrícia gritava, mas não viu quem chegou? Quando Encarna viu Natàlia de frente, pensou que tinha uma aparência jovem, mas não o rosto, rachado e com ruguinhas, sobretudo no sulco sob os olhos, a palidez dos Miralpeix, e na comissura dos lábios. "Envelheceu." Mas já temos Encarna e Natàlia abraçadas, um abraço curto e redondo. Os enormes peitos de Encarna balançavam como um carro trepidando em paralelepípedos. Ela frequentemente sentia ondas de calor, sobretudo quando se emocionava. "Eu criei essa perdida", Encarna se afastou um pouco para esconder duas lagriminhas que afloravam de seus olhos.

Patrícia começou a expor o presente familiar. A Encarna vai se casar, quem diria, e Encarna empertigava o corpo como se fosse uma rainha recém-apresentada ao povo, e eu, dizia Patrícia, vou ficar sozinha, por isso estou contente que você voltou. Eu me acostumei com os resmungos dessa mulher e com seus bicos. E veja só, agora ela se casa, com cinquenta e dois anos! Encarna fez como se fosse embora, a senhora não tem nada que se meter, se eu vou me casar ou não, caramba, esse assunto só diz respeito a mim. Mas Encarna não foi embora, não, ela ficou plantada olhando para o infinito — o infinito era uma cortina de rendas, uma cortina de barras amareladas que dava para a varanda interna. Vai se casar com um vendedor, Patrícia continuou, de Santa Coloma. Um viúvo sem filhos que tem um apartamento e tudo mais. Eles se conheceram faz dez anos, na casa de uns parentes. Encarna queria especificar, eu o conheci na casa da minha irmã Rosalia, que abriu um bar bem perto da loja do Jaume porque o marido dela ficou lesado. Caiu do andaime. As vozes de Patrícia e Encarna, que se complementavam para finalizar a história do namoro, iam embora e agora eram apenas um leve ruído para Natàlia. Natàlia olhava para a varanda interna, cheia de luz cinza daquele meio-dia nebuloso e úmido, e procurou o limoeiro e as primaveras. "E o limoeiro?", deu uns passos adiante e se deteve em frente às vidraças. E o limoeiro?, repetiu, o que aconteceu, dinda, isso não está igual! Ai, filha, é óbvio que não está igual! Vendi o jardim. Como assim vendeu o jardim?, comentou Natàlia. Tinha saído e se encontrava na mesma altura da varanda interna. Antigamente descia da tribuna* uma escada em caracol de ferro esmaltado que dava direto no jardim, e agora tudo era um piso térreo. Onde antes havia o jardim, via-se um enorme terraço com ladrilhos de cor rosa demudada, uma cor uniforme com manchas úmidas, quebrada pelo vidro das claraboias. Ao redor do terraço, não havia o clássico séquito de pontas de ferro preto, mas umas paredes rebocadas com gesso algumas vezes descascado. Natàlia caminhava de um canto do pátio para o outro e atravessava rente à roupa estendida sob o olhar iracundo de Encarna. Foi comprado pelo pessoal do armazém ao lado, queriam ampliar os escritórios. Não está ouvindo as máquinas de escrever?, Patrícia disse. O chão do jardim era totalmente coberto por pedrinhas miúdas que faziam barulho quando se pisava nelas. Natàlia, quando criança, guardava pedrinhas nos bolsos e depois se divertia atirando-as na cabeça dos transeuntes que passavam por baixo da sacada de sua casa. Os dois limoeiros ficavam ali, junto aos pátios do outro lado, de onde um menino lhe mostrava a língua, e os oleandros davam para o lado esquerdo, lavem as mãos se tocaram nos oleandros, pois suas flores são venenosas, a mãe lhes dizia; um dia em que Natàlia quis morrer, engoliu uma inteira, uma flor rosada e enjoativa. E não morreu e pensou que os adul-

* Balcão envidraçado, que sobressai na fachada do andar principal dos prédios do começo do século XX em Barcelona.

tos contam muitas mentiras. O apartamento dava bastante trabalho para tia Patrícia, dizia, e deixava crescer amoreiras e plantas venenosas ali. Esse jardim me traz más lembranças, acrescentava, teimosa. De tempos em tempos, Joan Miralpeix enviava um jardineiro — pedia-o a Joan Claret, porque este era amigo de vereadores da prefeitura — e Esteve Miràngels lhe agradecia: dizia que o jardim o ajudava a escrever sonetos. No meio do jardim, tinham construído uma fonte com ladrilhos verdes e conchas incrustadas, uma fonte ovalada. Em cada canto, tinham colocado um cisne de pedra. Do bico dos cisnes, brotava um jorro de água que ia parar no centro e regava um cupido com as dobras da roupa molhadas e coladas à coxa. O cupido não tinha boca, despedaçaram sua boca, tia Patrícia dizia a Natàlia quando ela era pequena. Natàlia encarava o cupido com a boca despedaçada, e por que a despedaçaram?, perguntava, para que não pudesse falar, Patrícia dizia com a voz triste. E não falava mais nada. Na lateral direita do jardim, havia um par de mimosas que anunciavam, todo ano, a primavera. Não era um jardim cheio, era um jardim amplo que tomava pelo menos um quarto do quarteirão. Natàlia, da varanda interna, distraía-se muitas noites escutando o coaxar das rãs. Contudo, não havia apenas rãs na fonte: nela giravam também nenúfares e peixes vermelhos. Um ano, no Dia de Todos os Santos, enquanto os de casa comiam castanhas, Lluís e Natàlia tiraram todos os peixes da água para ver quanto tempo demoravam para morrer. Ainda havia alguns rabeando quando Encarna os descobriu, vocês são maus, e Lluís lhe respondeu, você que é má, bruxa, e nunca vai se casar. Lluís se pendurava na hera cor de cobre que trepava pelas paredes brancas e arrancava o musgo que havia no rochedo dos cisnes. Sua mãe deixa vocês fazerem tudo, Encarna dizia enquanto ia embora resmungando. Agora não havia mais hera lá, e sim uns galhinhos desmazelados e, no lugar da fonte, claraboias cercadas por alcatrão. Apenas uns poucos vasos de hortênsias e de gerânios, são mais fáceis de regar, Patrícia dizia a Encarna. Olha, Patrícia disse, e apontava para um volume enrugado e cinza-escuro que caminhava pesado. O animal pré-histórico, o último vestígio do jardim, se arrastava impassível. Então, a verdade é que sempre me deu nojo, Encarna dizia, e olhava para a tartaruga com desdém.

O apartamento de Patrícia continuava igual. Queria mudar a cozinha, colocar piso de granito e armários novos, mas o Esteve me deixou uma miséria, ela disse. E não posso aumentar muito os aluguéis, faz tanto tempo que vivem lá! Tive sorte na venda do armazém. Nós o vendemos quando o Esteve ainda era vivo e ele deixou para mim como bem vitalício. A tribuna não mudara; em uma parede, o quadro que foi presente de Francisco Ventura — as aquarelas que o Francisco da Mundeta, que Deus o tenha, fazia igual ao pintor Urgell —, as duas cadeiras de balanço, uma com o assento furado — o que será preciso para que a consertem? —, a mesa de camilha, a caixa de costura... A sala de jantar, de estilo Chippendale, com o lustre de cristais em forma de lágrimas que piscam, as cristaleiras cheias de objetos — sabe? já não tenho mais quase nada penhorado —, o jogo de taças e copos de Sèvres, a louça de Limoges, a coleção de caixinhas — fiquei com a da Judit, a de flores de laranjeira de todas as noivas da família —, o jogo de talheres de prata, as taças que faziam um som musical quando roçadas... a imensa mesa de mogno envernizada com a fruteira de prata, as cadeiras de cetim estilo imperial, o relógio do bisavô, o aparador com o espelho emoldurado... As cortinas de veludo, verde-escuras... Quando Natàlia as tocava, sentia arrepios... O cetim das cadeiras estava rasgado e duas tinham um pé quebrado, as cortinas haviam se esgarçado, o relógio do bisavô tinha parado de funcionar, a mesa de mogno bambeava, um vidro das cristaleiras tinha trincado, faltavam cristais no lustre e também azulejos no chão. O tempo passara. No corredor, Natàlia viu o aplique elizabetano e os quadros que representavam a história dos Santos Inocentes, tirados de uma *Ilustración Española*.* Em cima de uma mesa de pés modernistas, havia uma figura de que Natàlia tinha muito medo quando criança: uma velha que lavava a cabeça de um adolescente. A senhora estava com as mangas arregaçadas e afundava os braços dentro dos cachos ensaboados da criança. Quando Natàlia passava diante da figura, fechava os olhos: não queria ver a estátua, a cara enraivecida da velha, seus olhos esbugalhados, os lábios contraídos, tampouco as caretas que o menino fazia para se livrar dela. A criança erguia os braços sem enxergar nada, com os olhos cheios de sabão, e procurava alguma coisa dentro do vazio onde se agarrar. A escultura parecia mostrar a Natàlia, quando criança, como era o mundo dos adultos.

Patrícia Miralpeix arrumara para Natàlia o quarto que dava para o pátio interno do prédio. Esvaziara a cômoda rococó, que estava cheia de toalhas de altar e de caminhos de mesa, engomados e impregnados de tomilho, e lhe disse, pode ficar o tempo que quiser, vai me fazer companhia. Quando tia Patrícia saiu, fechou a porta, talvez você queira se trocar, deve estar cansada, Natàlia sorriu. Ainda sorria quando se olhou no espelho em cima da cômoda, "você foi embora e deixou tudo isso porque te parecia sufocante e agora voltou direto para cá".

Parecia que faziam de propósito, mas nem Patrícia nem Natàlia falaram da família. Patrícia sabia muito bem tudo o que se passara na casa dos Miralpeix quando Natàlia foi embora brigada com o pai, não quero cutucar feridas, dizia a si mesma. "Amanhã, quando almoçar com o Lluís e a Sílvia, já saberá das novidades." À noite, Patrícia e Natàlia jantaram juntas. Espinafre, ovos cozidos, pão integral e pêssego em calda. Natàlia teve que colocar um

* Revista ilustrada em espanhol (1869-1921).

calço na mesa de mogno duas ou três vezes porque o toc-toc do balançar a deixava nervosa. Natàlia foi dormir cedo, não quer ver tevê?, Patrícia lhe disse, hoje vai passar teatro. Os ruídos do saguão ainda duraram um bom tempo. Vozes abafadas, o óleo com o qual alguém fritava tarde da noite, o estalido de lançar carne na frigideira, barulho de bater ovos, conversas intercaladas por algum grito de criança, e, como um ponto-final, o estrépito de uma lava-louças. Depois veio um curto período de silêncio e, logo em seguida, vozes distantes da televisão, algum choro, alguma risada, algum grito, o tom era baixo, mas subia de tempos em tempos e se ouvia uma conversa entre um homem e uma mulher. Em seguida, o gotejar de uma torneira mal fechada e o barulho de uma bacia de privada que se esvaziava. Por fim, à meia-noite, Natàlia adormeceu.

A primeira ideia que Natàlia teve no dia seguinte foi a de procurar emprego. O quanto antes, melhor. Iria ver Harmonia. Precisava encontrar um apartamento, pequeno, apenas para ela. Na hora do café da manhã, deu os presentes para Patrícia e Encarna. Esta demonstrou que o presente não a bajularia e continuou servindo o café da manhã, leite e torradas com manteiga. Tia Patrícia, que frequentemente tinha diarreia, comeu apenas uma maçã ralada. Patrícia se apaixonou pela blusa branca indiana que Natàlia lhe deu. Era uma blusa transparente, com manga três quartos e bordados ao redor da gola. Tinha um corte em cada lado. Você acha que fica bem em mim?, perguntava enquanto a punha à sua frente, segurando-a com as duas mãos na altura dos ombros. Olhou-se no espelho do aparador. Roupa fina, disse. Encarna fez o mesmo com o lenço comprido e estreito de cores reluzentes. Era um lenço estampado com aves grandes de caudas compridas, e Encarna o experimentou primeiro ao redor do pescoço, mas era curto e sua cabeça parecia afundada, então o enrolou na cabeça como um turbante e as cores faziam seu cabelo preto como carvão se destacar ainda mais.

Enquanto tomavam café da manhã, Natàlia olhava para Patrícia, que não parava de falar. Esta colite, dizia, nunca me deixa em paz. Acredite em mim, já tentei ir a todos os médicos. Havia alguma coisa nova nos traços de Patrícia, algum matiz que Natàlia não conseguia captar bem o que era. Talvez seu cabelo estivesse mais encaracolado que antes, "penteado de salão de beleza". Tia Patrícia pintava o cabelo em um tom de mogno e, de tempos em tempos, surgia algum fio branco que parecia forçado a desaparecer entre as mechas de cor tingida. As mãos de Patrícia eram macias, "não parecem de velha", e ela pintava as unhas com uma cor amadeirada. Patrícia notou que Natàlia observava suas unhas, gosta delas?, disse, pintei dessa cor porque assim combinam com o cabelo. Tia Patrícia falava e ria com frequência. "E antes, tão triste e desmazelada." Natàlia, quando ia visitar sua madrinha, se entediava muito, Patrícia sempre se fazia de vítima. Caminhava como uma sombra, nunca opinava, vivia reclusa em um pequeno mundo feito de lágrimas e penas. E agora a encontrava com o cabelo tingido, as unhas pintadas e falando pelos cotovelos. Tia Patrícia mudara. Quando acabaram de tomar café da manhã, tia Patrícia se levantou e abriu uma gaveta do aparador. Ali de dentro, pegou uma tabaqueira de couro e tirou um cigarro. Aceita?, disse para Natàlia, toda satisfeita de ver que a outra se surpreendia. Você fuma o forte ou o suave? Eu fumo o suave, sabe? Quando terminou de fumar, Natàlia disse a Patrícia que telefonaria para Lluís e Sílvia para almoçar com eles. Você vai ver o apartamento, Patrícia disse, um apartamento daqueles, Encarna acrescentou enquanto desfazia a mesa. Aproveito e vejo o papai, Natàlia disse.

Natàlia não se deu conta do olhar que Patrícia dirigia a Encarna.

No dia em que viu a pintora Harmonia pela primeira vez, Natàlia começou a entender que havia mulheres que não se queixavam, como Patrícia, nem se escondiam dos outros, como Judit. Judit sofreu o derrame quando Natàlia tinha vinte anos e fugia daqueles olhos esmeralda que queriam expressar tanto. De toda forma, Natàlia e Judit nunca tiveram uma conversa longa, sua mãe era muito estranha e Natàlia conservou até bem adulta os traços do que chamam de "inocência infantil". Judit, que não tinha muita vocação materna, se obstinara a amar Pere, o filho com síndrome de Down, talvez por um íntimo sentimento de culpa, e abandonou os outros dois filhos, Natàlia e Lluís. Quando Pere morreu, Natàlia já não procurava conversar com a mãe. Judit tivera o derrame e ficava sentada na poltrona da varanda interna — abriram um buraco no assento para enfiar a comadre ali — e encarava com olhos mortos os pátios internos. Por isso, quando a diretora lhes disse que teriam aula de desenho com uma pintora que se chamava Harmonia Carreras, bastante conhecida, Natàlia ficou curiosa. Sabia um pouco de sua história: os franquistas tinham fuzilado seu pai, e Harmonia, bem jovem, fugiu para a França. Teve a sorte de embarcar para o México, onde aprendeu a técnica do mural com um discípulo de Diego Rivera durante dez anos. Depois voltou para a Catalunha, e suas imagens fragmentadas e de olhos apavorados se tornaram famosas. Sempre se via uma flor em um dos ângulos do quadro. Seu estilo era uma mistura do naïf do México indígena com o cubismo. Harmonia, a princípio, incomodava Natàlia. Era uma mulher de gênio difícil que se empertigava se alguém se opusesse a ela. Era baixinha e esguia, magérrima, com cara de pergaminho. Embora ainda não tivesse feito quarenta anos quando Natàlia a viu pela primeira vez, tinha o cabelo bem grisalho, de um cinza igual ao de seus olhos. Sua pele era extremamente branca, leitosa, e quando fazia muito frio, ficava roxa. Vestia-se como lhe dava na telha e era capaz de aparecer um dia com três ou quatro berloques da Guatemala e um poncho peruano e no dia seguinte apresentar-se com um sári. Vivia sozinha, ainda que se soubesse, diziam, que tinha um amante: um rapaz bem jovem que trabalhava com cinema amador e ganhara um prêmio em um festival, também diziam que graças a ela. As más-línguas afirmavam que era lésbica e que reprimia os impulsos "desviantes" canalizando-os na educação para as adolescentes. Não escondia que era ateia. Isso, e o fato de ser uma mulher que gritava nas reuniões — do contrário, não a ouviam —, era a coisa que os pintores estabelecidos menos lhe perdoavam. "Tudo bem que pinte", diziam, "que se vista como quiser, mas que não venha nos impor a sua vontade!" Sentiam-se unidos pelo sexo e pelo medo de uma mulher que inquietava porque fazia uma coisa incomum: dizia o que pensava. Mas o caso é que ela, Harmonia, nunca gritava com suas alunas, sempre conversava em um tom tranquilo. Só mudava de tom e de modos quando topava com dificuldades ambientais para impor sua opinião. Tinha uma virtude: a fidelidade aos amigos, ao seu país e à sua arte. Um defeito: sempre queria ter razão — inclusive quando sabia que não tinha. Suas duas grandes paixões eram o México e a Catalunha, e odiava o espírito "dominador e mesquinho" dos habitantes do *planalto*, da Castela que *desprecia cuanto ignora*,* para dizê-lo como ela fazia, com versos machadianos. Esse espírito, explicava, é o que havia subjugado os dois países que mais amava, os afundara em uma perplexidade permanente, sempre em busca de suas raízes em naufrágio.

Harmonia, então, pela atitude que tomou diante de uma vida interrompida pelo exílio, teve influência sobre o temperamento volúvel e desconcertado de Natàlia. Ela lhe mostrou a obra de poetas catalães. Reconhecia alguns, de nome pelo menos, porque seu pai os mencionara. Harmonia a fez descobrir Espriu e Rosselló-Pòrcel, Pere Quart e Salvat-Papasseit, Ausiàs March, Carner e Guerau de Liost. Certa tarde, Harmonia lhe disse: Riba morreu. Quem é Riba? E Harmonia se enfureceu quando viu que Natàlia não sabia quem era Carles Riba. Mas vocês, que nasceram depois da guerra, são ignorantes assim? E, como se resmungasse para si mesma, Harmonia disse: esse exílio não acaba nunca. Por um bom tempo, até que o quarto ficou na penumbra, Harmonia ficou lendo as *Elegies de Bierville*:

... para o exilado que entre arvoredos escuros te vislumbra
subitamente, oh, preciso, oh, fantasmal! e conhece
por tua força a força que o salva dos golpes da fortuna,
*rico com o que deu, e em sua ruína tão puro.***

* Despreza aquilo que ignora (verso do poema "A orillas del Duero", publicado no livro *Campos de Castilla*, 1912, de Antonio Machado).

** Citação da "Elegia segona", da obra *Elegies de Bierville*, de Carles Riba, publicada clandestinamente em Barcelona em 1943.

Como se lembrava daquelas noites com Harmonia, conversas que ficavam inacabadas, pela metade, e que pareciam peças de um quebra-cabeça que era preciso recuperar! Os poemas que Harmonia lia para ela, ou que a fazia ler, pareciam ter relação com o mundo de seu pai ou até com as peças que Judit tocara no piano. E, não obstante, na casa dos Miralpeix quase não havia conversas sobre poesia, nem sobre arte em geral. Quando ouvia o coaxar rouco das rãs do jardim de Patrícia, Natàlia ia longe, rumo a outras cidades, e se lembrava dos versos de Màrius Torres, o poeta que morreu tísico em Puig d'Olena ao fim da guerra: "Quem pudesse esquecer a cidade que afunda!/ Mais distante, mais livre, talvez haja outra"...* Natàlia pensara muito nela, na cidade afundada, pensara nela enquanto buscava outra mais distante e mais livre. Harmonia lhe dissera que Màrius Torres era um poeta de segunda linha, mas isso, para Natàlia, não importava. Quando nasceu o filho de Sílvia e Lluís, Natàlia insistiu muito para que escolhessem o nome Màrius, como lembrança do poeta que morreu sem se esquecer da cidade que afundava.

Harmonia conversou com as alunas sobre a arte românica catalã e as levou a Taüll. Falou sobre o gótico, Ferrer Bassa, os modernistas, Casas e Nonell, Picasso, viram como seus olhos observam? Picasso não procura, diz que encontra, explicava-lhes. Entusiasmava-se sobretudo com o período azul, as senhoritas de Avignon ou a mulher nua em uma poltrona vermelha. Mas, além de dizer os nomes ou de fazer listas de quadros, Harmonia as contagiou com a paixão de olhar. Há muita gente que morre sem ter olhado nada ao seu redor, tem o coração insensível. É preciso que vocês aprendam a olhar quando andarem pelo mundo. Natàlia

* Citação do poema "La ciutat llunyana", de Màrius Torres, datado de 5 de março de 1939 e publicado postumamente no volume *Poesies*, editado em 1947 no México.

compreendeu o que ela dizia quando foi embora de casa: à medida que se afastava de seu passado, começava a olhar, as coisas adquiriam um relevo novo e se vinculavam com ela sem aflições. Quem sabe o que fizera, sem que soubesse, durante esses doze anos fora "olhar", e agora voltava para se reconectar? Vai saber... O fato é que Natàlia escolheu a fotografia porque com Harmonia, a mestra de temperamento difícil e voluntarioso, aprendera a contemplar um mundo que antes lhe escapava.

Depois de dois anos sendo sua mestra, Harmonia não gostou nem um pouco quando soube que Natàlia saía com Emilio, um estudante andaluz "muito bem-nascido, não confie nele, por mais que te diga que é comunista", e, por causa da prisão, as relações entre Harmonia e Natàlia esfriaram. Escreveram-se algumas vezes. Em suas cartas, Harmonia fingia que levava uma "existência perfeitamente racional", submersa entre arte e livros, tentativas de se virar na vida "dentro dessa espécie de exílio interior ao qual nos forçaram a viver", como ela dizia. Natàlia sabia que trocara de amante duas ou três vezes, pelo menos, porque quando lhe escrevia sempre fazia referência ao novo homem que tinha entrado em sua vida com um "Joan diz" ou "Narcís diz". Seus amantes sempre tinham razão.

Harmonia já a esperava — Natàlia lhe telefonara de manhã —, fique para o almoço, lhe disse assim que a viu, e, quando Natàlia respondeu que tinha de ir para a casa do irmão, Harmonia já pensava em outra coisa. Ela ainda morava em sua pequena cobertura perto da Diagonal — em cima, alugara o estúdio "por onde vejo os terraços impassíveis de Barcelona toda noite". Seu apartamento, pequeníssimo, continuava bagunçado como antes. Um dos trechos de parede estava repleto de berloques, máscaras e vasos de estilo asteca. No meio, um calendário do Sol e, ao lado, um cartaz de Alexandre de Riquer. Uma enorme tapeçaria preenchia todo o outro trecho de parede, enquanto do lado da janela havia três prateleiras com livros. Mas também havia livros pelo chão, misturados com pilhas e pilhas de revistas e jornais. Em cima de uma cômoda, bem embaixo da janela, havia o retrato do pai de Harmonia: um homem de bigode branco que lembrava um pouco Francesc Macià. Harmonia recebeu Natàlia vestida com um robe comprido que ia até o pé, de mangas amplas e com umas estampas de orquídea, comprei nos Encants, disse, Manuel diz que de longe pareço a Greta Garbo. Harmonia agora fumava com piteira de marfim, e o fazia com a mão direita. Por um tempo, fumou com a mão esquerda, até que decidiu que já estava farta de imitar os homens. Quem é Manuel?, Natàlia perguntou. Um poeta, respondeu, um poeta de verdade. Carneriano.* Vive comigo. E você, vai fazer o quê? Vai embora de novo? Não, vou ficar. Harmonia a olhava distraída. "Sei que está me examinando", Natàlia fumava Gitanes que comprara no Heathrow, "pensa o de sempre, que voltei, mas que não farei nada de bom." Harmonia Carreras não envelhecera, talvez porque antes já parecesse mais velha do que era, até engordara um pouco. Na semana que vem irei a Valência para apresentar uma exposição, estou contente. Depois vou te mostrar umas peças que ainda tenho lá em cima. O escultor Alfaro se envolveu muito, não conseguiam se encaixar no tema, e Natàlia se levantou para ver os berloques de perto. Você tem uns novos, disse. É que você está fora faz muitos anos, garota. Nesse tempo, fui duas vezes ao México. Tem pintado bastante?, perguntou, e Harmonia, sim, mas agora me dedico mais à cerâmica popular. Harmonia sempre fizera cinquenta mil coisas diversas, e quase todas bem. Segundo ela, quase todas as mulheres são umas fracas que nunca se preocuparam em ter uma vida própria. "Se a mulher é discriminada", dizia com frequên-

* Referência ao poeta Josep Carner i Puig-Oriol.

cia, "é culpa dela." E aqueles que a escutavam, muitas vezes rapazes bem jovens, assentiam com entusiasmo, principalmente porque tudo que vinha de Harmonia os entusiasmava. Não é uma mulher, é um homem, os homens não raro diziam.

Agora trabalho com fotografia, começou Natàlia. Ah, é? Natàlia percebeu um leve ressaibo de ironia. Já faz uns três anos, desde que fui para a Inglaterra. Um profissional me ensinou a fotografar e tive algumas encomendas, sobretudo para a Universidade de Reading. Natàlia falou depressa, sem pontos nem vírgulas, como quando estava na escola de arte e tinha que demonstrar para Harmonia, do jeito que fosse, que ela também "pensava por conta própria". Preciso me virar na vida, suponho que você vai me ajudar, não quero viver com minha família, você já sabe que as coisas entre mim e meu pai ficaram feias... Os olhos cinza de Harmonia a ferroavam, "você vai passar a vida fazendo cinquenta mil coisas, não mudará", parecia que lhe diziam. Harmonia também fazia cinquenta mil coisas, mas estivera no México e conhecera a educação da época da Generalitat,* não viveu em plena "sonolência", como Natàlia frequentemente dizia. "Sua educação não justifica a confusão que você arrasta", Harmonia lhe escrevera em uma das cartas, em resposta a uma de Natàlia em que explicava todos os ofícios que tivera durante o tempo em que esteve fora, incluído o de amante de um pintor consagrado, é claro — foi a época em que comeu melhor, quando teve uma crise no fígado por ter se empanturrado, em um só dia, com meio quilo de *pâté de foie*.

Natàlia comprovou que Harmonia continuava tão segura

* Sistema institucional que organizou o autogoverno da Catalunha ativo durante a II República Espanhola (1931-9) e foi restaurado depois da ditadura franquista em 1977. Tem sua origem no século XIII e, como instituição de governo, esteve ativa até o século XVIII, quando foi abolida pela Coroa espanhola.

quanto antes, um pouco mais velha, com o tom agressivo que tanto a intimidara. Notava-se, Natàlia pensava, que Harmonia vivera em uma época, talvez curta, em que tudo fluía para que as relações fossem normais. Por isso, podia viver em Barcelona como queria e com quem fosse e tinha defesas o suficiente para suportar as críticas de deus e o mundo. Natàlia não ousou fazer o mesmo e por isso foi embora para fazer "besteiras", como Encarna diria, em Paris e em Londres. Sou uma filha coagida do franquismo, disse certa vez a Jimmy, e este lhe respondeu, então nós somos da bomba atômica, e já via que Jimmy não tinha entendido bem o que ela queria dizer. Se você se dedica à fotografia, Harmonia disse, vou te recomendar para umas revistas novas, não acredita, Natàlia pensou, que essa é minha profissão. Pensando agora, conhece o editor Arcadi Segura? Natàlia topara com Segura em uma noite louca em Londres, na casa de Emiliano Echevarría, o romancista mexicano. Arcadi vinha da reunião anual dos membros da Anglo-Catalan Society e tomou um porre colossal: completamente nu, com uma barretina na cabeça, cantou "L'emigrant*" enquanto se enroscava em uma jamaicana de nome Nailini. No dia seguinte, Segura acompanhou Natàlia à Portrait Gallery e os dois prestaram uma homenagem a Virginia Woolf. Claro que conhecia Arcadi, trocaram algumas cartas, as duas dele escritas em plena bebedeira. Segura tivera o dom de transmitir a Natàlia, ainda que fosse por carta, um pouco do desmonte histórico de seu país. Sei que Segura procura um fotógrafo para as capas de uma nova coleção, vá vê-lo e diga que conversou comigo. Harmonia ofereceu um uísque para Natàlia, ficou sabendo o que aconteceu no sábado? Não? Refere-se à morte de Puig Antich?, Natàlia disse. Você quis dizer assassinato, Harmonia retificou, foram dias

* Obra coral com texto de Jacint Verdaguer e música de Amadeu Vives que expressa a nostalgia pela Catalunha. Estreou no Orfeó Català em 1894.

terríveis. Não consegui dormir da noite de sexta para sábado. Aqui, Natàlia perguntou, não fizeram nada? Harmonia a olhou com sarcasmo, os que não fizeram nada foram os seus amigos. Poderíamos dizer que os comunistas mataram Puig Antich. De novo, o bode expiatório, Natàlia pensou. Você não acha que está exagerando um pouco? Para Harmonia, não havia tons cinza, tudo era preto-preto ou branco-branco. Você estava fora, não pode julgar, Harmonia continuou, os comunistas não se preocuparam com essa morte como fizeram com Grimau. É claro que Puig Antich era anarquista. E você, fez alguma coisa? Isso é o que Natàlia não ousou perguntar a Harmonia.

Naquela manhã, coisa rara, Sílvia se levantou cedo. Ela mesma abriu a porta para Felisa, a diarista, quando chegou às oito com o pão e o jornal *La Vanguardia*. Sílvia Claret queria ir à academia e, se tivesse tempo, passaria pelo salão de beleza. "Vou pedir para depilarem minhas pernas e o bigode." Estava contente porque Natàlia tinha voltado, "porém, que atrevimento. Poderia ter vindo para casa em vez de se enterrar na casa da tia Patrícia, naquele apartamento tão escuro e tão velho. Vou fazer lombo com amêndoas para ela. E como entrada, o que eu faço?". Enquanto a diarista preparava o café da manhã — nos últimos tempos, lera que a melhor dieta já não era a de cortar os carboidratos, mas a das toranjas, "coma uma toranja antes de cada refeição"—, foi acordar Lluís, lembra que você ia ver a obra de Matadepera?, e Màrius. Faça o favor de não deixar o toca-discos ligado; recolheu do chão duas revistas de motos. Na mesa da cozinha, a diarista já pusera as xícaras para o café da manhã, lembre-se, o senhor quer um ovo cozido e um copo de suco de laranja. Não há laranjas, senhora. Mas não lhe disse ontem para comprá-las?, Sílvia comentou, "essa mulher não serve para nada, só me enrola. Não sei por que não a demito. Vou falar com o Lluís". E como entrada, o que eu faço?, voltou a pensar enquanto tomava o suco de toranja em uma golada só, ui, que amargo! E depois fez umas torradinhas com margarina, enquanto olhava para a tabela de calorias: não, ainda não passei, disse para si. Não gostava de geleia. Com a faca, espalhava a geleia de morango pelas torradinhas de Lluís. Gosto que fique bem espalhada, Lluís sempre dizia. Quando todos acabarem de tomar café da manhã, disse a Felisa, vou fazer a lista daquilo que você precisa comprar. Onde vou hoje, à feira ou ao supermercado? Talvez vá à feira, temos convidados, a cunhada da Inglaterra voltou. Màrius, com a cara sonolenta, devorou às pressas um pouco de pão e engoliu o café com leite, não viu que está muito quente? Vai pegar o pão sem torrar, não pode esperar? Vou preparar uma torrada com manteiga para você, Sílvia disse. Mas Màrius já tinha saído da cozinha. Estou com pressa, antes de ir para o colégio tenho que ir trocar a roda da moto. Me dá uns trocados, mamãe. Outra vez? E de onde acha que eu tiro a grana? Màrius deu de ombros e coçou a espinha na bochecha. Sílvia foi buscar a carteira e entregou ao filho uma nota azul. A última que te dou.

Escutou que Lluís entrava no banheiro, "ai! não comprei o sabonete para pele delicada!". Sílvia fechou os olhos enquanto esperava um grito e, efetivamente, logo surgiu um "Sílvia!" um pouco estrondoso do box. Sílvia foi até o banheiro que ficava contíguo ao seu quarto. Não me lembrei, Lluís, hoje mesmo vou à Sears e compro para você. Você já sabe que minha pele irrita fácil, caramba! As últimas palavras de Lluís desapareceram sob o jorro de água. O que eu estava pensando? Ah, sim!, e o que faço de entrada? Sílvia, como já estava ali, arrumou um pouco o quarto. Lluís tinha a mania de jogar a roupa de baixo no chão à medida que avançava rumo ao banheiro. A parte de cima do pijama de seda aqui, as calças lá, e também a cueca e a camiseta do dia anterior. Lluís gostava de trocar a roupa de baixo todo dia e duas vezes de camisa, de manhã e à tarde. As golas, em contato com a pele, ficam sujas, dizia para Sílvia. Mas as camisas de Lluís que Sílvia colocava na lava-roupa sempre estavam impecáveis, e antes de lavar não era preciso passar com o dedo o creme especial para gola e punho que anunciavam na tevê. Mas onde diabos você enfiou minha esponja?, escutou Lluís dizer. Sílvia procurou a esponja natural na estante do lado da janelinha. Aqui está, estique o braço, caramba! Sílvia foi usar o banheiro de Màrius. Entrou lá justo quando Màrius estava saindo — ainda estava abotoando a braguilha — e disse ao filho que fizesse o favor de tirar os pelos da banheira porque tinha muito nojo de limpá-la se houvesse pelos lá. E que culpa eu tenho se você me pariu com o peito peludo?, Màrius disse, e Sílvia, vá, saia, e chegue cedo para almoçar porque hoje a tia Natàlia vai estar conosco. Enfim chegou? Sim, ontem. Telefonou e disse que viria. Màrius mal se lembrava de Natàlia, tinha cinco anos quando ela foi embora. Não lembra que ela te fazia rir muito porque mordia seu umbigo? Màrius olhou para a mãe com indiferença. Quando entrou no banheiro, Sílvia sorriu, porque na prateleira de vidro havia um creme especial para espinhas.

Sílvia Claret se esforçava muito para não engordar. Herdara o tipo físico dos Claret e facilmente aparecia celulite nas nádegas e na cintura. Mundeta, por outro lado, era magra e esbelta como foram sua avó e sua mãe. Morena como o pai — tem cara de cigano rico, sua mãe sempre dizia para Joan Claret —, Sílvia tinha cabelo encaracolado. Os cachos a desesperaram por muito tempo, quando a moda era ter cabelo liso, e experimentara de tudo: alisá-los com pinças aquecidas, com chapas, passar creme alisante que fedia muito... Não havia nada que pudesse fazer. Agora, pelo menos, a moda era o cabelo "afro" e já não tinha de sofrer com a cabelereira. "Preciso tirar o bigode", voltou a dizer a si mesma enquanto se olhava no espelho e comprimia os lábios para ver bem a parte de baixo do nariz. Passou o dedo ali: uma tênue penugem. Sílvia era muito peluda. Màrius também herdara isto dos Claret: pelos por toda parte do corpo. De toda forma, Sílvia tinha orgulho de se parecer com o pai e de ter os mesmos olhos: finos e alongados como uma chinesa. Sílvia teria gostado de ser como seu pai, que sempre fazia o que lhe aprazia, jogava tênis bem e era tão decidido. Joan Claret saíra do nada e agora tinha dinheiro, muito dinheiro. É um homem poderoso, Sílvia explicava para as amigas. O que mais gosto em você é seu pai, Lluís lhe dizia. Joan Claret é um homem íntegro, eu o admiro porque não conhece o fracasso, não quer conhecê-lo, e fez tudo sozinho, Lluís acrescentava. Sílvia sempre fora a menina mimada do papai, você será uma rainha, dizia-lhe quando era pequena, será a *cocotte* mais luxuosa e terá homens aos montes, você vai ver. Joan Claret gostava de Sílvia porque tinha os seus mesmos olhos puxados e os cabelos encaracolados e porque era tão limpa quanto a mãe dele, a avó da rua Aragó que morrera durante a guerra. Quando Sílvia era pequena, Joan Claret procurava encontrar as roupas mais caras e mais bonitas para ela, vestidos de organdi e de popelina, laços de veludo, suéteres de mohair, meinhas de filó e sapatinhos de verniz, quero que minha filha seja a boneca mais bonita da casa. Você será uma grande bailarina, lhe dissera. Seu pai tinha gênio forte e sabia mandar, e o pequeno império de Joan Claret prosperou tanto que, do negócio das patentes, passou ao imobiliário — que foi por água abaixo por culpa daquela questão do hotel de Lloret e também de Joan Miralpeix — e depois retomou uma agência de publicidade que tinha quebrado e agora era a segunda mais importante de Barcelona. Também montara duas fábricas de lingerie em Berga, em nome de sua mulher, e sabia-se que tinha negócios ilícitos na Andaluzia. Sílvia se apaixonou por Lluís porque era tão másculo quanto seu pai, decidido e genioso como ele e, além disso, porque baixava as pálpebras do mesmo jeito que Clark Gable em *... E o vento levou*. O dia em que o viu na *masia** de Gualba, ele estava no pé da escada e ela descia, pensou, olha, sou a Vivien Leigh descendo a escada e ele é Clark Gable, que me espera lá embaixo. Conheceu Lluís na *masia* dos Miralpeix num dia em que Patrícia convidou sua amiga Mundeta Ventura, a mulher de Joan Claret, com seus quatro filhos. Era o dia do aniversário da morte da madre Carrió — a freira da família que os Miralpeix queriam que se tornasse santa —, e celebraram um café da tarde de Reis, talvez o último. Lluís não dava bola para Sílvia, olhava-a como uma menina, e ainda lhe disse duas ou três impertinências. "As mulheres são umas inúteis, não servem para nada." Mas dizia aquilo de um modo, baixando as pálpebras, que ela ficou apaixonada. Quando se despediram, Lluís a presenteou com um ramo de calêndulas, "que é uma flor que não tem cheiro".

Assim, Sílvia era mais gordinha que magra, mas só agora, e não antes, quando estava prestes a se tornar bailarina, se você se casar comigo, Lluís lhe disse, vai ter que abandonar a dança: ela abandonou, apesar do que Magrinyà lhe dissera, que logo ela seria solista do corpo de baile do Liceu. Dançava *Aranjuez* e aprendera a tocar castanholas bem cedo. Agora, quando ouvia o *Quebra-nozes* ou *O lago dos cisnes*, de Tchaikóvski, seus olhos umedeciam. "Dançar foi metade da minha vida até que conheci o Lluís"; seu pai tinha razão quando lhe dizia, não abandone a dança, meu bem. E a abandonara. Não podia evitar, quando não havia ninguém em casa, ligava o rádio para ouvir o terceiro pro-

* Casa de campo ou propriedade rural. É uma construção típica nas regiões da Catalunha, especialmente em áreas agrícolas, que serve tanto como residência quanto para o armazenamento de ferramentas ou produção de alimentos.

grama* e ia de um canto ao outro da sala de jantar dançando na ponta dos pés, sem dobrar os joelhos, as pernas rígidas, e iniciava um *developpé* para trás com a cintura elevada, sem abaixar os ombros e se olhando de soslaio no espelho do hall. Ainda conseguia fazer o passo da tesoura; ou um *frappé* duplo, e ainda movimentava os braços como se fossem as asas de um cisne prestes a morrer. Sílvia debutou na sociedade no mesmo ano em que se casou com Lluís, e seu adeus à dança foi ver *Les Sylphides* do Balé Real de Londres. Lluís, que estava no mesmo balcão, acariciou sua mão. Sentiu-a cálida. Durante os primeiros anos de casada, esqueceu-se do balé, embora ainda não vivessem no duplex, mas em um apartamento menor no Guinardó. No entanto, ela já tinha Màrius, derretia-se de amor pelos olhos dele, e os objetos da casa, os lençóis, a louça, o jogo de cozinha. Tudo era novo e bonito, e ela gostava de ir à feira e dizer "meu marido" ou que a porteira a cumprimentasse com um "bom dia, senhora Miralpeix". No começo, Lluís a tratava como uma rainha. Tinha de tudo, vestidos e meias sete oitavos, sapatos de couro que combinavam com a bolsa de mão, e Lluís a mimava, como seu pai fizera antes. Sentia-se protegida em seu abraço. Iam de braços dados ao cinema e aos restaurantes e ele a apresentava aos amigos, "minha mulher", dizia, e ela se via como uma mulher adulta. Lluís, ajudado pelo sogro Claret, logo deixou de trabalhar com seu pai, Joan Miralpeix, e abriu um escritório por conta própria. "Esse Lluís é ligeiro", Joan Claret sempre dizia. E jogavam tênis e ele ganhava. "Rapaz, a juventude vai na frente." Sílvia, naquela época, não percebia que os dias passavam, ocupada com a gravidez, fazer casaquinhos para o bebê, ir às aulas de culinária e esperar

* O terceiro programa é a terceira estação da Rádio Nacional de Espanha (RNE) que naquela época transmitia música clássica. Atualmente é conhecida como Rádio3 e aposta na música independente.

Lluís, que voltava tarde. Os dias transcorreram sobre ela, e também os anos, e se lhe tivessem perguntado como se sentia, com certeza teria dito: "Pois muito feliz. Por que me pergunta isso?". Mas quando subia pelo elevador e se olhava no espelho, iniciava um passo de dança e, na metade de um bater de asas, cravava os olhos dentro dos olhos da figura do espelho e se dizia: "Você é uma tonta, garota". Quando ia à missa — agora não vão mais porque Lluís diz que já basta de reacionarismo espanhol, temos que nos situar no nível da Europa —, ela deslizava os dedos sobre o banco da frente, quando estava ajoelhada, e seus dedos dançavam toda A *morte do cisne*, *developpé*, *ciseaux*, *frappé*.

Sílvia sempre estava com os nervos à flor da pele e chorava por nada. A avó Ramona, a velha Mundeta, dizia que essa inquietação vinha de quando a mãe de Sílvia estava com ela na barriga e fora procurar, como uma louca, o marido. A guerra estava acontecendo e Mundeta Ventura acreditou que seu homem tinha morrido em um bombardeio e, completamente sozinha, percorreu os hospitais para ver se encontrava o cadáver de Joan Claret. Sílvia nasceu depois de cinco meses daquele susto, lá por agosto de 1938, e muita gente disse, será que ela não é aleijada?, porque Sílvia mexia os pés e as mãos com um tique muito estranho. O medo ficou no corpo desta menina, a avó Ramona sentenciou, ela que sabia tudo. A primeira palavra que Sílvia aprendeu a dizer, quando tinha apenas dezessete meses, foi medo. A mãe de Sílvia não queria meninas e teve três, e não queria porque dizia que as mulheres eram inúteis e os homens tinham mais sorte na vida. Sílvia chorava com facilidade e frequentemente uma lagriminha escorria por sua bochecha. Já adulta, Joan Claret lhe dissera, não deve ser sentimental, gosto de mulheres fortes; do contrário, como vai conquistar todos os homens que o papai te apresentar? Mas ela não podia evitar, ia ao cinema e assim que a cena se tornava terna, seus olhos umedeciam, como uma chorona. E o pior é que sempre esquecia o lenço e a avó Ramona lhe dizia, é para isso que faço crochê nos seus lenços bordados? Pois ficava sem o lenço e não sabia como enxugar suas lágrimas e assoar o nariz. Muitas vezes precisava ir ao banheiro do cinema e assoar o nariz com papel higiênico, que naquele tempo não eram tão macios como os de agora. Nem tinham tantas cores. "A Natàlia não tem problema, a Natàlia sim que é forte", pensava, ainda que desaprovasse que tivesse ido embora daquele modo, com a cara e a coragem, furiosa com seu pai e quando sua mãe ainda estava viva. Lluís, depois de lhe presentear com as calêndulas, ficou uns meses sem lhe dar importância, "e em Gualba tinha acariciado meu peito embaixo de uma castanheira". Contudo, uma semana antes de debutar, enviou-lhe uma orquídea e, depois da noite do Liceu, telefonou-lhe convidando-a para sair. O noivado foi muito rápido — no mesmo dia do Liceu a beijou — e logo Lluís entrava na casa dos Claret, na rua Aribau, para aquela conversa, o que você faz da vida, jovem? Lluís trabalhava com o pai, também arquiteto, e era irmão de Patrícia Miralpeix, você a conhece, a amiga da sua esposa, e Joan Claret se apoiou no encosto da poltrona e lhe disse, acho que você joga tênis, não? E assim a coisa fluiu, tão rápida que a avó Ramona precisou correr para terminar o crochê, tão bonito, que começara para o enxoval de Sílvia. No dia em que exibiram as roupas da noiva, até gente desconhecida foi lá para admirá-la. A mãe de Sílvia, Mundeta Ventura, contratou um especialista em vitrines, que colocou junto a uma parede a roupa da noiva e em outra todas as roupas de cama, mesa e banho. Pendurava as peças apenas pela borda e fazia aquilo com tanta graça que parecia que estavam voando. Havia seis jogos de mesa para uso diário, de seis lugares, um de seis de linho, com rendas e bordado à mão, um de oito também de linho, um de doze de linho, bordado à mão e com renda de bilro, um de doze com bordados de Lagartera,* todo branco, quatro jogos de chá bordados — dois por Sílvia —, dois de organdi com ponto de sombra** — também bordados por Sílvia, na escola, uma lembrança —, seis jogos de mesa de dois lugares e um jogo colorido de oito lugares, também de Lagartera. Depois, seis jogos de cama para uso diário com as iniciais bordadas, dois com vira colorida e festão, dois com rendas de crochê colorida, dois de linho, com renda de bilro e bordados à mão. Duas dúzias de toalhas com as iniciais bordadas, uma dúzia de toalhas pequenas, seis de banho, duas dúzias de panos de prato, seis flanelas. Na outra parede, as pessoas se deleitavam com as roupas da noiva, seis combinações de náilon, seis camisolas, seis pijamas estampados de cambraia, três jogos combinados de camisola de dormir com robe, de seda natural e renda, uma camisola preta de voal, um conjunto de dormir de seda fina, dois robes de inverno, meias sete oitavos de seda, calcinhas, lenços de bolso, a mantilha de renda, branca, da avó Ramona. E o xale de Manila da outra avó, a morta. As joias, e os talheres, e os jogos de copos e taças... Fizeram a lista na Vinçon para a louça de porcelana, na casa Bagués e na casa Pallé para as pratarias e também na casa Grifé e Escoda. Todo mundo, na exposição da noiva, se entusiasmava, e as mulheres diziam, que filigranas! Todas sorriam diante da camisola da noiva, decotada e bordada com rosas e, veja só, a camisola tinha cauda, sim, cauda. Chegavam presentes de toda parte, poucos pelo lado Claret, mas muitos pelo lado Ventura e Miralpeix. Tia Sixta, por exemplo, enviou seis taças de prata e Patrícia, a metade de um jogo de talheres de prata — antes havia penhorado a louça de Limoges. No

* Município na Espanha, na província de Toledo, famoso por sua arte têxtil.
** Ponto utilizado no bordado maiorquino em tecidos transparentes.

início do casamento, Sílvia tinha saudade da família, sobretudo do pai, e olhava com tristeza para a boneca de porcelana que trouxera. Uma boneca vestida de Maria Antonieta que, sua avó dizia, um amigo vermelho do papai — e que depois se tornou falangista — confiscou na propriedade dos Bertran e Musitu. "Mas é que a vovó Ramona detestava o papai e sempre que podia contava coisas feias sobre ele."

Lluís já tomou banho, deve estar na cozinha, tomando café da manhã. Sílvia notou que fizera a barba porque o banheiro ficou impregnado de perfume Varon Dandy. Enquanto preparava sua camisa, qual você quer, a bege ou a salmão?, Sílvia perguntou a Lluís, vai contar para a Natàlia?, o quê?, ele perguntou, a história do papai. É claro que vou contar se ela me perguntar! Vai achar estranho que o papai não esteja aqui, Sílvia disse. Passe-me a calça bege, vou usar a camisa cáqui. Não queria a salmão?, não, Lluís falou. Lluís terminou de se vestir e repassou as duas entradas de cabelo com as palmas das mãos, "estou ficando calvo". Hoje não vá ao clube, Sílvia disse, você chegaria muito tarde. A Natàlia telefonou e disse que vai vir almoçar. Essa aí é rápida. Pois somos a família dela, não é? Sílvia acabou de arrumar o quarto, desfez a cama, abriu a janela para arejar o cômodo, fechou as gavetas, recolheu a roupa suja e colocou os chinelos na sapateira. Enquanto se agachava, viu um buraco no carpete, "tão limpo e não é capaz de jogar as cinzas no cinzeiro".

Sílvia ditou a lista de mantimentos por telefone, o lombo, disse a Felisa, compre-o na feira, vai estar mais barato lá. Acabou de se vestir, "hoje não vou à academia nem à massagista. Não ia me sobrar tempo para fazer nada. Mas o que vou servir de entrada?".

Lluís Miralpeix pegou o carro na garagem de casa, "preciso levá-lo para a revisão, o freio está duro". Quando se sentou dentro do Simca 1000, viu que sua barriga fazia uma pequena dobra, "faz tempo que não jogo tênis. Amanhã vou lá". Ligou o carro. Havia alguma coisa que o inquietava e não sabia bem o quê. Cada dia tinha mais trabalho, a casa duplex fez muito sucesso, sobretudo no Vallès, pois havia muita umidade lá. Elevava as casas uns três metros e a parte de baixo, feita com tijolo aparente, servia de adega. No térreo, ao qual se podia subir por uma escada, ficavam a cozinha, a sala de jantar com lareira, um lavabo e um dormitório. Em cima, com teto com claraboias, ficava o salão. "Cada espaço tem seu ambiente. Por um custo baixo, os clientes podem se gabar de ter adega e escritório." As pessoas compravam terrenos porque o dinheiro valia cada vez menos e gostavam desse arquiteto que tinha boas ideias e os tratava como senhores. Uma casa com adega, o sonho de toda uma vida! Para os pequenos proprietários, era uma ideia animadora. É preciso admitir que Lluís Miralpeix sabia lidar muito bem com esse tipo de gente, que se tornara rica de uma hora para a outra, e logo os dissuadia da ideia do chalé — agora já não se chamava torre — de estilo suíço. A madeira é muito cara, de onde querem que traga a pedra?, dizia-lhes. De tempos em tempos, vinha uma mulher cheia de braceletes e brincos e, teimosa, queria um "chalé de cartão-postal". Telhados inclinados, muros de madeira, mansardas... Lluís pensava que com certeza tinham ido comprar chocolate na Suíça e, se possível, deixar algum dinheirinho no banco. A Suíça era o país dos sonhos desses comerciantes gordos que se aproximavam do escritório de Lluís Miralpeix, que talvez quisessem que fizesse muito frio em Barcelona para preencherem seus apartamentos de pisos de taco e de grossos tapetes de pele. Lluís, que amava sua profissão, tinha que se munir de paciência quando a avalanche de mau gosto chegava ao seu santuário. O "santuário", o *sancta-sanctorum*, era o estúdio onde trabalhavam para ele mais de vinte pessoas, entre arquitetos, técnicos, projetistas, secretárias e datilógrafas. Também havia dois estudantes de arquitetura, "bem escolhidos para não se meterem em política", e não por nada, mas porque percebia que aqueles não cumpriam suas obrigações. Os arquitetos faziam os projetos que ele assinava, pois o que gostava era de passear pela Catalunha para ter ideias. Conhecemos pouco nossa tradição arquitetônica, as varandas abertas e a distribuição dos espaços nas *masias* são quase perfeitas, afirmava. Viajava sempre que podia e, em Paris, ficou embasbacado diante da austeridade e da harmonia das linhas do edifício da Unesco. Gropius era um mestre para ele, e Lluís teria gostado de encontrar a ligação secreta entre a arte e a técnica. Era partidário das superfícies claras e da utilização livre e aberta das janelas e das palafitas. Durante um tempo, pensou que o único modo de salvar Barcelona do desastre arquitetônico seria esfriar o gaudinismo e impor um plano racional. Mas sempre acabava concluindo que vivia em um país de lerdos e que, na arquitetura, ainda estavam no abecedário. "Preferem ganhar dinheiro depressa e não percebem que, a longo prazo, ganha-se mais quando se tem bom gosto. Nunca seremos a Europa", repetia.

Lluís fora um bom aluno dos jesuítas e tivera trabalho "para tirar a poeirada da irracionalidade com que os padres me contagiaram". Era um mistério para ele que seu pai, que fora um descrente e agora não era muito devoto, o tenha levado aos jesuítas depois da guerra. Durante uma curta temporada, ainda com os jesuítas, Lluís quis se tornar padre e levava uma vida reclusa e mística. Sua mãe, quando soube, riu. "Para o Lluïset, a vida é como uma escada: ele queria estar no degrau mais alto." Odiava a mãe porque ela não o parabenizava quando tirava notas tão boas na escola, porque nunca o encorajava nem o considerava inteligente e brilhante. Sua mãe, Judit, amara apenas Pere e talvez um pouco Natàlia. Mas ele lutou e conseguiu com as próprias mãos, seu talento e seu esforço aquilo que seu pai não conseguira: um nome e o respeito dos colegas. Triunfara, quem podia negá-lo? Propôs-se a isso, um dia após o outro, precisava demonstrá-lo, dizê-lo, sobretudo à mãe. Sentava-se diante de Judit, na varanda interna, e buscava algum interlocutor para contar os êxitos de sua carreira. Falava com o outro, mas tudo que dizia se dirigia àquela mulher apoplética, de cérebro entorpecido, olhos mortos e sorriso infantil. Era a ela que contava como construíra a primeira casa, como a erguera do nada, por obra e graça de suas mãos e de seu cérebro, como desenhara os projetos e pensara em todos os ambientes. Como o parabenizaram e pediram seu projeto para uma revista de arquitetura, uma revista dirigida por um grupo da Opus, sabe, são eles os que agora ganham. Lluís narrava as partidas que ganhara no tênis, deixei o outro acabado, dizia, anunciava o dinheiro que entrava todo mês, Sílvia é a mais elegante de todas, os carros que pensava em comprar. Mas a mulher dos olhos esmeralda continuava com o olhar impassível, as mãos quietas e o sorriso de uma boba.

Lluís logo esqueceu tudo isso. Enterraram Judit e ele estava perto do degrau mais alto. Era um homem prático e apagou da memória tudo aquilo que o incomodava. Na vida, é preciso ter duas ou três coisas bem claras. Isso já basta, dizia. Acreditava que a razão era a melhor arma para se defender e não lhe custou muito chegar à convicção de que Deus não existia. A religião, acrescentava, é para os cabeças de vento, para as mulheres, para os fracos e para os fracassados. "Estamos na segunda metade do século xx, pisamos na Lua e logo iremos para Marte. Este país é um país de beatas." Os que ele chamava de "idealistas" o exasperavam, e dizia que tanto os de direita quanto os de esquerda eram uma praga que tinha de ser exterminada. "Acabou-se a época dos ismos, a época da política. Acabaram-se as hipocrisias da religião e das ideologias. Agora é o momento da técnica e do progresso científico." Lluís gostava de carros — acompanhava todos os Grand Prix e as Fórmula 1 — e seu sonho era um Jensen-Healey, um esportivo inglês de dois cilindros. "Quando tiver um desses, vou dar o Simca para a Sílvia, agora que ela tirou a carteira de motorista." Pois quando Lluís corria com o carro, já não era Lluís Miralpeix, arquiteto. Era uma criança. Que prazer, aquele vazio dentro da cabeça, e o ar que acariciava suas orelhas, e o assovio dos outros carros, que ficavam para trás enquanto ele avançava sem parar e a escuridão o engolia. Os outros carros se tornavam pontinhos pretos dentro do retrovisor, faróis pequenos que cintilavam e desapareciam enquanto ele afundava dentro da noite, senhor de tudo. Aquele jeito de ir embora do mundo era uma embriaguez. Para ele, naquele momento, tanto fazia a vida como a morte, tanto fazia porque não existiam, tampouco os sentidos, ele já não era um corpo, era uma respiração, uma lufada de vento, uma alma que dominava tudo, e o velocímetro marcava mais de cem, mais de cento e vinte, talvez cento e oitenta, pisar no acelerador, deslizar como uma canoa sobre a água tépida do mar...

desviava dos outros, que não o deixavam correr, mas ele, no fim, os vencia. Depois, cansado, apoiava o cotovelo na janela abaixada e deixava que os carros o ultrapassassem de novo. Olhava-os com condescendência: se ele não corria, era porque não queria. Ainda que frequentasse os bares da estrada de Sarrià, gostava mais de carros que de mulheres. Tinha duas ou três ao mesmo tempo, assim não farei nenhuma burrada, dizia-se. Se alguma das amantes ficasse com ciúme das outras, deixava-a. "Não quero enrosco."

O cinema era outra das paixões de Lluís. Sempre que podia, ia para Perpinyà ou Céret e era capaz de devorar, em um só dia, até seis filmes. Gostava dos americanos, dos violentos contra a violência, e de um ou outro italiano. Não suportava os franceses, são lentos, vazios, dizia. Às vezes se reunia com sua turma, com Albert Mateu e Quim Renau, e viam filmes pornográficos. Um suíço, primo de um cliente, os importava por um preço muito bom. Assistiam-nos aos domingos à tarde, ou nos verões, em Pineda. Reuniam-se ali todos os casais — a mulher de Quim Renau e a de Mateu eram amigas de Sílvia — e morriam de rir. "Ver muitos filmes desse tipo cansa", achavam. "Todos são iguais." A lição dos jesuítas sobre a necessidade de cuidar do corpo — e do espírito — para triunfar permanecera em Lluís. Sempre que podia, ia ao Clube de Tênis. Mas praticava esportes cada vez menos: cansava-se muito, tinha gordura no coração, envelhecia.

Sílvia pediu à cabelereira que não fizesse a permanente, hoje estava com pressa. Pode só modelar os cachos e pronto. Também pediu que esquentassem a cera para tirar o bigode e as sobrancelhas. Não, as pernas não, hoje não tenho tempo, acrescentou. Sílvia lembrou a cabelereira de que precisava depilar a sobrancelha primeiro, já sabe, tenho uma pele muito delicada e fica vermelha como um tomate. Sílvia, com a cabeça cheia de pinças e uma rede cor-de-rosa, ajeitou-se sob o secador. Isso era o que mais lhe agradava quando ia ao salão. Com muita frequência adormecia naquele calorzinho. Era um sono muito doce, como quando era criança e babava. Abriu a *Garbo* e a folheou depressa. Falavam de Maria Schneider, a do *Tango*, a atriz cheia de olheiras, de cara terrosa, cabelo úmido e peitos grandes, "um pouco caídos". Maria Schneider enlouquecera por uma amiga sua e largara o diretor de um filme em Roma, bem no meio de uma filmagem, Sílvia pensava, não sei por que não dizem claramente que é lésbica, essa garota é suja, mas não suja de não se limpar, é suja de outro modo, não sei como dizer… Sílvia continuou folheando a revista. Um tal Ronald D. Nadler, um professor americano, descobrira que o gorila macho não é agressivo. "*No es tan fiero el macho como lo pintan*",* dizia o título da reportagem e, um pouco abaixo, "*la hembra persigue al macho para hacer el amor*".** O dr. Ronald D. Nadler afirmava que o gorila "*que durante mucho tiempo fue descrito como un animal feroz y poseído de un insaciable apetito sexual, parece ser, a la vista de los últimos estudios, exactamente todo lo contrario*".*** O professor americano aparecia fotografado ali: cabeleira de leão, bigodes estilo Groucho Marx, lábios sensuais — daqueles que parece que comeram *sobrassada* —,**** nariz de águia. "Todo um exemplar", pensou Sílvia. Estava com o peito um pouco à mostra e Sílvia viu como os pelos ruivos afloravam nele...

"... *al contrario, es la hembra la que desempeña el papel de agresora en lo tocante al apareamiento, dedicándose a perseguir activamente al macho a fin de iniciar el acto sexual. Por lo que se refiere a quién lleva la iniciativa en cuanto al acto sexual, lo primero que resalta es el hecho de que el macho raras veces es el que aborda a la hembra. Casi invariablemente es la hembra la que toma la iniciativa, echándose reiteradamente sobre el macho, empujándole con frecuencia contra un muro, o incluso, dándole golpes con sus puños hasta tenerle acorralado. Mientras se dedica a perseguir al macho, la hembra emite un sonido agudo y delicado, similar al que produce un pichón satisfecho de sí mismo. Por otra parte, el gorila macho no sólo se muestra pasivo en lo que a cortejar a la hembra se*

* O macho não é tão feroz como se imagina.

** A fêmea persegue o macho para fazer amor.

*** Que por muito tempo foi descrito como um animal feroz e tomado por um insaciável apetite sexual, parece ser exatamente o contrário, segundo os últimos estudos.

**** Embutido feito com carne de porco e páprica, que lhe dá a cor avermelhada característica. É um produto típico das ilhas Baleares.

refiere", o professor Nadler conclui, "*sino que incluso cuando se le da la posibilidad de tener acceso diario a la hembra, sólo responde positivamente a los requerimientos amorosos de ésta una o dos veces al mes puesto que parece satisfacerle más un plátano que una hembra.*"*

... Sílvia deixou a revista cair sem se dar conta. Uma bruma fizera as letras desaparecerem e suas pálpebras não paravam de se fechar. Dava cabeçadas contra a parte de dentro do secador. Sonhou que o professor Nadler golpeava o próprio peito e que Maria Schneider, piando como uma rolinha e com as peitolas para cima, lançava-se em cima de um gorila e fazia amor com ele como se andasse a cavalo. O professor Nadler tomava notas em uma caderneta enquanto ela, Sílvia, comia uma banana com deleite. A soneca durou muito pouco, porque em uma das cabeçadas sua testa bateu com tudo contra o secador. Tinha babado um pouco, até. A auxiliar lhe devolveu a revista. Sílvia chamou a manicure, pinte de madrepérola. Enquanto tiravam suas cutículas, Sílvia pensou "já sei o que vou servir de entrada: melão com presunto de Parma. Tenho que ir à frutaria Tívoli, vamos ver se tem". A história do gorila que comia bananas a fizera pensar nisso.

* Pelo contrário, é a fêmea que desempenha o papel de agressora no acasalamento, dedicando-se a perseguir ativamente o macho para iniciar o ato sexual. Com relação a quem toma a iniciativa no ato sexual, o primeiro fato que sobressai é que o macho raras vezes é quem aborda a fêmea. Quase sempre é a fêmea quem toma a iniciativa, lançando-se reiteradamente sobre o macho, empurrando-o com frequência contra um muro, ou até lhe dando golpes com os punhos até conseguir encurralá-lo. Enquanto se dedica a perseguir o macho, a fêmea emite um som agudo e delicado, semelhante ao produzido por um filhote de pombo satisfeito consigo mesmo. Por outro lado, o gorila macho não só se mostra passivo no que se refere ao cortejo da fêmea, mas também só responde positivamente às solicitações amorosas da fêmea uma ou duas vezes ao mês, inclusive quando tem acesso diário à fêmea, dado que parece se satisfazer mais com uma banana que com uma fêmea.

Você podia ter avisado, garota, a gente ia te buscar no aeroporto, Sílvia dava dois beijos em Natàlia, um em cada bochecha. Envelheceu, pensou, e descabelada como sempre. Os homens ainda não chegaram, venha, vou te mostrar o apartamento. Na parte de cima, ficavam a sala de jantar e de estar, a cozinha, o hall e os lavabos. Na sala de jantar, uma lareira de ferro preto descia do teto e dividia os dois ambientes. A sala de estar era um pouco mais alta que o espaço que servia de sala de jantar, o chão era de madeira e havia grandes pufes de espuma forrados de veludo cotelê em diversas tonalidades de marrom espalhados por toda parte. Na sala de jantar, acarpetada, havia uma mesa de pinheiro escuro com dois bancos alongados. Nas paredes, prateleiras em gesso com livros de arte e uma coleção de pequenos mochos de cerâmica. Tudo foi ideia do Lluís, já sabe que tem muito bom gosto, Sílvia estava contente e lhe mostrava todos os detalhes, o piano de Judit, com um vaso de vidro alongado em cima, pobre mamãe, Sílvia suspirou, que final!, as reproduções de Vasarely, Mondrian, Hoyland, Nicholson, linhas frias, cores metálicas, grandes trechos de parede de cor branca, tons apagados. A biblioteca ficava ao lado da sala de jantar, as prateleiras eram de nogueira, assim como a mesa enorme, as poltronas de couro de cor preta. Esse era o escritório do papai, Sílvia mostrou, e agora é do Lluís. Em uma parede, um Utrillo e um Madrazo. As estantes estavam cheias de livros de arte, de arquitetura e da enciclopédia *Espasa* inteira. Como um todo, a biblioteca tinha um ar mais circunspecto e que contrastava com a sala de jantar e o salão. No andar de baixo ficavam os quartos. Passaram rapidamente pelo quarto do pai, e Sílvia viu que Natàlia não perguntava nada, detinham-se no de Lluís e Sílvia, de paredes brancas e com um Paul Klee enorme na cabeceira da cama. Poucos móveis, armários embutidos e colcha de um azul elétrico. Ao lado do quarto, ficava seu banheiro com azulejos verde-garrafa, pias que pareciam batismais e um espelho que ocupava metade de uma parede. Depois foram ao quarto de Màrius, sempre tão desorganizado, Sílvia exclamou, uma escrivaninha de pinheiro, uma vitrola, capas de discos por toda parte, três prateleiras de madeira branca cheias de livros, não sabe?, agora gosta de poesia, Natàlia recolheu um livro do chão um pouco amassado, *Nueve novísimos poetas españoles*, e, quase embaixo da cama, um disco dos Blood, Sweat and Tears. Nas paredes, um pôster de Che, outro de um *moto trial* feito no Japão e a *Ofélia* de Everett Millais: uma garota lívida, da cor da morte, cercada por flores, as mãos esticadas, os lábios entreabertos, descia por um rio entre samambaias e troncos mortos. Esse quadro deixa o Lluís frenético. Acha que é antiquado. Mas Màrius diz que é muito bonito. Natàlia disse:

Sur l'onde calme et noire où dorment les étoiles
*La Blanche Ophélia flotte comme un grand lys...**

Quê?, Sílvia perguntou. Nada, nada... O Màrius lê muita poesia e já brigou não sei quantas vezes com o Lluís, que quer que ele decida qual curso quer fazer. Outro dia foi um drama porque o Màrius lhe disse, e quem te falou que eu quero fazer faculdade? Sabe de uma coisa?, tenho medo de que o Màrius se drogue, porque anda com cada companhia! Sílvia continuou mostrando o duplex para Natàlia, o quarto de hóspedes, o banheiro de Màrius, com azulejos lilás... Venha, disse subitamente, vou te mostrar uma coisa, e foram outra vez para o escritório: Sílvia tirou uma pasta estampada com ondulações roxas de dentro da gaveta da mesa de nogueira. Abriu a pasta e lhe mostrou um par de folhas brancas, *mon chou, je ne t'oublie pas...*** O Lluís pensa que eu não sei, mas eu remexo em tudo dele. Não disse nada a ele?, Natàlia perguntou. Pra quê? Prefiro que as coisas fiquem como estão agora. Agora a casa está em paz.

Sílvia levou Natàlia até a cozinha, queria dar uma olhada no lombo. Olha, disse, tenho um desses fornos altos separados do fogão, não sabe como são bons, Sílvia não parava de falar, precisa me ensinar a fazer doces ingleses, hein? Sílvia abriu o forno, por mais que tenha uma lâmpada acesa não vejo bem pelo lado de fora, provou com um garfo se o lombo estava cozido, não, ainda falta um pouco, então, fiz lombo com amêndoas em sua homenagem, vai a carne inteira com uma pitada de sal e um tantinho de pimenta, tem que fazer uns cortes fininhos nela e assar aos pou-

* "Nessa onda calma e escura em que as estrelas dormem,/ Flutua a branca Ofélia igual a um grande lírio" ("Ophélie", de Arthur Rimbaud, em tradução de Ivo Barroso).

** Meu bem, não te esqueço...

cos até ficar cozida. Então acrescenta amêndoas picadas, diluídas em leite. É preciso fazer com que entrem nos cortes marcados e que termine de cozinhar aos poucos. Você não sabe o trabalho que tive para encontrar o melão, Sílvia continuou, está fora de época e fui à frutaria Tívoli. Mas é preciso comer o melão como entrada, do contrário é indigesto e a mistura com o presunto — comprei o de Parma — é única. É chique, né?, Sílvia perguntou. Pois saiba, acrescentou, estamos atualizados. Mudamos muito. Não parecerá nada diferente da Inglaterra, você vai ver só. Sílvia sentou na cadeira tesoura de pinheiro, diante de Natàlia. E agora me conte, o que você fez nesses anos? Mas Lluís estava chegando e, ainda que tivessem se visto duas vezes durante esses doze anos, o oi que se deram foi um tanto frio.

Já estavam sentados à mesa e Natàlia observou que havia quatro conjuntos de talheres. Meu pai deve estar em Gualba, pensou. Primeiro tomaram um vermute, Lluís uísque e elas vermute branco, o de uma, doce, e o da outra, seco. Sílvia deixou em cima da mesa uns pratinhos, para que beliscassem alguma coisa até que o lombo ficasse pronto. Havia azeitonas recheadas, pedacinhos de queijo gruyère e camarões salgados. Quem falava mais era Sílvia, que explicava todas as dietas que chegara a fazer para emagrecer um pouco. De tempos em tempos, instalava-se um silêncio um tanto longo e não sabiam do que falar, a salvação era Màrius, os estudos e a moto. Não acha que é uma máquina bastante erótica?, Sílvia comentou. Se fosse jovem, acho que andaria de moto. Você?, Lluís disse com um sorriso, mas você morre de medo só de descer de elevador! Sílvia olhou para Natàlia, não acredite nele, diz isso só para me provocar. Lluís estava de cara fechada e, com uma mão no bolso, apoiado na cadeira de junco e de madeira preta, bebia o Bourbon "Four Roses" em pequenos goles. Depois de um tempo, perguntou a Natàlia, veio para ficar?, e ela, antes de responder, pensou que era engraçado, todo mundo lhe fazia a mesma pergunta. Mas não disse nada porque Màrius apareceu. A estampa dos Claret, Natàlia disse a si mesma. Parecia um adolescente tirado de uma pintura veneziana, um Bellini, o cabelo preto e encaracolado, os lábios cor de morango, sensuais, as sobrancelhas grossas, os olhos pretos, as bochechas rosadas, a postura tensa e um pouco receosa. Tinha um rosto inacabado, mas belo, com as bolsas escuras embaixo dos olhos dos Miralpeix e o olhar fugaz de Judit. Tinha alguma coisa de inquietante, talvez o olhar, que era como o de Judit, entre infantil e desconfiado. Seu olhar também parecia que nunca se detinha em coisas concretas ao seu redor e tendia a ir além. Natàlia pensou que os olhos de Màrius eram maléficos e inocentes ao mesmo tempo. Màrius deu um beijo na testa de Natàlia, apenas porque ela estava sentada e, sem olhá-la direito, acomodou-se na outra ponta da mesa, bem diante dela. Mas que recepção mais fria, Sílvia disse, é sua madrinha. Deixa para lá, Sílvia, Natàlia comentou, como quer que ele me receba? Como quer que se lembre de mim? Màrius olhava o prato e balançava as pernas de um lado para outro. Apoiou sobre a palma da mão a bochecha direita, onde antes havia uma espinha bem grande e cheia de pus. Ele a espremera de manhã, mas ainda havia uma marca. Falaram um bom tempo sobre tia Patrícia, riram de sua colite e dos trincos na porta. Tem medo de ser roubada. Ou talvez que algum homem a sequestre, Lluís comentou. Sílvia disse que era preciso reconhecer que Patrícia mudara muito desde a morte de Esteve. Diz que descobrira a realidade da vida e que se sente enganada. Já não bebe o licor Aromes de Montserrat desde que conheceu as cubas-libres com rum e o vinho de Jumilla. Toda semana vai ao cabeleireiro e pinta o cabelo, você já deve ter visto, é claro. Até fuma e pinta as unhas! Depois de almoçar, Encarna e ela vão para a casa Jorba ou para El Corte Inglés e ficam fuçando em tudo sem comprar nem uma agulha. Uma vez encontrei as duas no Moka e estavam tomando um sorvete tão alto quanto uma catedral. E até vai ao cinema de noite. Gasta como uma condenada. Lluís achava que esse era o ponto fraco da história. Os aluguéis da casa são muito baixos. Eu a aconselhei a vender os apartamentos, pelo menos para escritórios. Mas ela é teimosa e diz que o que tem lhe basta, vamos ver o que vai acontecer se enxugar as poucas rendas que lhe restam. Com a pensão do Esteve, não chega nem no Llars Mundet. A Patrícia é uma relaxada, Lluís concluiu. Por falar nisso, Natàlia comentou, o papai deve estar em Gualba, não? Màrius levantou o olhar e fez um movimento quase imperceptível. Sílvia olhou de canto de olho para Lluís. Este respondeu que ele estava em Gualba. Melhor, Natàlia acrescentou, assim vou adiar o encontro. Não tenho muita vontade de vê-lo. Que está fazendo? Envelheceu muito desde que parou de trabalhar? Não, Lluís comentou meio que dando uma cortada, mas Natàlia já não o escutava, virara na direção de Màrius e falava sobre os Rolling Stones com ele. Estão em baixa na Inglaterra. Os jovens de agora não conseguem se esquecer de Jimi Hendrix e riem de Zappa. Não, não estão em baixa, Màrius disse, escutei o *Goats Head Soup* e é maravilhoso. Todos esses aí fazem música porque se drogam, Sílvia comentou. E qual o problema, se isso potencializa sua criação? Além disso, o que você sabe desse assunto?, Màrius se dirigia à mãe. Digo isso porque leio, garoto: no ano passado prenderam alguém desse grupo, como se chamava? Keith Richards, Màrius disse, isso, Sílvia continuou, porque tinha drogas em casa. Mamãe, isso é bobagem... Enquanto Sílvia e Màrius discutiam, Lluís lembrou o que o deixara de mau humor naquela manhã: era a Natàlia, isso, a Natàlia, que viera subitamente, essa aí tem vontade de remexer nas coisas. Foram tomar café na sala de estar, Sílvia o serviu em uma bandeja ovalada. Sentaram-se nos pufes, ao redor de uma mesinha de vidro. Havia um objeto enorme em cima da mesa, o que é esse artefato, Natàlia perguntou, é um isqueiro, Sílvia comentou, design especial, Lluís disse. Sílvia sentara no chão, apoiada em uma enorme almofada forrada com imitação de seda. Usava uma calça de camurça laranja e uma camisa comprida preta. Tinha vários pingentes no pescoço, um deles era um pequeno chifre de marfim — de brincadeira, dizia para as amigas da academia que era o corno que levava do marido. Natàlia perguntou a Sílvia o que se passava do seu lado da família, Sílvia suspirou enquanto acendia um cigarro, aconteceram tantas coisas!, disse, minha avó morreu, como você já sabe, e a Gèlia se afogou no verão passado em Calella. Isso foi um golpe mortal para o papai e a mamãe, ela envelheceu... Sabia que não moram mais na rua Aribau? Compraram um apartamento em Pedralbes. Os negócios do papai vão muito bem. Ninguém sabe por onde anda o Nasi. Talvez esteja no Brasil, talvez no Chile. Faz tempo que não escreve. Vovó morreu com esse desgosto. Sílvia se animou, ah!, e a Mundeta vai se casar, enfim, Lluís disse, está muito diferente, Sílvia continuou, foi embora de casa durante a confusão da universidade e virou meio hippie. Agora trabalha em uma escola. Com quem vai se casar, Natàlia perguntou, com um advogado que está na política. Seu pai, Lluís disse, é um dos fundadores da democracia cristã catalã, e o prometido da Mundeta já foi preso algumas vezes. São muito catalanistas, Sílvia acrescentou. Natàlia sorriu, a Mundeta casada com um da União Democrática? Não tinham me dito em uma carta que se tornara trotskista? Tudo isso me parece a mesma coisa, Sílvia comentou, então, na realidade não é o mesmo, Natàlia disse. Lluís, com um brandy Torres dez anos na mão, opinava que tanto estes quanto aqueles eram políticos das antigas. O que as pessoas querem é viver bem e com conforto. Você que vem da Inglaterra deve saber disto: o que conta é a política do "bem-estar". Nenhum deles conseguirá isso. Credo, Natàlia comentou, vejo que você continua o de sempre: nem de um lado nem do outro. Lluís terminou o conhaque em um gole, você verá, quero cumprimentar os outros como pessoas, de igual para igual e cada um com seu trabalho. Acabou-se essa história de poder cumprimentar apenas de duas formas, ou com o punho para cima ou com a mão esticada. Puig Antich, aquele bandido... Màrius o interrompeu, não era um malfeitor, papai, bem, como queira, aquele anarquista, então, foi provocar os que mandam, um iludido... Màrius se dirigiu a Natàlia, você já deve ter percebido que o papai é de centro. Você é partidário da pena de morte, Natàlia perguntou a Lluís; escute!, Lluís disse, sou um homem europeu, não um reacionário, entendeu? E se alguém te estuprasse na rua?, Sílvia perguntou, o que faria? Lluís riu: você tem muita imaginação. De toda forma, continuou, esses quatro exaltados que saem pela rua vão botar tudo a perder e não conseguiremos entrar no Mercado Comum Europeu. Para você, Màrius comentou, tanto faz a morte do Puig Antich. Bem, basta de política, Sílvia disse, vamos acalmar os ânimos. Para Natàlia, o que você vai fazer amanhã? Podíamos sair juntas... Queria ir ver um editor. Estou procurando trabalho. Lluís não fez nenhum comentário, que sorte, Natàlia, você vai trabalhar! Lluís sorriu e disse para Natàlia, essa aqui é uma trouxa, agora está com essa mania de trabalhar, e poderia estar tão bem com o dolce far niente!, enquanto dizia isso, Lluís esticava os braços e desfigurava a cara com um enorme bocejo. Perdoem-me, preciso tirar um cochilo. Se não durmo dez minutos depois de almoçar, não presto pra nada. Olhou para Natàlia, temos dias de sobra para conversar.

Sílvia disse a Màrius, a Natàlia achou interessante que você goste de poesia, que você se dedique a isso. Màrius enrubesceu como um pimentão até a ponta das orelhas, não é que eu me dedique a isso, tapava a espinha da cara, vamos muitos finais de semana ao apartamento da Roser Roura, em Begur, e lemos poesia lá. A Roser Roura é mãe de família com quatro filhos, divorciada, Sílvia acrescentou com malícia. A Roser Roura é uma mulher extraordinária, Màrius retrucou enraivecido. Você escreve poesia?, Natàlia perguntou, no momento, três amigos e eu estamos escrevendo um *Manifiesto*. Em castelhano?, Natàlia perguntou, sim, em castelhano, e lemos Verlaine, Rimbaud, Baudelaire... De que se trata esse *Manifiesto* de vocês? De literatura, do fato de todas as fórmulas poéticas usadas até agora estarem ultrapassadas. É preciso acabar com isso de poesia social e poesia política. A poesia é outra coisa, a Roser Roura diz... Natàlia seguia os lábios cor de morango de Màrius e se lembrava do poema do outro Màrius: "Agora que o braço potente das fúrias soterra/ a cidade de ideais que queríamos erguer...". Eram lábios de uma carnação jovem. Está apaixonado por Roser Roura, Natàlia pensou, talvez até façam amor. Màrius estava com a cara apoiada em cima da mão e tapava bem onde ficava a espinha. Natàlia quase não escutou a pergunta de Sílvia, pois não acha que mudamos?

SEGUNDA PARTE
Aroma de outono

Não entramos. Mudávamos de pele e não
nos interessávamos pelos farrapos
da antiga. Cheirávamos o medo
que era o aroma daquele outono…

Gabriel Ferrater, "In memoriam"

Tia Patrícia nunca foi bonita. Tinha a pele ressecada, da cor de terra sem água. Parece de sequeira, Esteve sempre lhe dizia. Um pouco corcunda e olhos que, vistos de perto, pareciam feitos com arco de pua e, de longe, sumiam sob sobrancelhas bastante espessas. Sob os olhos, uma bolsa lívida e umas rugas escuras. Os Miralpeix, Esteve dizia, parecem gente devassa, têm olheiras como se tivessem vivido muito. Ela bem que passava um pó cor-de-rosa para disfarçar o sombreado dessas bolsas, mas não havia nada que pudesse fazer: voltavam a aflorar com o transcorrer do dia. Vocês murcham antes da hora, Esteve continuava. O nariz não chegava a ter forma de gancho, mas tendia a isso, e suas bochechas eram repuxadas, como se fossem se recolher em volta das orelhas. O que havia de mais bonito em Patrícia eram suas mãos, "todo mundo as inveja", finas, compridas, brancas de uma brancura nada carnosa, que não tinha nada a ver com a pele do rosto, tão corada. Suas mãos são maravilhosas, Esteve lhe dizia quando passava uma temporada em que não queria fazê-la sofrer, "as mãos costumam ser extremidades articuladas com valor funcional: servem para pegar objetos, para se coçar, para se vestir, para apontar ou para acariciar. Se você percebe que uma pessoa tem mãos, é porque elas são bonitas. E por isso todo mundo olha para suas mãos". Esteve Miràngels dedicou a Patrícia um soneto novecentista que começava: "Minha vida e meu corpo/ as suas mãos têm buscado/ como um navio ancorado...". E quando tinha dinheiro, presenteou-lhe com dois ou três anéis, um com um brilhante do tamanho de um grão-de-bico.

As mãos de Patrícia eram melancólicas, às vezes um pouco ausentes, "mãos de frígida", Lluís dizia, modestas. Eram mãos um pouco desperdiçadas, "se ela mexesse em tanta água sanitária como eu, veria como ficariam enrugadas", Encarna dizia. Eram mãos que mimavam os filhos dos outros, mãos de mulher estéril, que acariciavam as flores das noites de primavera e com o dedo percorriam as folhas dos plátanos que caíam no outono, mãos que buscavam um ponto dentro do horizonte, que penteavam os cabelos prematuramente brancos de Judit, que os alisavam com ternura, que fecharam suas pálpebras quando escapou dela o último sopro de vida, mãos que repassavam os mistérios da dor, que se benziam, molhadas de água benta, que se apertavam nas noites escuras de bombardeio, mãos que distribuíam balas para as crianças pobres, que desatavam com paciência as presilhas do corpete quando era tão gorda e que se enchiam de creme depois do banho, agora que era tão magra. Mãos que vibraram de melancolia e de emoção quando despedaçaram com um martelo a boca do cupido da fonte, uma noite cálida em que achava que enlouqueceria... Seu sentimento foi tênue e morreu dentro do vento, assim como o som de uma trompa de caça, e suas mãos se abriram como uma virgem prestes a ser deflorada e se fecharam como um agonizante que aceitou a morte. Mas o cupido já não sorria: já não tinha boca. Agora, Patrícia deixava as unhas compridas e bem cuidadas, pintadas de cor de mogno, como os cachos de seu cabelo, e eram engenhosas quando jogavam paciência e hábeis em abrir garrafas de vinho. O cupido desapareceu, assim como o jardim que lhe trazia tanta tristeza. À noite, essas mãos percorriam as letras bordadas de seus lençóis e pretendiam, pela manhã, caçar os argueiros que resvalavam pelas frestas das venezianas, os argueiros que entravam em seu quarto na forma de raios de sol. As mãos da Patrícia, Sílvia dizia, não parecem dela, parecem as mãos de uma artista.

Agora, Patrícia diz que bebe para engolir as penas. Ela sabe que não é pecado: Jesus transformou água em vinho para as bodas de Caná, Jesus fala frequentemente da vinha e dos vinhateiros, Jesus fez com que seu sangue fosse o vinho da Santa Ceia. Patrícia leu no Evangelho: "Ninguém põe remendo de pano novo em roupa velha, porque o remendo repuxa a roupa e o rasgo torna-se maior. Nem se põe vinho novo em odres velhos; caso contrário, estouram os odres, o vinho se entorna e os odres ficam inutilizados. Antes, o vinho novo se põe em odres novos; assim ambos se conservam",* Jesus Cristo despejava vinho nas feridas e não obrigava a jejuar. Os que convivem com Jesus Cristo não devem estar tristes. Antes ela estava muito triste, mas agora percebe que não, que as penas se diluem com o vinho. Ela quer espantar os males, os males são como corvos que a bicam, os corvos a rondam dia e noite. Antes bebia apenas Aromes de Montserrat, mas gosta de vinho, o vinho cálido de Jumilla que acende suas bochechas e preenche sua garganta. Quando bebe, os corvos vão embora e não voltam. Mas acontece que Patrícia bebe para estar alegre e a alegria não vem, e sim uma tristeza bem grande, tão grande quanto a escuridão cheia de corvos que a espreitam. E ela não quer chorar. Não sabe muito bem por quê, mas seus mortos vêm visitá-la,

* Mt 9,16-7 (*Bíblia de Jerusalém*).

os mortos da sua vida sentam ao lado e conversam com ela, Paquita vem, rindo com sua cara rechonchuda, Judit vem, com seus olhos que estão e não estão ali, Kati vem, e a olha com deboche, com as sobrancelhas depiladas e seus conjuntos de lã, Mundeta Jover vem, com seus longos cabelos esticados como se fossem duas asas de um grande pássaro e as mãos como raios do luar, Esteve vem, e nem a olha... E todos falam ao mesmo tempo, escuta o barulho de suas vozes que vêm e vão, como se fosse ela que saísse e voltasse ao quarto, as vozes às vezes parecem um eco e às vezes um sussurro ao pé do ouvido, a Kati, Patrícia, está viva e já come capim pela raiz, a Mundeta, venha comigo, Patrícia, já não vale a pena sofrer, o Esteve, Patrícia, você que fala catalão oriental, *ressò* rima com *cançó*?...

... poeta, Poeta com maiúscula, Esteve queria ser chamado e, quando passavam mais fome, Esteve se sentava à mesa entre o Casas e o Nonell autênticos, com as toalhas bordadas à mão e de renda de bilro, os talheres de prata — se não os tivesse penhorado — e a louça de Limoges. Patrícia lhe perguntava, o que quer para o jantar, e ele dizia, o Poeta quer faisão, *huîtres vertes de Marennes, dessert assorti** e Bordeaux da safra de 1891, e Patrícia dizia à empregada, faça uma fritada com um ovo. A empregada, se não tivesse se cansado e procurado uma casa melhor, servia a mesa com luvas e touca, com o uniforme preto e a gola e os punhos de renda branca e um avental branco e fino. Patrícia, muitas noites, não jantava — ainda que isso lhe conviesse, assim emagrecia — e a empregada, para que não fosse embora, comia uma fritada de dois ovos. Esteve lhe dizia, você, *pubilla,*** é uma camponesa, mas eu, que sou parente de condes e marqueses, não, não posso viver

* Ostras verdes de Marennes, sobremesa variada.

** Herdeira de uma propriedade rural na Catalunha. A terra não é dividida, ainda que haja outros irmãos e irmãs, pois pertence à primogênita.

nessa miséria... Mortos de fome porque seu pai, o herdeiro da família Casamitjana, uma das melhores casas de Gualba, deserdara todos os três filhos, "a desgraça de uma casa tão boa, que ave de mau agouro entrou lá?", as velhas cantavam em quadras, "uma das filhas puta; a outra casada com um vagabundo que se acha milorde; e o menino, o herdeiro, perdido pelo mundo sem se dedicar ao patrimônio".

E era verdade: o patrimônio dos Casamitjana era um dos melhores de Gualba. Tinham terras que chegavam até o pé do Montseny. O bisavô de Patrícia fora condecorado com a cruz de Elizabeth II porque combateu contra os carlistas. Morreu diante da própria *masia* — ainda existe uma lembrança da mancha de sangue, uma rugosidade preta e cercada por uma auréola dourada, que o velho Casamitjana encomendou a um ilustrador de Barcelona como recordação do herói familiar. Por muito tempo, a medalha ficou dentro da cristaleira da sala do piano, em cima de uma almofadinha de veludo escarlate. Mas a família Casamitjana também tinha outros dois heróis, da guerra contra o Primeiro Império Francês: contam que são parentes do monsenhor Joan Salarich, "ilustre poeta e corajoso patrício, fuzilado pelos aguerridos exércitos de Napoleão", e uma santa, a madre Carrió. Bem, ainda não era santa, mas diziam que o papa a consagraria logo. A madre Carrió foi uma religiosa e heroína na Guerra Peninsular. Dizem que durante o sítio de Zaragoza, "a madre Carrió se destacou por sua abnegação e seu heroísmo; atendeu com um cuidado extraordinário os numerosos feridos e foi com algumas religiosas aos lugares mais perigosos para exercer sua missão de caridade. Em um dos ataques, o hospital foi incendiado e, depois de esforços extraordinários, as freiras conseguiram salvar alguns dos enfermos (a crônica não relatou que algumas daquelas criaturas indefesas foram cruelmente violadas e outras desapareceram, deixando a incerteza sobre seu destino), encorajadas pela superiora — que era a madre Carrió. Juntaram-se às tragédias da guerra as da fome, e alguns dos enfermos socorridos e nove freiras morreram. Sobraram apenas três das vinte e uma que começaram". Em meio a circunstâncias tão críticas, a madre Carrió e as duas freiras restantes atravessaram o fogo inimigo até chegarem ao lugar onde o general Lannes (o general que fora ajudante de tintureiro e esteve ao lado de Napoleão no Dezoito de Brumário) sitiava Zaragoza, e conseguiu (ainda não sabemos de que modo) fazer entrar os recursos de que precisavam. A madre Carrió adquiriu uma influência tão grande com o líder que desde então salvou mais de uma vez os ilustres patriotas que caíram em poder do inimigo.

Tendo uma estirpe assim como pano de fundo, era natural que o velho Miralpeix da família Casamitjana olhasse de soslaio para o recém-chegado, aquele tipo de herdeiro esbanjador que cantava, com ares de nobre arruinado, grandezas que não eram vistas em lugar algum. O velho Miralpeix o definiu em uma só frase: "É um preguiçoso". "O que ele tem?", perguntava a Patrícia. "Não vê que só quer se casar com você pela fortuna?" Seu pai a ameaçou, dizendo que, caso se casasse com Esteve, não receberia nem um tostão, nada, nem enxoval, nem a baixela de cristal com as taças que soavam como uma nota musical se fossem golpeadas com o dedo, nada. Mas Patrícia se casou com ele, se casou e recebeu as anáguas da avó, as mantilhas de renda da mãe, a camisola de noiva da bisavó, da avó e da mãe, os robes de cetim, o quimono japonês todo bordado com fio de prata, as toalhas de mesa adamascadas, as toalhas de linho, um conjunto de lenços de bolso, roupas íntimas de seda, os xales de Manila das tias, um robe de voal adornado com um friso lilás de marabu, enfim... tudo que a *pubilla* de uma casa tão boa como a da família Casamitjana deveria ter. Patrícia também quis uma colcha de cetim estampada com enormes flores azuis que vira em uma revista de Paris. Patrícia se casou apaixonada por Esteve, ninguém pode negar, ele falava tão bem, com aqueles "os" abertos e o "*poc que te crec*"* que lhe parecia, dito bem depressa, com o ritmo de um trem andando... Além disso, Esteve escrevia versos e lhe dava beijos no lóbulo da orelha. Os beijos lhe provocavam um calorzinho que subia por suas pernas chegando até em cima...

... todas as desgraças vieram, Patrícia diria, quando Esteve cismou de viver em Barcelona. Joan, seu irmão, um dia foi embora sem deixar rastro e ela se tornou *pubilla* da família Casamitjana. "Preparávamos banquetes em casa... deixávamos as portas do jardim abertas e a *masia* se enchia de gente. Os mendigos das redondezas vinham e comiam capões e perus e o vinho corria solto. Uma vez, um forasteiro entrou de penetra porque achava que aquilo era uma pousada. Nós, as pessoas da casa, éramos poderosos e não prestamos atenção. Era uma agitação de festas e de alegria..." Ninguém sabia se Patrícia mentia quando contava isso. Mas Patrícia, que amava os campos recém-ceifados e cheios de sol e os bosques úmidos e escuros de árvores centenárias, e o passeio de ciprestes da *masia*, e os álamos que beijavam o córrego de Gualba, não fora educada nem para o campo nem para a cidade. No campo, murchava. Na cidade, consideravam-na caipira. Só sabia cozinhar, tocar a "Marcha turca" e fazer renda de bilro. Era grande e feia — tão grande que precisava de duas cadeiras para poder se sentar. Na sala do piano, colocaram duas cadeiras elizabetanas bem juntas para ela e nunca as tiraram de lá. Um belo dia, chegou a Gualba Horaci Mir com um homem alto e gordo, de rosto sanguíneo e cabeleira castanha. Parecia um personagem tirado de uma das histórias do Pickwick: vestia-se como um lorde, com um colete que se abria embaixo devido à sua barriga descomunal. Andava com um bastão e um chapéu de palha e usava

* Expressão que significa "não acredito nada em você".

branco. Era um poeta, amigo de Horaci Mir, que também era poeta e noivara com uma das garotas mais pobres de Gualba, mas que era amiga íntima de Patrícia. O poeta se chamava Esteve Miràngels, de família arruinada pela filoxera, natural do Empordà por parte de mãe e endividado pela jogatina. Esteve perguntou a Horaci, quem é a garota mais rica de Gualba? E Horaci perguntou à sua noiva, quem é a garota mais rica de Gualba? A noiva de Horaci disse, Patrícia Miralpeix, da família Casamitjana, que tem um irmão zureta e seu pai o deserdou.

... casaram-se, então, e as bodas foram pomposas. Dizem que meia comarca apareceu lá, e a outra metade morreu de inveja. Esteve dedicou um longo poema em hendecassílabos à noiva, que se derreteu de emoção. À noite ela vestiu a camisola da avó e da bisavó, e também da mãe. Abriram-na pelas costuras, pois não cabia nela: suas antepassadas eram mais magras. Era a camisola da casa solarenga. Patrícia se despiu em outro cômodo e apareceu com os olhos baixos e a camisola branca que chegava até seus pés. Nua por dentro e, no baixo-ventre, bem na altura do púbis, um buraquinho, um buraco tão pequeno que um galho de cerejeira passaria por ele apenas com muito esforço. Esteve primeiro ficou perplexo, depois se enfureceu e por fim morreu de rir. Ficou rindo com gargalhadas altas e gordas. Aquelas risadas a aguilhoaram por muito tempo. Enquanto ria, Esteve rasgava sua camisola, segurava seus ombros e a lançava para cima da cama. Ela fechava as pernas e agarrava com suas mãos, tão brancas e tão belas, os lençóis bordados à mão. Mas ele já estava em cima dela, com o cotovelo apertava sua garganta e com o joelho, cravado no púbis, tentava abrir suas pernas. A pressão durou um instante, para ela pareceu uma eternidade, e por fim cedeu, a perna dele já deslizava entre as suas, e Patrícia notou uma coisa dura no meio das coxas. A boca de Esteve a mordia por toda parte e lhe dizia, *pubilla*, *pubilleta*, vou te fazer toda minha, ela fechava os olhos e talvez rezasse. Rolaram entre os lençóis amassados, os lençóis de linho da avó e da bisavó, e a colcha de cetim estampada com flores azuis deslizou. Patrícia estava com o rosto alterado e deixava-o fazer tudo. A cama, altíssima, sacudia e parecia que de uma hora para outra as molas arrebentariam e ambos cairiam no chão. A colcha de cetim estampada com flores azuis se enroscou entre suas pernas enquanto ela notava um líquido morno que grudava em seu baixo-ventre. O pai de Patrícia era muito avarento e fora generoso apenas com as empregadas — espalhou filhos por Gualba e Sant Celoni e suas velhas amantes usavam brincos com uma pérola cultivada como lembrança de intimidades passageiras. Como é natural, o sogro e o genro não se entendiam. Discutiam tudo e as coisas se complicaram quando chegou o momento da política, com a queda de Primo de Rivera. Esteve era catalanista e o pai da Patrícia não era, dizia que o trabalho era a principal fonte de riqueza e que não gostava de vadios — referia-se a Esteve, que vagava pela *masia* sem pegar no batente. Os dois estavam de acordo em apenas uma coisa, que a lei de contratos de cultivo, que favorecia os camponeses sem recursos, tinha sido uma ideia de jerico. O pai de Patrícia era do Institut de Sant Isidre* e enviou dinheiro para a campanha em Madri contra essa nova lei. Esteve e Patrícia viveram longas temporadas na casa deixada como herança pela mãe de Esteve, na Gran Via entre a Bruc e a Girona. Dois anos antes do eclodir da guerra, instalaram-se definitivamente lá, pois o velho Miralpeix, vendo que não tinham filhos, acabou deserdando a filha. Deixou a fortuna, casas e terras, para o Hospital de Sant Pau e para as Irmãzinhas dos Pobres. Quando viu que a morte se aproximava, o herdeiro da família Casamitjana teve um rompante de arrependimento e modificou um pouco as últimas dis-

* Instituição que representa os empresários agrícolas.

posições: deixou a casa de Gualba para os dois filhos mais velhos, Patrícia e Joan, e para Paquita, a caçula, uns bosques no Turó de l'Home. O velho Miralpeix tinha um banheiro só para si — sempre levava a chave consigo — e, quando morreu — dizem que teve uma morte espantosa: nadou em merda por três dias e três noites e ninguém, nem as empregadas nem as parentas, quis limpá-lo —, Esteve colocou uma placa na frente da porta desse banheiro, que dizia "Casa do bruto". A *masia* de Gualba, sem os bosques e os campos, foi se arruinando aos poucos, as margens da horta desmoronaram, as pinturas das paredes se desfizeram, as plantas ressecaram e os ciprestes ficaram murchos. Restou apenas um velho caseiro que cuidava dos animais. Esteve Miràngels, já velho, vendeu a parte de Patrícia ao seu cunhado, Joan Miralpeix. Ele a comprou, não queria que a irmã morresse de fome.

Esteve gastara as escassas rendas que lhe restavam. As vinhas que tinha por parte de pai, os campos de trigo "apinhados de espigas douradas", como dizia em um de seus versos, a casa de Begur... Ao fim da guerra, ia todo dia ao Ateneu e se sentava à beira da fonte, entre as tartarugas e os gatos, e fazia tertúlias com os últimos vestígios de um mundo que desaparecia. Escrevia poemas — com problemas entre as vogais abertas e as fechadas — que algum músico maltrapilho e morto de fome transformava em sardanas. Na casa da Gran Via, Esteve fizera com que o tempo não passasse: amava seus quadros autênticos, as edições de bibliófilo que guardava em uma cristaleira, na biblioteca, os vasos de Sèvres e as cortinas de veludo. Patrícia e ele quase não comiam, mas tinham uma camareira que abria a porta com touca e avental de renda. Quando lhe deviam muitos meses, Patrícia penhorava uma parte de seus talheres de prata. Judit lhes enviava bistecas e legumes de vez em quando, e também Mundeta Ventura, que não se esquecera dos sacos de batatas que Patrícia lhe enviava de Gualba durante a guerra.

Esteve nunca mais quis trabalhar "porque ninguém nunca mandara nele", e logo Patrícia conheceu todos os funcionários da casa de penhores. Empenhou o faqueiro e o jogo de taças e copos, o das taças que soavam como uma nota musical se as golpeasse com o dedo, os anéis que foram presentes de Esteve e o colar de rubis da mãe. Caíam os cristais do lustre da sala de jantar, o relógio do bisavô quebrava, o baú do enxoval da noiva era roído por traças, as cortinas de veludo se esgarçavam, a mesa de mogno balançava, a louça se deteriorava, as esculturas modernistas estavam cheias de lascas e Patrícia se levantara muitas noites ao ouvir uma roedura muito suave: eram os ratos que roíam o cetim das cadeiras imperiais. E foi um custo para que Esteve, cheio de achaques e prestes a morrer, deixasse que Patrícia penhorasse o Casas e o Nonell. As pinturas nunca mais voltaram para a casa da Gran Via, e Esteve Miràngels, poeta novecentista, morreu com a tristeza em seu íntimo. Durante a guerra, quem salvou a pele de Esteve foi Kati, "que se tornara comunista desde que a coisa irrompeu", pois o caseiro de Gualba queria que o prendessem. Dizem que em março de 1936, talvez para celebrar a morte do velho Miralpeix, Esteve deu uma festa na *masia*. Mentiu para seus amigos e disse que sua mulher herdara tudo, as terras e os bosques, e os convidou para um grande banquete. Para demonstrar como era rico, Esteve obrigou o caseiro a usar libré e luvas, mandou que servisse a comida em bandejas de prata e por fim, bastante bêbado, fantasiou o homem com uma camisola de noiva meio rasgada e com um buraquinho no meio. Seus amigos choravam de tanto rir. O caseiro não se esqueceu disso e lá por 1937, junto ao comitê miliciano de Sant Celoni, levou Esteve Miràngels à prisão. Kati, amiga de Patrícia, usou de sua influência junto à *conselleria* de Justiça da Generalitat e tudo acabou como uma brincadeira. Mas em 1938, quando Patrícia e seu marido foram se refugiar em Gualba por medo dos bombardeios, na casa de uma tia porque a *masia* fora confiscada, o caseiro obrigou Esteve a se vestir de criado e a servi-lo na mesa sob as gargalhadas dos companheiros milicianos. E Esteve tampouco se esqueceu disso. Em 1939, quando os nacionais* entraram em Barcelona, Esteve, sangue de senhores, denunciou o caseiro. E o caseiro morreu de tifo em 1943 no campo de concentração de Leão, para onde fora deportado.

Esteve morreu antes de Judit. Sofreu uma lenta agonia e delirava gritando, tirem-na de cima de mim! Lembrava quando Patrícia era tão gorda que precisava de duas cadeiras elizabetanas para poder se sentar. Esteve fazia suas necessidades na cama, seu homem sempre fora um imundo, dizia Sixta, uma parenta de Mundeta Jover que morava perto de Patrícia. Patrícia o lavava todos os dias e Esteve chorava, viu só, *pubilla*, como estou, é uma santa, Patrícia, não mereço o que você faz, e você, não faria isso por mim?, Patrícia perguntava, enternecida, enquanto alisava os lençóis com suas mãos de anjo. Não!!!, o agonizante gritava. Sixta voltou e lhe disse, quando vir que o nariz dele afinou, já era, e Mundeta, já sabe que será preciso tampar todos os buracos dele? Mundeta, Sixta e duas vizinhas se sentavam e cochichavam entre si. De vez em quando, o enfermo ofegava, vai, vai, as mulheres murmuravam, é o estertor da morte, levantavam-se e punham-se perto, silêncio, diziam, aguçavam o ouvido e escutavam como arfava, mas ele voltava a respirar com certa normalidade, não, ainda não, as vizinhas diziam, sentavam-se de novo e continuavam segredando. Patrícia temia muito que Esteve morresse de noite e ela estivesse sozinha — já não tinham mais empregada —, e conseguiu que o levassem para a Aliança. Lá o lavaram e pentearam, "deixaram-no nos trinques, todo perfumado" e lhe enfiaram sondas pelo corpo inteiro, até pelo ânus, ai, *pubilla*, vão me violar!, o

* Facção de militares que apoiaram o golpe que instauraria a ditadura do general Francisco Franco.

poeta gritava prestes a morrer. Primeiro, Esteve, fiel aos seus princípios agnósticos, não queria os sacramentos, mas Patrícia o convenceu — e também o medo do nada — e ele comungou. O padre Dalla, capelão e poeta patriótico, deu-lhe a eucaristia. Saiu um obituário florido em três revistas da comarca, escrito por seu amigo, Horaci Mir, o poeta ditirâmbico. Parece que está dormindo, Sixta comentou suspirando. Deixaram-no muito bem, muito *bonito*, Mundeta comentou, fique tranquila, ele não sofreu, acrescentou a filha de Mundeta, mulher de Joan Claret. Patrícia foi ao enterro vestida de preto da cabeça aos pés e se cobriu com o véu preto da mãe, da avó e da bisavó. Rezou, toda digna, pela alma do defunto, e a mulher de Horaci Mir disse, que pálida que está! Sim, Sixta respondeu, mas percebeu que ela não derramou uma lágrima?, e as duas a olharam de canto de olho. Quando os homens foram para o cemitério, Patrícia se retirou, disse que queria ficar sozinha. Entrou em casa, fechou a porta e passou a corrente e os trincos. O som deles a espantou um pouco. Na sala de jantar, havia silêncio e penumbra. De vez em quando, um pouco de claridade iluminava os objetos. O relógio do bisavô estava calado. Tenho que levá-lo para consertar, disse. Passou o dedo pelas cortinas de veludo, pela fruteira de prata, pelas cadeiras imperiais, que estavam com o cetim carcomido. Abriu a cristaleira e pegou uma taça de cristal, daquelas que faziam o som de nota. Foi com a taça até a cozinha e abriu uma garrafa de champanhe francês, que Esteve guardava caso recebesse convidados. Bebeu-a toda aos sorvos.

Patrícia chamou Encarna, não quer beber um pouco de vinho doce? Encarna se casaria no dia seguinte e Patrícia lhe disse, venha, vamos celebrar. Não acha, senhora, que a gente devia falar para a menina sobre aquilo do pai dela? Silêncio, silêncio. O Lluís me prometeu que vai falar pra ela, por que quer mais desgraças? Encarna tirou o avental e o pendurou atrás da porta da cozinha. Toda noite, antes de ir dormir, bebia um copinho de ratafia com a senhora Miràngels. Sinto pena, disse a si mesma, agora vai ficar sozinha. Mas Encarna também tinha sua vida, caramba, e Jaume tinha boa aparência e possuía um apartamento. Venho visitá-la com frequência, senhora. Que nada, mulher, você nem vai se lembrar de mim. Encarna olhou para suas mãos: ficou passando creme a tarde toda nelas e ainda estavam ásperas e rugosas por causa da água sanitária e do pó de lavar pratos. Não beba tanto, senhora, vai lhe fazer mal. Encarna lhe dizia isso toda noite, mas, como toda noite, Patrícia já engolira duas taças de Jumilla e ia para a terceira. Encarna se serviu um copo de ratafia. Você já sabe, Encarna, que eu tenho um fígado duro como uma pedra e um estômago de moça jovem, Encarna inclinou a cabeça, mas não respondeu, o que poderia lhe dizer? *Hermano, bebe,* Patrícia dizia, *que la vida es breve*... Encarna pensou que talvez devesse ter pedido à cabelereira que lhe fizesse as mãos e, poxa, amanhã já não teria tempo. Amanhã ainda precisava dar conta de duas ou três tarefas. Tinha que ir até a Pronovias para buscar o vestido, às onze, garantiram, e ela se casaria às seis da tarde. As vendedoras da Pronovias eram umas inúteis, não viam sua bunda e suas tetas? Insistindo para que experimentasse modelos de sílfide. E as mulheres mais velhas que se casam, como ficam? Esse pessoal da moda acha que todo mundo tem uma cintura de pilão... Precisaram alargar seu vestido, soltar as costuras e costurar de novo. Disseram-lhe que não daria para notar, vamos ver se é verdade. Sua irmã, Rosalia, você perdeu a cabeça! Como vai fazer um vestido, na sua idade, como se tivesse vinte anos! Deveria usar um tailleur preto, um vestido de alfaiataria, e não essas breguices que não servem para você. Vai parecer que está de fantasia e todo mundo vai rir. Mas Encarna queria um vestido romântico e se apaixonara por um de mussolina, estreito na cintura e bem largo embaixo, com mangas bufantes e decote adornado com renda. Era um vestido parecido com o que Romy Schneider usava em *Sissi: A imperatriz*, disseram-lhe na Pronovias. Na cabeça, usaria a mantilha de renda — que combinava com o decote — que a senhora Miralpeix lhe dera de presente. Toda a vida fui um burro de carga, resmungava, e economizando para que agora não possa me casar como bem entendo, e Patrícia, que tomara de um gole a terceira taça, dizia que sim, que estava agindo bem, que todo mundo que se casava deveria fazê-lo ao seu próprio gosto, ainda que às vezes seja melhor ficar solteira, de que me serviu ter me casado? Não diga essas coisas, Encarna comentava, o senhor era muito fino e muito instruído. Sim, muito fino, mas passávamos fome. Encarna pensava, de novo a mesma coisa, agora é hora de chorar. Eu usava meias sete oitavos de seda, sabe, Patrícia continuava, mas todas desfiadas. Quero que seja a mais esplêndida de todas, e me comprava meias de gaze e calcinhas de seda que logo ficavam esburacadas e não voltava a comprar outras. Todo mundo no bairro ria dos meus remendos. Esteve a levava ao Liceu para ver *Madame Butterfly* e *Lohengrin*, e desaparecia no entreato. Certamente percebia como um monte de binóculos examinavam seu camarote... Patrícia caía no riso, de uma risada baixinha, contida, sabia que o Esteve ficou com a amante do senhor Claret, o pai da Sílvia? Não me diga, dizia Encarna, que sabia a história de cor. Sim, chamava-se Dorita e fazia o número do pavão, toda coberta de plumas. Ela as tirava aos poucos até ficar nua no palco. Ave Maria!, Encarna exclamava. Encarna deixava que Patrícia falasse, "agora é que vem o drama". Amanhã vai passar mal, senhora Miràngels. Mas Patrícia continuava, a velha Mundeta, que Deus a tenha perdoado, descobriu tudo porque um dia, durante a guerra, uma mulher baixa e ordinária se apresentou na casa dos Claret. Falava como uma *xava** e disse, sei que o meu Juanitu vive aqui, não me engane, quero vê-lo. A Mundeta ficou surpresa, e Patrícia ria enquanto tomava a quarta taça de Jumilla. Era por volta de maio de 38, a velha Mundeta descera de Siurana e o Joan já estava em San Sebastián. Tiveram sorte que quem atendeu foi a senhora Ventura, Encarna, porque a Mundeta Ventura, sua filha, estava grávida e teria se espantado se visse aquela rapariga. A Mundeta jovem quase perdeu a criança, a Sílvia, sabe, quando pensou que seu homem tinha ficado soterrado naquele famoso bombardeio do Coliseum. Encarna, senhora, amanhã não vai se aguentar de pé... Deixa, deixa, quero te contar como foi que o Esteve conheceu aquela rameira da Dorita, então, como eu te dizia, a ve-

* Dizer que alguém fala como *xava* é depreciativo, serve para referir-se a um catalão influenciado pelo castelhano.

lha Mundeta pensou, e agora, o que eu faço com essa mulher à porta, que grita dessa forma, e a Mundeta, que vai chegar a qualquer momento? Então a velha Mundeta decidiu que isso era coisa de homens, pegou a Dorita e foi encontrar o Esteve, que estava no Ateneu. E foi assim, Encarna, que o Esteve conheceu a Dorita, "*la rumbera típica y cálida de la República Dominicana*", aquele tomate dançava rumba na Bohèmia, mas nascera no bairro da Barceloneta. A Mundeta, que entendia a situação, me disse, não sei se para me consolar, que a Dorita não chegava aos pés da Raquel Meller, que era divina quando cantava a canção "El Relicario", no Teatro Arnau. Encarna disse, você se refere àquela música que a Sarita canta em *El último cuplé*, né? Sim, Patrícia comentou, aquela d'*El día de San Eugenio*, Encarna se animou, o vinho doce lhe fazia cócegas no estômago e lhe excitava as ancas, e bramou "*yendo hassia al Pardo le conossí!!!*",* e Encarna e Patrícia, as duas ao mesmo tempo, "*era torero de más tronío, el más castisso de too Madriiiit, iba en calesa, pidiendo guerra, y yo al notarlu m'estremesiiiii*".** Encarna mexia as peitolas como se fossem os badalos de dois sinos, vamos, para cá e para lá, e Patrícia, as bochechas vermelhas e as pálpebras fechadas, tremia toda, "*bajó del cotxa y muy garbosu vino hassia miiii*".*** As vozes das duas se elevavam para além do saguão. Em meio ao barulho das tornei-

* Trata-se da letra da música "El relicario", composta em 1914 por José Padilla, e que foi levada ao cinema por Sara Montiel em 1957. As personagens a cantam com sotaque catalão. Na tradução: "*Yendo hacia el Pardo le conocí*", [Indo ao Pardo (lugar onde Franco tinha residência) o conheci].

** "*Era el torero de más tronío y el más castizo de to Madrid. Iba en calesa, pidiendo guerra y yo al mirarlo me estremecí*" [Era o toureiro de maior estrondo e o mais castiço de toda Madri. Ia de carroça, pedindo guerra, e eu, ao notá-lo, estremeci].

*** "Bajó del coche y muy garboso vino hacia mí" [Desceu do carro e muito garboso veio até mim].

ras abertas, do dring-dring dos garfos que batiam ovos, o assovio de uma panela de pressão e o zumbido do óleo que estalava, duas rouquidões se elevavam, *pisa morena, pisa con garbo, que un relicario, que un relicario, te voy a hacer.** O encanamento gotejava e sentia-se o cheiro de peixe frito e de brócolis cozido. Sabe, Encarna, a Dorita era uma *xava*, uma meretriz que achava que ia conquistar o mundo porque mexia a bunda enquanto dançava uma rumba, você acha que dá para conquistar o mundo mexendo a bunda?, e Encarna, depende se sabe remexer ou não, isso de remexer a bunda é toda uma arte, sabe, como se faz, assim?, Patrícia perguntava enquanto inclinava o corpo inteiro para a esquerda, sossegue, sossegue, senhora Miralpeix, é que se eu tivesse tido uma pluma de pavão brilhante e um bom vestido de lantejoulas, e tivesse me envolvido em plumas de mohair, ai, o que não teria feito. E Patrícia voltava a se sentar, não, aquela rapariga não era fina, mas o Esteve se apaixonou por ela e lhe dedicou um livro inteiro de poemas. Como não gostava do nome Dorita, trocou-o por Teresa, sabe, "lembrando-me da Teresa de *La ben plantada*",** a dedicatória dizia. Ele mesmo publicou o livro na casa de um impressor que frequentava o Ateneu e que não podia imprimir livros em catalão porque todos os escritores catalães, os bons, tinham dado no pé... Sabe o que o Esteve nunca engoliu?, pois vou te dizer, Encarna: que não tivesse nenhum êxito, ele dizia, me disseram que sou um poeta medíocre, eu, que sou um gênio... Encarna começou a se levantar, venha, senhora, pois amanhã vai botar os bofes para fora, espera, espera, e Patrícia a fazia se sentar, então, como eu te dizia, o livro que o Esteve dedicou à Dorita se chamava *Sonetos para Teresa*, e ainda tive que lhe dizer que *ressò* não rimava com *remor*, sabe, porque ele se perdia todo nessa his-

* Pisa morena, pisa com garbo, pois um relicário, um relicário, eu vou te fazer.
** Referência a uma obra de Eugeni d'Ors.

tória de vogais fechadas e vogais abertas, mas você é andaluza, como vai saber? Patrícia ria, espera, espera, Encarna, vou acabar a história, e aquela rameira, a vedete do *polissoir*, como a chamavam, recebeu um livro de sonetos. Era uma porca.

Encarna tampou a garrafa de vinho, senhora, já basta, temos que ir dormir.

Por isso Encarna ia se casar, "já estou cheia de aguentar as choradeiras dessa velha bêbada. Já bastava ter suportado as extravagâncias do pai da Natàlia".

Patrícia despertou à meia-noite com uma dor de cabeça terrível e uma crise de colite. Correu até o banheiro com a mão na barriga, mas não deu tempo: sujou-se toda. "Vou ter que colocar uma comadre embaixo da cama." Sem fazer barulho, não queria que Encarna a visse, foi buscar um pano na cozinha e limpou o chão do quarto. Lá fora, caía uma chuvinha fina, persistente, e o céu era uma massa cinzenta. Patrícia, então, esfregou o chão e trocou de camisola. Abriu o armário do espelho de lua e procurou a pilha de camisolas velhas e remendadas cinquenta mil vezes. Em outra pilha, guardava as camisolas de voal e seda de quando se casou: usara tão poucas vezes. Deixou a camisola suja de molho dentro do bidê com um pouco de pó para manchas, "amanhã vou levantar mais cedo que Encarna e vou lavar". Olhou-se por um momento no espelho do banheiro, "que cara feia". Patrícia não estava bem, tinha azia, sua língua parecia um novelo de lã e uma maça martelava sua cabeça. Sentiu vontade de ir ao banheiro outra vez e agora sim chegou a tempo. Arregaçou a camisola e sentou-se na privada, um líquido escorria para baixo aos borbotões. O fedor se espalhou pelo banheiro, mas sua barriga já não estava tão rígida, afrouxou-se, lassa. "Parece que esvaziei a pança." Limpou-se bem, deu a descarga e lavou as mãos com seu sabonete especial, que tinha cheiro de ilha, e que guardava dentro da mesa de cabeceira embrulhado em papel vegetal para que Encarna não o pegasse. Sua língua inchara, como se a boca estivesse cheia de areia. Caminhou, pesada, até seu quarto. Botou a mão nos rins porque estavam doendo, "estou descadeirada. Nunca mais vou beber, prometo". A imagenzinha da madre Carrió que tinha do lado da cama a olhou muito aborrecida e lhe disse, não acredito. Pois se não acredita, pior para ela, e virou a imagem do avesso. Escutou a porta da rua, uma batida seca e os trincos que abaixavam, "a Natàlia voltou". Depois, o clique de uma portinha que se abria para fechar-se logo em seguida, "lembrou-se do gás, boa garota".

Patrícia já sabia, "quando bebo, penso demais e meu cérebro dói". Enquanto o vinho lhe desce pela garganta, sente uma delícia de calor, como se todas as guloseimas do mundo estivessem em sua boca. Seu corpo se reaviva e sente o sangue que flui por toda parte. "Tudo cintila", e a alegria turva sua cabeça, "tudo é da cor da névoa, então, e estou tão feliz que sinto vontade de chorar." Patrícia já sabe que sempre conta a mesma história para Encarna, as amantes de Esteve, as meias de voal desfiadas, as anáguas remendadas, "tanto faz que saibam disso tudo. Já podem me chamar de coitada", dizia, enquanto engolia as lágrimas entre sorvos de vinho. Mas agora, à noite, quando os raios de luz se infiltravam pelas frestas das venezianas, quando as sombras dos postes condenavam seu quarto, "é a morte que se aproxima", e escutava os motores intermitentes dos carros e ônibus que cruzavam a Gran Via, era quando Patrícia ficava triste de fato. E ficava assim porque seu segredo lhe vinha à mente. Aquilo que nunca contara a ninguém. Pensava no Gonçal.

Gonçal Rodés também era poeta, como Esteve. Tinha olhos de mel e um sorriso que se estendia por todo o rosto. As bochechas magras e um pouquinho afundadas e uma mecha de cabelo loiro que caía sobre a testa. De vez em quando, parecia que os olhos de Gonçal morriam de assombro, e ele escutava com agonia as canalhices de Esteve. Gonçal era delicado com Patrícia e ambos deixavam passar as horas na varanda interna, envolvidos pelas sombras da noite, enquanto esperavam Esteve. Conversavam: Gonçal era da Cerdanha e vivia apaixonado por sua serra do Cadí, nunca tem a mesma cor, contava a Patrícia, no entardecer de verão é como cobre quente, à noite como a plumagem de um falcão, de manhã é verde-claro, ao meio-dia cor de grama. Também muda no inverno, é branco vivo e acinzentado, cinza do brilho das estrelas... Patrícia fechava os olhos e pensava em seus campos recém-ceifados e no bosque sombrio que descia do Turó de l'Home, nas azinheiras e nos carvalhos que cercavam a *masia* de Gualba, e nas noites de tempestade, quando o céu ficava tão escuro e tão brilhante. Gonçal, de vez em quando, lia um poema para Patrícia e ela achava belo, ainda que não entendesse vários deles porque eram complicados. São poemas simbolistas, Gonçal lhe dizia, e ela, toda mole, dizia que sim. Gonçal nunca gritava como Esteve gritava, e dizia "perdoe", "permita-me", Gonçal era um homem diferente, delicado como uma nuvem. Patrícia pensava, não é um homem como meu pai, não é um homem como o Esteve. Sempre pedia se podia esperar Esteve no hall, mas Patrícia o levava até a tribuna e, enquanto ela fazia crochê, ele falava. Desciam até o jardim e se escutava o crec-crec das pedrinhas sendo pisadas. Gonçal acariciava a hera cobre, pegava um limão e o cheirava. Depois o passava pela cara. "Aroma de outono", dizia, "esse é o aroma de Barcelona." De vez em quando, entravam na sala do piano e Patrícia ligava o gramofone. Escutavam Mozart e Gonçal parecia ir longe. Ela não fazia barulho e respeitava seu silêncio. Patrícia via que Esteve só sabia ser amável com Gonçal, que o convidava para almoçar e usava as taças finas e os talheres de prata. "Quer impressioná-lo." Esteve olhava para Gonçal como se Gonçal fosse uma criança e, quando saíam juntos de noite, Esteve sempre dava um beijo em Patrícia.

Quer ajuda, senhora Miràngels? Isso é o que Gonçal lhe dizia quando a encontrava agachada no jardim, podando as roseiras. Havia um par de roseiras que davam rosas o ano todo, umas rosas vermelhas como sangue, pequenininhas. Gonçal gostava de passear pelo jardim dos Miràngels e dava voltas e mais voltas, olhando para os pátios do Eixample com seus olhos de assombro. Tudo isso deviam ser jardins como o seu, Patrícia. Vê? Em cada esquina, deveria haver uma entrada para a rua e, no meio, árvores e mais árvores. Jardins para todo mundo. As casas não deveriam ser tão altas, apenas dois andares — depois ampliaram para quatro —, e nada de fábricas e armazéns. Mas estragaram tudo e seu jardim, Patrícia, é como uma flor no meio do deserto. Essa cidade não ama a vida, Gonçal dizia. Então era quando, de forma bem pouco precisa, Patrícia pensava que as coisas estavam perdidas. Quem as perdia, pensava, senão a maldade dos homens? Outras vezes, Gonçal Rodés respirava fundo, não sente como a brisa do mar chega até nós?, e Patrícia também respirava fundo, mas sua inspiração não recolhia a brisa do mar, e sim o cheiro de menta. É fácil ver, Gonçal dizia então, veja o movimento das folhas, Patrícia olhava para as folhas do limoeiro, não vê como balançam dentro da escuridão? Patrícia via como as folhas do limoeiro balançavam dentro da escuridão e da quietude. Certo entardecer, Gonçal a beijou e depois olharam para suas sombras na água. Patrícia ainda estava com os lábios úmidos quando ele lhe disse, não vê como o cupido sorri? E Patrícia olhou para o cupido: sim, o cupido estava com a boca entreaberta.

Algumas noites, Gonçal e Esteve jogavam xadrez e ela se

sentava perto deles: bordava toalhas de mesa e fazia crochê para as filhas dos outros. De vez em quando, bocejava. Esteve e Gonçal discutiam frequentemente sobre política e arte. Como é difícil transformar uma imagem em palavras, Gonçal dizia, e Patrícia via que, ao dizê-lo, as orelhas dele ficavam vermelhas como pimentões. Mais difícil é dominar as ideias, caro Gonçal, Esteve comentava. Se uma ideia te persegue, te deixa obcecado, você quer traduzi-la em um soneto, dar-lhe sentido... E força, Gonçal apontava. Isso, força, e por fim sai um cacareco. Quais ideias?, Gonçal perguntava. Não sei... ou, melhor dizendo, sei sim: há duas ideias básicas e os homens giram ao redor delas como animais em volta de um moinho, refiro-me ao sexo e à morte. Esqueceu-se de uma, Gonçal disse. Qual? Esqueceu-se do poder. Esteve ruminava, o poder, tem razão, o poder domina o sexo e tem medo da morte. Mas somente uma parte reduzida da humanidade deseja o poder, e essas pessoas acreditam que controlam a morte. É porque, Esteve comentava, pretendem ser imortais... Patrícia os observava e com dificuldade escutava os sussurros de suas conversas, serenidade, dizia, serenidade é o que o Gonçal dá ao Esteve. Ela não pedia mais nada, apenas que se repetissem aqueles encontros no cair do dia, quando o jardim e o cupido que sorria com a boca entreaberta de seu segredo eram tragados pela noite e o relógio do bisavô fazia seu tique-taque como o rumor do coração.

Mas um dia, sem mais nem menos, veio a guerra e Gonçal disse que ia se voluntariar. Esteve quase chorava, mas você é tão jovem!, dizia, por que tem que ir para o front? Esteve se transformou em uma pilha de nervos e só se acalmou um pouco quando, depois de três anos, conheceu Dorita. Gonçal voltou depois de cinco anos — estivera preso —, e Esteve sentiu uma alegria tão imensa ao sabê-lo que beliscou a bunda de Patrícia. Ui, disse-lhe, como você emagreceu! É que Patrícia, entre a guerra e tudo mais, ficara muito magra.

Esteve foi procurar Gonçal no Ateneu e o levou para almoçar em casa. Mas Gonçal já não era o Gonçal de antes. Seus olhos de assombro tinham virado do avesso. Seu queixo se afinara e as bochechas estavam mais fundas. A mecha de cabelo não caía mais sobre a testa, rasparam-lhe a cabeça a zero e agora o cabelo crescia como se fosse uma escova. Já não admirava o jardim de Patrícia, nem a fonte, nem o cupido que sorriu ao vê-los se beijarem, nem escutava a brisa do mar quando as folhas do limoeiro se mexiam. Ele e Esteve discutiam frequentemente por qualquer bobagem — sobretudo como tinham sido as coisas da guerra —, e mais de uma vez Gonçal foi embora da casa dos Miràngels batendo a porta. Depois voltava, e faziam as pazes, e terminavam o encontro jogando xadrez. Essa guerra toda não passou de uma imensa barbaridade, Esteve dizia. Cale-se, Gonçal dizia, você não esteve no front, não viu a morte de perto. Por que você foi?, Esteve respondia, teríamos te escondido. Lembre-se de que fui como voluntário... Essa guerra não era nossa, Gonçal, Esteve dizia. Devia ter deixado que eles se matassem entre si. Mas como pode dizer isso?, Gonçal quase gritava com ele, e Patrícia, sem se dar conta, fazia crochê mais depressa. Mais brigas assim voltaram a acontecer em vários entardeceres. Esses encontros, Patrícia pensava, já não são como os de antes da guerra. O mundo virou do avesso. Um belo dia, Gonçal desapareceu e ficou mais de um ano sem enviar notícias. Esteve sentia saudade dele e foi nesse momento que escreveu os famosos sonetos para Dorita-Teresa, sua Bem Plantada. Tornara-se azedo e fazia Patrícia padecer por nada.

Uma tarde de domingo, Esteve chegou muito contente, sabe de uma coisa? Gonçal voltou. E a beijou bem forte nos lábios, tão forte que quase a machucou. Ele lhe disse, por que você não vai ao cinema com a Sixta? Sei que os domingos te deixam sonolenta. Você não tem obrigação nenhuma de estar conosco enquanto jogamos xadrez. O Gonçal pode ficar para o jantar e então você o verá, que acha? Você, a mulher mais doce do mundo... por acaso entende que não estou com vontade de sair? Como faz a maioria dos casais barceloneses com sua cara de panacas... Patrícia colocou o vestido cinza, o chapéu-palheta com faixa preta de veludo e a pele de raposa *argenté* ao redor do pescoço. Como Gonçal vinha, Patrícia colocou as meias sete oitavos de voal que lhe trouxeram de Andorra. Levantou a perna, branca como um gole de leite e cheia de veinhas que pareciam pequenos rios, e estendeu a meia por ela. Quando a fazia deslizar para cima, sentiu algo como uma cosquinha: um buraquinho, minúsculo, que se transformava em um desfiado e descia rápido até o pé. As únicas meias de voal que tenho, pensou, desolada. Mas não as tirou. "Perguntarei à Sixta se ela quer ir à Orxateria Valenciana para tomar chocolate quente." Sixta também achava que os domingos à tarde eram terríveis, sobretudo quando o dia morria, pois nunca podia sair com o marido, desde que este se reunia com seus amigos, os militares que ganharam a guerra. Esteve surgiu no encalço de Patrícia, chegando por trás. Cingiu-a pela cintura, me dá um beijo, mulher. No quarto, diante do espelho de lua, Patrícia olhou para sua imagem. Emagrecera muito, de fato, mas tinha um tipo cada vez mais barcelonês. "Sou feia, mas afável." Diante do espelho, Esteve beijou suas bochechas e, de canto de olho, também se observou, "ainda tenho um bom aspecto". Acompanhou-a até a porta e, enquanto lhe dava tchau com a mão, gritou-lhe: "Na terça vamos ao restaurante Set Portes!".

"Talvez não seja uma mulher como as outras", Patrícia caminhava de braço dado com Sixta. Esta lhe dissera, já sabe que sua meia está desfiando? E ela lhe respondeu, e daí?, está desfiando, mas são meias de voal. Você é esquisita, Sixta comentou. Primeiro se sentaram por um tempo, breve, na Orxateria Valenciana. Criticaram um pouco os vestidos das mulheres, olha aquela, girou o agasalho pelo avesso, deve ser para que não vejam como está gasto, e os Fiat topolinos parecem tanques... A moda de hoje é de muito mau gosto, Sixta comentou, é difícil à beça encontrar uma peça fina. É por causa da guerra, Patrícia disse. "O mundo virou do avesso", Sixta sentenciou, "meu marido já não é o mesmo de antes." O meu tampouco, Patrícia acrescentou. Sorte que temos paz aqui, Sixta concluiu. Chegaram ao Coliseum, antes do filme passavam um documentário sobre a Alemanha. Apareciam os *Superhombres*, uns adolescentes clássicos e belos, loiros como Parsifal que tinham um metro e oitenta ou mais, de olhos azuis e que praticavam esportes às margens de um rio. Tinham uma pele tesa, deitavam o corpo em cima do gramado e os raios de sol faziam sombras nele. A pele era firme e brilhante. Depois, vinha outra cena em que apareciam os *Infrahombres*, uns prisioneiros russos, maltrapilhos e descalços, que caminhavam com passo lento rumo a um campo de concentração. Eram baixos, desleixados, feios, tinham barba de dias, encolhiam os ombros e parecia que a testa deles ia encostar no chão. Que pena, Patrícia comentou. São maus, têm um olhar obscuro, Sixta disse. "O mesmo olhar que o Gonçal tem", Patrícia pensou.

Começaram a aparecer as letras que anunciavam o filme quando Patrícia começou a se sentir mal. Não sei o que acontece, disse, estou com dor de barriga. Quer que a gente vá embora?, Sixta perguntou. Aguentou um pouco, mas por fim já não podia mais, vai descer pra mim, disse. Sentiu uma náusea e se levantou às pressas para ir ao banheiro do cinema — fez toda a fileira de pessoas se levantar, um velho resmungou —, e expeliu um pouco de bile. Vamos para casa, Sixta decidiu. Estava com a cara desfigurada e ainda sentia vontade de vomitar, mas nada, apenas expelia bile. Comeu alguma coisa que te fez mal? Não, disse, é que sempre fico mal quando estou naqueles dias. São os nervos, Sixta definiu. Patrícia se apoiava no braço de Sixta até que, enfim, saíram do cinema. "O Gonçal está lá e o Esteve vai brigar comigo", pensou sem saber bem por que pensava naquilo. Iam cada vez mais depressa — não encontraram nenhum táxi —, atravessava as ruas impaciente, um pouco porque estava mal, um pouco porque Gonçal estava lá. "Um ano inteiro sem vê-lo", Sixta a seguia e não parava de dar conselhos sobre ervas medicinais: uma boa mistura de camomila e de lúcia-lima, você verá como vai te fazer bem. Custou-lhe muito convencer Sixta, deixe-me, não precisa vir. Vou me meter na cama logo em seguida, Sixta insistiu, os homens não entendem dessas coisas, mas Patrícia, teimosa, não e não, e por fim Sixta foi embora toda ofendida. Subiu a escada ofegando, sua pulsação batia forte e seus olhos estavam embaçados. Sentia um calor muito forte nas bochechas e notou que estava suada. Abriu a porta — como lhe custou meter a chave na fechadura! — e correu até a varanda interna, vou ver o Gonçal, dizia-se, toda contente. Sua barriga já não se retorcia e o enjoo passara.

Estranhou que não estivessem na varanda interna, tampouco na sala de jantar, e não reparou que as peças de xadrez estavam postas com simetria em cima do tabuleiro. Olhou para o jardim e viu que o cupido ainda sorria. Não ousava gritar — ainda temia que Esteve brigasse com ela —, e os procurou na sala do piano, no salão onde estavam o Casas e o Nonell, atravessou o corredor, escuro e silencioso, o vestíbulo, e abriu, plena de inquietação, o quarto. Gonçal e Esteve respiravam como "o balanceio das folhas de limoeiro" sob a colcha de cetim estampado com enormes flores azuis.

TERCEIRA PARTE

Trompa de caça

Lembranças são trompas de caça
Seus sons no vento vão minguando
Apollinaire, "Trompas de caça"*

* Em: Guillaume Apollinaire, *Zona e outros poemas*. Trad. de Rodrigo Garcia Lopes. São Paulo: Penguin-Companhia das Letras, 2024, p. 205.

Na quarta de manhã, Natàlia foi encontrar com Arcadi Segura. Harmonia lhe telefonara e ele a esperava. Ao entrar na editora, um rapaz de uns vinte e cinco anos passou rente a ela. Quem é esse rapaz que saiu do seu escritório?, perguntou a Arcadi. Já deu uma olhada nele? Você é uma pantera! Mal largou o Jimmy e já está procurando outro! Você gosta dos novinhos, não é? Cale a boca, não fale bobagens, Natàlia comentou, quem é? Chama-se Jordi Soteras, um jovem romancista, acabou de estrear. Publicou algum romance?, não, apenas um livro de contos, bastante fraco, aliás, e agora acabou de deixar comigo seu primeiro romance para que façamos um parecer. Tem outro romance escrito, mas o levou à concorrência. O pessoal da censura o barrou. Muito sexo, disseram-lhe. Credo!, Natàlia comentou, vejo que continuamos com as mesmas obsessões. E o que você esperava? Já o leu? Qual? O da censura. Dei uma folheada, Arcadi respondeu. Do que se trata? Por que você se interessa tanto?, o editor perguntou. Não sei... esse rapaz me lembra alguém... Pouco você poderia se lembrar dele, nasceu no México e fez a graduação aqui, em filosofia.

Seu pai é exilado. Natàlia sorriu para Arcadi, não vai me dizer do que se trata o romance que está na censura? Garota, como você me enche! Trata-se do assunto de sempre, da fuga. Da fuga?, Natàlia perguntou. Sim, agora é moda, na literatura. Nossos jovens fogem... Isso também acontece na Inglaterra, os jovens ingleses fogem para Katmandu, ou para a Índia... Ai, garota, não é para tanto, Arcadi disse. Nossos romancistas fogem para a Europa. Algumas vezes o fazem em casa, com folhetos de agências de viagens, em outras, no máximo dão uma passeada pela Itália, por Londres ou por Amsterdam. Alguns foram passar uns quinze dias em Veneza. Assim não fogem, Natàlia esclareceu. Não, eles escrevem sobre a fuga. Natàlia riu, pois eu fui embora sem pensar que depois fariam literatura disso! É que você já é de uma outra época, não crie expectativas. Arcadi Segura fechou a porta do escritório, que ficara entreaberta. É como os da minha geração, sabe, dos meus amigos, dos que tinham treze ou quinze anos no fim da guerra, o que foi que fizeram? Há quem fugiu completamente se suicidando, outros fugiram ganhando muito dinheiro, que é uma forma de esquecer como qualquer outra. Também há quem se vai graças ao álcool — já sabe que estou entre esses. Minha geração não fugiu, digo, não foi embora e, menos ainda, não fez disso um mito. Talvez porque tenha acreditado que a mudança devia vir logo e, veja só, esperamos, esperamos e um de nós já é avô! Por isso tenho amigos que se suicidaram agora, aos cinquenta anos... o que esperavam, Natàlia perguntou, o que é que esperávamos? Você não esperou alguma coisa durante esses anos? Arcadi a convidou para fumar, esperávamos que chegaria um momento em que não teríamos que pedir perdão. Parece pouco para você? A fuga desses jovenzinhos é sombra e água fresca. Não fogem de verdade. Apenas procuram. Acreditam, inocentes, que a escapada lhes dará aquilo que não encontraram aqui.

Natàlia também acreditou nisso, e Paris lhe pareceu luminosa e amável naquele começo de verão de 1962, quando chegou à estação de Austerlitz, uma estação suja, cheia de pó e lixo, a primeira estação de uma cidade hostil, mas que nunca a fez se sentir envergonhada por nada. Arcadi Segura lhe confiou uma série de fotografias para a coleção de bolso e lhe prometeu que telefonaria para o chefe da redação de uma nova revista que deveria sair em poucas semanas. Depois, convidou-a para almoçar. Foram a um restaurante típico, sei que você vai gostar de comer pé de porco, não é?, disse-lhe. No restaurante, havia bem pouca gente e as mesas estavam em meio à penumbra. Natàlia estava contente, toalhas xadrez vermelhas!, não te deixam com fome? Segura sorriu, garota, você continua hedonista! Natàlia disse, é que, sabe, no exterior aprendi a amar o prazer, eduquei meus sentidos... Como vão as coisas aqui?, perguntou a Arcadi. Mais ou menos da mesma forma como você as deixou. Vi uns outdoors grandes que anunciavam fascículos sobre a revolução... E também encontrará livros marxistas nas bancas, Arcadi esclareceu, mas o que importa se tudo continua igual? Você foi embora quando mataram Grimau, não? Um pouco antes, Natàlia respondeu, lá por julho de 1962. E agora mataram Puig Antich, acrescentou, a Harmonia diz que não acontece nada por culpa dos comunistas. Arcadi riu, não dê bola para ela, você conhece o gênio da Harmonia, lutou com unhas e dentes e sente orgulho disso... Ninguém entre nós ousa confessar nossa impotência. São muitos anos e ficamos velhos. Nada mudou.

Sílvia lhe perguntara, pois não acha que mudamos?, e Arcadi Segura lhe disse que nada mudara. Ela achava que alguma coisa mudara, mas ainda não tivera tempo para determinar com precisão. O que era?, a linguagem, os papéis de gênero, o cinema, os costumes? Deixara o país em uma calmaria imensa, fazia apenas três dias que voltara e lhe parecia que a calmaria era a mesma. Muitas coisas tinham acontecido ali dentro, e também lá fora e, é óbvio, ela era outra. Deixara de sentir medo. Aprendera muito quando, refugiando-se na Champs Elysées depois de um ataque da CRS, em maio de 68, Sergio lhe dissera como era preciso lutar para que o mundo ficasse um pouco melhor. Sergio lhe mostrara tantas coisas! E também seu corpo, naquela noite gélida de inverno parisiense, quando em sua *chambre de bonne* ele beijou pela primeira vez seu sexo. Uma corrente elétrica fisgou sua espinha, quis se abrir inteira e que Sergio tivesse entrado nela. Foi então que descobriu que isso não só não era pecado, como era o início de uma nova sensação.

Lluís lhe dissera, você é uma desgarrada, não vai se adaptar, e ela pensou que talvez sim, que era, mas também sentira saudade do seu país, mas não como se sente saudade das pessoas, sentindo um vazio por dentro, mas justamente o contrário, sentira saudade quando estava mais feliz, sentira saudade de um cheiro, de uma cor, de uma rua, dos rios de pessoas que desciam pela Rambla, fazendo pequenas ondas, das sombras que envolviam Santa Maria del Mar, das madrugadas frias, das folhas dos plátanos caindo no outono. Sentira saudade, sobretudo, das cores, lembrou-se delas durante os dias amarelos que passou com Sergio... Sentira saudade dos tons vermelhos e laranja dos dias que anunciavam vento, do cinza dos dias de chuva, dos dias melados que pressagiavam, de repente, a primavera. Natàlia acabou confessando a Arcadi que fora embora porque tinha medo. Mas não era medo do pai, de sua autoridade — então, faltava-lhe apenas um ano para se emancipar —, mas Emilio Sandoval lhe ensinara como raspar com a unha toda a porcaria de seu país, e ela sentira medo de continuar raspando... E agora voltava, dizia para todo mundo que era fotógrafa "e ninguém acredita". A primeira coisa que notou de diferente foi o barulho. Barcelona se tornara barulhenta, mas não do ruído de qualquer cidade, ruído de carros e cidadãos, era diferente. É claro que os carros rangiam ao frear, como em toda parte, e os tubos de escape estalavam, e as motos zuniam para cima e para baixo, mas não era esse tipo de barulho que ela sentia como uma coisa nova, é como se a cidade berrasse, "berra para não se escutar". As lajotas de muitas ruas se descompuseram, havia buracos por toda parte, andaimes e redes pendiam de obras pela metade, as paredes intermediárias pareciam peças dispostas para um cenário, as esquinas tinham se uniformizado, Barcelona era um imenso cadáver estripado, "*trabaja pero seguro*",* quando

* Trabalha, mas com segurança (lema de campanha de segurança no trabalho de 1965).

foi embora, os trabalhadores ainda não usavam capacetes... O que mais achava diferente? Sim, havia ruas asfaltadas, não havia bondes. As praças tinham palmeiras corcundas e o pó entrava por toda parte. Não havia jardins, mas bancos, e os bares onde ela passava horas e horas tinham desaparecido. O Oro del Rhin, por exemplo, hoje era um banco de fachada gelada... O Oro del Rhin — mesas compridas, sofás de couro esverdeado, espelhos dourados: Natàlia pensou em Emilio. Agora fará doze anos desde que se encontraram nesse bar — ele saía da Faculdade de Letras e em cinco minutos estava ali —, e tomavam apenas um café por toda a tarde. Conversavam.

Emilio se aproximou dela na saída do cinema, nos conhecemos de algum lugar?, ela caiu na conversa-fiada, acho que não... você estuda na Universidade? Eu não estudo. Faço cerâmica, estudo inglês e francês, trabalho de manhã. Emilio a olhou de uma forma como Natàlia nunca se sentira olhada, como se os olhos de Emilio se fincassem em seus peitos. Não sabia como se manter em pé. Eu te conheço de algum lugar... Gosto de teatro e conheço alguém do TEU* de Direito, é óbvio, ele disse, estalando os dedos, eu sabia que você devia fazer teatro. Ah, mas é apenas por gosto, não vá pensando que... A sessão já ia começar, e Blanca chegara. Quem é esse? Não sei, diz que me conhece... Na saída, Natàlia olhou um pouco para ver se o via, mas as pessoas empurravam para fora. Tanto faz, pensou.

Já usava o traje de romana e tinha prendido o cabelo atrás. Sempre estou descabelada, disse para si mesma. Alguém a acariciou por trás, te achei! Eram os olhos risonhos de Emilio, você é uma fujona, meu bem, achou que ia escapar de mim? Emilio, veja que coincidência, era o maquiador da peça, o diretor do TEU de

* Teatro Espanhol Universitário.

Direito era seu amigo e lhe dissera, por que não maquia minhas garotas?, e, é óbvio, ele fazia tudo por um amigo, isso que tinha muito trabalho, me chamo Emilio Sandoval, dizia sem parar de falar, e somos todos comunistas aqui, sabe? Natàlia pensou, tem nome de série, de herói de radionovela. Emilio, que gostava muito de teatro, dissera ao seu amigo, está bem, está bem, deixarei os cinquenta mil trabalhos urgentes que tenho que fazer para maquiar as garotas, e aqui estava, prestes a maquiá-la. Natàlia não dera um pio enquanto ele falava e abria uma maleta de palha chinesa de onde tirava um monte de tubos, um amigo que é ator profissional emprestou para mim, sabe, um de Madri que está aqui com Tamayo, vivi bastante tempo em Madri, vou te maquiar como velha, porque você é a velha, não? Natàlia, que diziam que se movimentava muito bem em cena — mas que tinha uma voz horrível —, fazia a criada velha e resmungona em A *panela* de Plauto. Emilio besuntou os dedos com base cinza e começou a percorrer sua cara, primeiro a testa, com os polegares dava batidinhas em cada lado, enfim, o que você vai fazer depois da peça?, e depois da parte superior do nariz até embaixo, chegando às comissuras dos lábios onde dava relevo às dobras que vinham das narinas, o diretor da peça passou, ei, você, não demore que começaremos logo!, depois, da parte superior do lábio, percorrendo a boca, até a ponta do queixo, você tem a covinha da beleza, vamos sair juntos?, se enchera de creme marrom e maquiava seu pescoço, que pescoço bonito o seu... pescoço de cisne, com as pontas dos dedos ia da parte externa das sobrancelhas até as pálpebras, feche os olhos, cuidado, posso manchar sua pupila, e maquiava suas pálpebras, agora os dedos repassavam a testa até as orelhas, o diretor voltou a passar, vamos lá, não faça muitas rugas nela!

Emilio e Natàlia saíram uma porção de vezes. Ele a buscava no Instituto Francês e, de mãos dadas, passeavam pelo bairro gótico. Esse bairro é uma das coisas mais bonitas que os barceloneses têm e, olha, nunca há ninguém aqui, ele dizia. Costumavam parar em um barzinho da rua de Banys Nous. Havia lá velhos jogadores de cartas misturados com estudantes que tomavam vinho e comiam azeitonas em cima de tonéis que serviam de mesa. Natàlia gostava do cheiro do barzinho, das sardinhas fritas e do vinho armazenado em barris. Você gosta do Xarel-lo, né?, Emilio lhe dizia, e ela sentia as bochechas arder. Geralmente pediam tapas — sardinhas, chouriço e azeitonas sevilhanas — e vinho tinto com água gaseificada. Emilio lhe dizia que o vinho com água gaseificada era uma "bebida popular". Quase sempre era ela que pagava. Emilio falava, explicava-lhe o que acontecera nesse país desde que os franquistas tinham ganhado, como muitos homens dos povoados andaluzes desapareceram apenas porque tinham calos nas mãos, "isso mudará", Emilio acabava concluindo, e Natàlia, pouca coisa podia dizer, apenas que seu pai fora comunista e agora era um pouco católico e bastante autoritário, é que há muito medo, ele continuava. Emilio a levou duas ou três vezes à casa de uns amigos que faziam teatro popular nos bairros proletários. Era um casal cheio de crianças e de ideais. A mulher, esbelta, estava sempre aflita com receio de que o marido afundasse em uma depressão. "Neste país", o marido dizia, "não há espaço para os gênios." Algumas tardes, quando o casal não estava lá, Emilio e ela se divertiam em cima da cama. Ele se punha em cima dela e desabotoava sua camisa, procurava seu mamilo e o apertava como se fosse uma campainha. Depois, uma mão descia — com os dedos da outra percorria o pescoço e Natàlia, sem saber por quê, achava que ele ainda estava maquiando-a —, e metia-se por dentro da saia. Escutava um clique!, e a presilha da cinta-liga direita já estava solta, um outro clique!, e soltava a esquerda. As ligas são tão eróticas, ele comentava enquanto a mão prosseguia em sua exploração por entre as coxas, agora ia até atrás e soltava mais duas presilhas que livravam a cinta-liga das meias sete oitavos. A mão de

Emilio se aventurava dentro da calcinha e acariciava seu púbis, vou despertar seu clitóris, pequena, ela sentia um calor muito forte nas orelhas, seu coração batia como se fosse explodir. Mas nunca acabavam de tirar as roupas e o jogo sempre era interrompido, seja porque se escutava o barulho de chaves na fechadura, seja porque ela se contraía e fechava as pernas com muita força. Você tem medo demais, menina.

Emilio também levou Natàlia à Universidade várias vezes e apontava para seus amigos: esse é falangista da esquerda, aquele é *xino*.* O que quer dizer *xino*?, ela perguntou. *Xino* quer dizer comunista. Com Emilio, Natàlia viu muitas peças de teatro nos bairros proletários. As pessoas aplaudiam aos montes. Isso é o povo, não vê como é rico? Ela dizia que sim, mas sentia o cheiro de madeira suada, cheiro dos pobres, pensava. Emilio sempre andava atarefado, atolado até o pescoço, dizia, com tantas reuniões. Um dia disse a Natàlia que era comunista. Quando Emilio disse "sou comunista", Natàlia pensou que talvez tivesse ido longe demais, está com medo, garota? Não é que tivesse medo, mas lhe causava uma sensação estranha, uma excitação no estômago, isso de estar com um comunista. Como era andaluz, Emilio não dizia "*sóc comunista*", em catalão, mas *soy un comunista, un rojo, ¿sabes?*** Os vermelhos eram malvados, tia Patrícia dizia, matavam padres e queimavam igrejas. Os vermelhos estavam errados sobre tudo, opinava seu pai, que não queria nem ouvir falar deles. Se tivesse ido para a Universidade, dizia a Emilio, talvez entendesse mais coisas agora. Talvez, Emilio comentava. Ela via que Emilio era muito diferente de seus amigos, mas a atraía. De forma animal, quem sabe, mas a atraía, e cada vez o calor que sentia

* Literalmente "chinês", a denominação para comunista surge em relação a Mao e às ideias socialistas da época.

** Sou um comunista, um vermelho, sabe?

nas orelhas era mais forte e cada vez sentia mais necessidade de que ele fizesse isso de novo, de se divertirem em cima da cama do casal amigo. Ela chegou até a guiar a mão dele até sua vulva, vai acabar virando uma depravada, Emilio lhe disse um dia. Mas ela buscava seus dedos, e queria-os dentro dela, e percorria sua língua fazendo círculos dentro da boca. Natàlia começou a faltar nas aulas e também no serviço, um escritório onde trabalhava algumas horas por dia. Você chega cada noite mais tarde, posso saber aonde vai?, Joan Miralpeix berrava, mas Natàlia não escutava o pai, fechava-se no quarto e se olhava no espelho. Sorria, se soubesse que saio com um comunista! Papai é um covarde, Natàlia explicava para Emilio, só se preocupa em ganhar dinheiro. A política lhe dá medo. E é um déspota desde que a mamãe se tornou uma lerda.

Um dia Emilio lhe disse, me emprestaram uma casa em Llavaneres, podíamos passar o fim de semana lá. E o que digo em casa? Você ainda tem medo!, ele comentou. Natàlia falou para o pai que ia para Calella, na casa de Blanca, você não fica nem um maldito domingo para cuidar da sua mãe! É uma egoísta, Joan Miralpeix gritou. E a Sílvia e o Lluís não podem vir para cuidar dela? Eles são casados, têm o Màrius. Credo, vou ter que me casar para poder sair aos domingos.

A casa de Llavaneres era uma casinha de dois andares, cercada de pinheiros e situada a meio caminho da praia e do centro da cidade. Era primavera e a noite estava muito clara, a lua se alongava em direção ao caminho da praia. Cheiro de folhas verdes e barulho de caruma. Sentaram-se um pouco do lado de fora. Se escutassem com atenção, o barulho das ondas os alcançava. Emilio a apertou com força, menina, vai ser o fim, nas Astúrias há mais de sessenta mil trabalhadores em greve e ela se estendeu até León e Bilbao, a ordem de greve se espalha por toda a península. Vamos conseguir parar a Universidade. Emilio estivera na prisão, em Madri. Você não tem medo? Está muito envolvido... Por que deveria ter medo? Emilio se levantou e entrou para buscar a garrafa de vinho. Encheu dois copos. Sabe, eu não tenho medo da prisão nem das surras, acho que saberia aguentar. Emilio bebeu o copo em uma só golada, o que eu tenho medo é de ficar velho. Emilio ficou um tempo ruminando, gosto de viver, comer, beber, fazer amor... Emilio mordeu a orelha de Natàlia e ela o afastou, não seja um animal... Tenho muito medo da morte, Natàlia disse. Gostaria de nunca morrer. Já eu não quero envelhecer. Se não, vou fazer como Paul Lafargue. Quem era Paul Lafargue? Emilio sorriu, você não sabe de nada, garota. Lafargue era o genro de Marx e gostava tanto da vida que decidiu encerrá-la quando começou a se sentir combalido. Era um homem valente, Natàlia comentou. Assim como sua mulher, Laura, a filha de Marx. Ao fazer setenta anos, injetou-se ácido cianídrico. Quando isso aconteceu? Antes da Primeira Guerra Mundial, Lafargue deixou uma carta que dizia, mais ou menos: "São de corpo e de espírito, mato-me antes que a cruel velhice me tire cada um dos prazeres e cada alegria da existência e que me dispa das minhas forças físicas e intelectuais...". Lafargue acabava dando um salve para o comunismo e para o socialismo internacional. Isso aconteceu em outra época, Natàlia disse. Emilio sorriu, não vejo por que o desejo de prazer e o desejo de mudar o mundo devem ser coisa de outra época! Natàlia não soube o que dizer.

Emilio comprara azeitonas em conserva, linguiça, batatas fritas e um pouco de pão. Comeram por um tempo sem falar nada. A lua esvanecera atrás de uma nuvem. Emilio estava colado a Natàlia, sentia sua respiração. Você está muito envolvido, não é? Emilio deu de ombros, "envolver" é um verbo pequeno-burguês, pequena. Eu não me envolvo, se é o caso, são "eles" que nos envolvem. Natàlia, para dizer alguma coisa, você acha que tudo isso vai mudar algum dia? Emilio franziu o nariz, caramba!, o que você acha? Se eu não acreditasse nisso... Expeliu um hálito de vinho. Me beija, ele disse. Ela se aproximou dele e lhe deu um beijo nos lábios, adoro que beije tão mal, Emilio disse, ela se afastou, os lábios cheios de sal das batatas. Emilio a pegou pelo pulso, vem… e a beijou percorrendo-lhe a língua, Natàlia notou que sua língua estava muito úmida, língua de peixe de rio, pensou. Emilio desabotoou sua calça e abriu o zíper. Hoje vamos tirar toda a roupa.

Durante aqueles dias, Natàlia sonhou várias vezes que era o herói de uma cena muito trágica — via-a como se fosse um filme, em cores e tudo mais — e depois que ela mesma era a amante do herói. O herói era belo e valente e lutava contra um monte de gente malvada que se amontoava em um canto. As pessoas malvadas eram feias e desleixadas, tinham rosto diabólico, cor vermelho vivo, dentes amarelos como limão siciliano e garras de corvo. Depois vinha uma sequência de cenas muito claras e ela se tornava a amante, uma mulher maravilhosa toda cercada por névoa. As pessoas malvadas perseguiam o herói e ele escapava pelos esgotos da cidade — Natàlia escutava o respingo da água suja que escorria pelas abóbadas do esgoto mas, na realidade, era a água que salpicava por uma tubulação do saguão — e corria, corria até um túnel escuro, escuro como uma baforada de trevas. Por um tempo, apenas se escutava o gotejar da água e o xop-xop dos passos do herói. Por fim, o herói encontrava a amante, sempre em meio à neblina, e a abrigava dentro de seus braços. O herói-Natàlia e a amante-Natàlia iam rumo à escuridão. O sonho se tornava cada vez mais e mais escuro, o herói e a amante desvaneciam dentro das trevas, trevas que nunca acabavam e então não se escutava nada, nem o som da água, nem o ruído dos seus passos, nada de nada, apenas a escuridão, que era escura como o breu da noite... De repente, um foco iluminava uma parte do teto, de onde descia uma enorme aranha. Queria abraçar a amante-Natàlia que ficara sozinha. A aranha gigante esticava enormes patas peludas por todo o quarto. As patas procuravam a amante-Natàlia, iluminada pelo foco, para apertá-la e ela não conseguia se desvencilhar daquele abraço. Natàlia acordava muitas vezes se debatendo em meio ao vazio. E então alguém acendia a luz. Menina, você ficou maluca?, Encarna dizia.

Era muito difícil fazer amor em Barcelona. Emilio vivia em uma residência estudantil, a maioria de seus amigos também. Se tivéssemos carro..., Emilio dizia. Mas não tinham e muitas vezes davam voltas por Barcelona sem saber para onde ir. Ela, Natàlia, não queria ir a um *meublé*, seu amor não era de *meublé*, você tem muitos preconceitos, Emilio lhe dizia, qual o problema? Dá na mesma nos amarmos em um bosque ou em um quarto com um bidê ao lado. Uma noite, passaram por uma ruela estreita perto de Santa Maria del Mar, entraram em um pórtico e Emilio levantou sua saia. Era um amor furtivo, feito às pressas, olhando de canto de olho, o ouvido atento a qualquer rumor. Os dois corpos se apertavam e as mãos esmagavam a carne um do outro, mãos recônditas e mortas de medo. O amigo que fazia teatro dissera a Natàlia, você é muito inocente, o Emilio não te merece. É claro que vozes chegaram nela, é você que está saindo com o Emilio agora?, olhavam-na como um pássaro estranho, o Emilio está sempre com uma mulher nova, logo você verá. É o *xino* de pior fama na Universidade... Nessas questões, o Emilio não tem moral, acrescentava a mulher do amigo que fazia teatro nos bairros proletários. O Emilio é filho de uma família muito rica, são donos da metade de Almería. Se sua avó não se irritar, ele será o herdeiro... O diretor do TEU também quisera lhe "avisar", não confie no Emilio, recebe dinheiro da família, bastante, é um *señorito*,* agora se mete na política porque é divertido. Natàlia pensava que isso não era nada além de inveja, o Emilio, continuava a mulher do amigo que fazia teatro, é velho demais para estudar. Começou três cursos e largou todos eles pela metade. Era inveja, sim, porque Emilio era belo e rico, era comunista e gostava de viver. E, além disso, acariciava-a com cada vez mais fúria quando faziam amor às pressas em cima da cama do casal amigo. Olhava-a com seus olhos brilhantes, preciso de você, Natàlia.

* Filhinho de papai.

Em uma sexta-feira, ela quis ir à Universidade com Emilio. É perigoso, lhe dissera, o ambiente está muito tenso, ontem começaram a prender estudantes. Por que não posso ir?, Natàlia perguntou, pois eu também estou de acordo com a greve nas Astúrias. Você não diz sempre que tenho medo? Natàlia se levantara de manhã, depois de uma noite de pesadelos em que a aranha a abraçara mais forte que nunca, e decidira que ela iria à manifestação da faculdade de Economia. Emilio notou um gostinho de orgulho em Natàlia, insólito por vir dela. Em primeiro lugar, ele disse, você não é universitária... Escuta, tenho vinte e quatro anos. Além disso, essa situação das Astúrias também me afeta, Natàlia repetiu. Além disso, você nunca se meteu na política. Em algum momento devo começar, não? Paul Lafargue deixava que Laura o acompanhasse. Emilio sorriu, você me desarmou, menina. Eu que achava que você era tão dócil... Desceram ao bar da Universidade perto das seis. Havia um alvoroço de copos e garrafas de cerveja e de coca-cola, a fumaça dos cigarros turvava a atmosfera e as conversas. Emilio encontrou um amigo, a manifestação é às seis, no pátio da Economia, mostrou-lhe um panfleto que há pouco tinham lançado. Olhe, o amigo apontou para um homem vestido de cinza apoiado na parede, bem ao lado dos banheiros, a polícia?, Emilio perguntou. Sim, estão escondidos por toda parte. Hoje vai ter paulada, o amigo comentou. Emilio se dirigiu a Natàlia, por que não me espera no barzinho da Banys Nous? Não sou criança, Natàlia olhava o ambiente como se se tratasse de um filme. Escutavam-se os nervos à flor da pele, de vez em quando, corridinhas pelo corredor que dava para o bar, os garçons atendiam com o rosto preocupado, a fumaça estava cada vez mais densa, todo mundo bebia sem parar, olhares de soslaio reparavam em homens mais velhos que passeavam com postura de fanfarrões. Subiram para o pátio da Economia; havia uma centena de estudantes que caminhavam ou que estavam quietos, mas todos bem juntos. Nas galerias de cima, uns homens, apoiados no parapeito, acompanhavam a cena de perto. Em uma esquina do pátio, um grupo de estudantes se acomodou, os panfletos voaram um instante por cima das cabeças, levantaram as mãos para pegá-los, outros se agacharam porque já tinham caído no chão, alguém começou a cantar *Asturias, patria querida*... O pessoal lá em cima acompanhava a cena com ar impassível. O amigo de Emilio disse, têm a qualidade de dar nos nervos. Alguém desdobrou uma faixa que dizia *Asturias*. Os estudantes se juntaram ao redor da faixa e começaram a ir em comitiva até o jardim. Havia apenas uma portilha aberta lá e uns estudantes forçaram a porta grande para que todos pudessem passar. Deixaram a faixa pendurada nas grades que davam para a praça da Universidade. Natàlia viu um verdadeiro exército de grises* à sua frente; nas esquinas,

* Um nome popular que se refere aos policiais armados da ditadura, que vestiam um uniforme cinza. Essa nomenclatura pode ser comparada com o uso de "milicos" no Brasil.

havia jipes que esperavam. Pareciam tanques prestes a entrar em uma batalha. Ao redor da praça, havia um silêncio estranho, denso, interrompido apenas pelos gritos e cantos dos estudantes. As pessoas que passeavam ali perto paravam, pareciam personagens de um filme mudo. Dizem que há cavalos na Plaça Castella, disse o amigo de Emilio, que se chamava Joan. Os estudantes voltaram para o pátio e um grupo avançou rumo ao hall. Natàlia apertava a mão de Emilio. O pessoal que estava na frente começou a xingar a polícia. Uma esquadra de grises, disciplinados, foram avançando lentamente até o umbral da grande porta que dava para a rua. Da escada do primeiro andar descia um homem com roupa escura, seguido de vários bedéis, é o Linés, filho da puta!, Emilio gritou. Natàlia perguntou, quem é Linés?, o espião do reitor. Linés fez um sinal para os policiais que esperavam no umbral e uma enxurrada de grises entrou pelo hall. Natàlia já não conseguia ver a situação como um filme porque estava no meio, por um momento perdeu a mão de Emilio, começou a procurá-lo entre os berros e golpes de cassetete, voltou a encontrá-la, uma mão suada que a empurrava na direção de um canto do hall, longe dos grises, corre, corre, Emilio gritava, mas ela não conseguia correr, pois a lançavam de um lado para outro, como as ondas do mar, torvelinhos de pessoas desesperadas a faziam rodopiar, e via apenas amontoados ao seu redor, rostos borrados, olhos de terror, mãos que agarravam o que podiam, corpos que saíam em disparada e voltavam ali, entre os gritos e xingamentos, e o choro das moças. Ao seu lado, uma estudante desmaiou, Natàlia tentou ir ajudá-la, mas voltou a afundar dentro das ondas, dentro do mar agitado, como se fosse uma barca naufragada e os outros, animais acorrentados a uma roda-d'água. Os golpes continuavam, alguns tentaram chegar à portilha que dava para o pátio de Letras, mas ficaram obstruídos, não se podia sair. Formavam um grupo unido e se esforçavam para chegar à saída, mas uma fileira de grises já tinha se postado do outro lado e os fazia rodopiar como se fossem um enorme peão humano. Os policiais davam pauladas com fúria, uma e outra vez, sempre diante do mesmo ponto, bem na frente deles. Estavam com os olhos saltados, o rosto acinzentado, talvez reflexo do uniforme, as pupilas vermelhas, os dentes cerrados, o olhar disperso, e batiam sem nem pensar duas vezes, como animais enfurecidos, ou cães soltos depois de terem passado muito tempo aprisionados. As pessoas aglomeradas retornavam e retornavam sem nenhuma outra direção que não fosse não estar na primeira fileira, ao alcance dos porretes. Os homens que davam surras não sabiam no que batiam, parecia que golpeavam seres imateriais que lhes fora ordenado destruir, reduzir ao nada. Os estudantes caíam no chão e as pauladas continuavam em cima dos calombos inertes. Ouviu-se o quebrar de vidros, um rapaz com a mão ensanguentada conseguira forçar uma porta, e um grupo de estudantes tentou fugir por ali. Um estudante dava passos vacilantes com o rosto cheio de sangue... Por fim, Emilio conseguiu agarrar Natàlia bruscamente e com Joan e uma outra moça desapareceram pela porta de vidro. Avançaram aos trancos e barrancos até o jardim que separava os pátios das faculdades, Joan gritou, venham!, enfiaram-se às pressas dentro da igreja em meio às penumbras. Umas freiras que rezavam os olharam com estranhamento. Sentaram-se na primeira fileira, todos os quatro, e esperaram por um bom tempo. Quando parecia que a batalha se afastava do pátio de Letras, saíram.

Talvez tenham ficado uma hora dentro da igreja. Do lado de fora, já era noite. Dentro da Universidade havia silêncio, um silêncio que vigiava, e Natàlia tinha a impressão de ter saído de um combate. Escutavam-se bramidos distantes. Saíram pela porta de Letras, a polícia ainda detinha estudantes mas não se importaram com eles. Os jipes estavam cheios de detidos, que olhavam da escuridão. Foram caminhando até Canaletes. Os filhos da puta tinham caminhões-tanque com jato d'água e cavalos, Joan disse. Amanhã acontecerá a greve geral, Emilio comentou, os dentes cerrados, amanhã não acontecerá a greve geral, você vai ver só, Joan respondeu. Tudo estava calmo em Canaletes, mas parecia haver milhares de vigias escondidos. Cerca de vinte estudantes se reuniram perto da fonte, há um monte de detidos, aproximara-se um rapaz que olhava com cara feia, foi espantoso, a moça que estava com eles disse em voz baixa. Natàlia a olhou pela primeira vez, até então a moça não dissera nada. Era muito magra, devia ter uns dezoito anos e uns olhos bem grandes e bem abertos que ocupavam toda a sua cara. Um estudante começou a cantar *Asturias, patria querida*... primeiro foi um rumor suave, triste, como se fosse uma súplica. Os estudantes tinham se apinhado, aos poucos o canto ganhou consistência, as vozes das moças, poucas, e os gritos roucos dos rapazes. O canto se elevava enquanto os estudantes começaram a descer pela Rambla. As pessoas os olhavam, inquietas e ao mesmo tempo com admiração. Alguém iniciou um aplauso. E o canto era cada vez mais alto, mais seguro, *Asturias, patria querida*, todos cantavam e também Natàlia, *Asturias, patria querida*, a Rambla se preencheu com seu canto, cada vez mais alto, cada vez mais forte, era um canto alegre, Natàlia gritou como nunca fizera, gritava *Asturias* como se as *Asturias* fossem ela, ou Emilio, ou os estudantes que foram surrados, as Astúrias já não eram apenas as Astúrias, por isso gritava tanto, como se se livrasse de todos os silêncios de sua casa, gritava para apagar tudo, sem vergonha, e agora já não eram cantos, os dos estudantes, nem mesmo gritos, agora eram bramidos, *Asturias, patria querida, Asturias, patria querida*, rugiam, como o mar em plena tempestade. Natàlia não gritava contra aquela massa cinzenta que os golpeara, nem contra os jipes, nem contra os caminhões-tanque, não gritava contra os cães soltos que golpeavam sem saber por quê, Natàlia gritava contra seu passado, contra as iras de seu pai, contra o que ela fora. E não tinha medo. De repente, alguém gritou, a polícia!, e houve uma debandada. Emilio agarrou a mão da Natàlia e a puxou para uma ruela estreita. Atrás deles vinham Joan e a moça magra. Correram por um bom tempo pela rua até pararem ao lado de um pórtico escuro. Ofegavam. Emilio se apoiou na parede com os olhos fechados. A cidade submergia dentro das sombras da noite e o sol deixava frisos de cor laranja em cima dos terraços.

Foi tão rápido que lhe pareceu que estavam ali bem desde o começo. Vinham do outro lado da rua, talvez da Rambla tivessem atravessado uma ruela perpendicular. O loiro tinha uma cara comum, usava óculos e uma jaqueta de cheviote. O outro era moreno e tinha um rosto de cachorro triste, uma enorme papada que acentuava ainda mais suas bochechas caídas e os enormes olhos fundos que olhavam tudo como se tudo lhe desse muita pena. Não caminhavam, passeavam com as mãos nos bolsos. O que fazem aqui?, o loiro perguntou. Estamos passeando, não podemos fazer isso? Venha, conhecemos vocês, queremos ver seus documentos. O da cara comum deu a volta por trás. Ora, ora, Joan Oranich e Emilio Sandoval, que dupla. O de jaqueta de cheviote esvaziou as bolsas de Natàlia e da outra moça. O dos olhos tristes não dizia nada, tem cara de boa pessoa, Natàlia pensou. Sabem o que seus companheiros da Universidade fizeram?, o loiro dizia, pois se esconderam atrás de umas árvores e se aproveitaram da escuridão para lançar pedras na polícia! A moça magra sorriu. O dos olhos tristes se engalfinhou com a moça e a jogou no chão. Não ria, vagaba, mais que vagaba, o policial batia com fúria nas partes íntimas da moça magra. Natàlia notou que sua calcinha umedecia e um líquido quente aflorava por entre suas pernas. "Fiz xixi." Os outros não se mexeram, ainda que Joan tenha feito um leve movimento para a frente, você, quieto, o loiro gritou enquanto apontava a pistola para ele. A moça, no chão, gemia. Vieram mais policiais à paisana — dois eram muito jovens — e os fizeram passar para a frente depois de pegarem seus documentos. A moça, com os olhos escancarados, caminhava lentamente enquanto rolavam lágrimas por seu rosto e com a mão segurava o baixo-ventre. Emilio estava com a cara branca como o céu úmido e Joan apertava os lábios com o olhar vazio. Não fizemos nada, Natàlia pensava, deixamos que batessem na moça magra. Saíram para uma rua mais ampla, uma encruzilhada de ruas, e vários grises se aproximaram. Leve-os com os outros e vigie-os, disse o que tinha cara de cachorro triste. Algumas pessoas dos bares ao redor e dos prédios tinham saído e olhavam com curiosidade. Natàlia notou que suas bochechas queimavam de vergonha. Tinha medo de que alguém a reconhecesse. Fizeram-nos entrar em um jipe, Emilio se sentou ao seu lado e acariciou a mão dela. Você não sabe de nada, disse-lhe. Os jipes estavam na Plaça Castella e logo se dirigiram para o centro. Já estava tudo escuro e as luzes da cidade piscavam à medida que o carro avançava. A vida do lado de fora era como a de todo dia, você não sabe de nada, Emilio lhe repetiu. O jipe parou diante da delegacia e os obrigaram a sair. Enfiaram a moça magra, que ainda chorava, em outro aposento. As luzes da delegacia impregnavam as caras com uma cor oliva. As paredes eram de um amarelo limão siciliano e havia sujeira dos anos acumulada nelas. Tudo estava desbotado. Fizeram Natàlia entrar em um cômodo pequeno que havia ao lado da porta de entrada, cheia de arquivos e com duas mesas muito gastas e que fediam a suor. Os tubos da calefação passavam pelo meio do cômodo. Em uma das paredes, toda cheia de rachaduras, havia um quadro repleto de fotografias, "*red de anarquistas peligrosos*". Um grande retrato de Franco, verde-claro, presidia o habitáculo. Um homem de cabelo ensebado e olhar morto escrevia na máquina sem se importar com ela. Entrou uma dupla de policiais jovens, "*las mujeres estáis más bonitas con faldas, con panta-*

lones parecéis marimachos",* o que escrevia na máquina e tinha cabelo ensebado gritou-lhes, "*dejadla que es muy fea*".** Passou um bom tempo, Natàlia sentia o teclar da máquina dentro do corpo, até que apareceu um homem grande, de rosto vermelho e enormes olheiras. Fumava um charuto Havana e Natàlia observou seu pescoço, que pescoço mais curto, pensou. *¡Mira que eres boba, enredarte con el Sandoval!**** O homem do charuto e do pescoço curto disse ao policial do cabelo ensebado que recolhesse seus dados. *Avisaremos a tu familia*, e o homem do charuto foi embora. Depois, as digitais e as fotografias.

Quando desceu à cela, foi recebida por um gris velho e muito barrigudo, *eres muy joven, tú*. Entrou em uma cela vazia, na do lado havia algumas estudantes que olhavam através das barras. Agora que via a parede cinza, descascada e úmida, o chão suado, o banco de pedra e a janelinha que não dava para lugar nenhum e por onde escorria uma luz pálida, Natàlia se deu conta do que acontecera. "Caçaram-me e não sei nada de toda essa merda", tinha medo, mas não era o mesmo medo de quando sua calcinha ficou molhada, "por que não fizemos nada?, por que deixamos que batessem naquela moça?", mas um medo mais profundo, um medo gelado que se enroscava no corpo e no pensamento. "O que estou fazendo aqui?" Do lado de fora, ouvia o respingo de uma torneira, ou talvez de uma tubulação que não estava boa e, ali dentro, os passos lentos do policial grande. De vez em quando, ruído de trinco e um grito lá de cima, *¡puerta!*. O passo lento e cansado do policial grande se apressava, depois vinha um passo seguro e firme e, mais tarde, outro tipo de passo, passo de medo

* Vocês mulheres ficam mais bonitas de saia, com calças parecem machorras.
** Deixem-na, é feia demais.
*** Mas é uma boba mesmo, de rolo com o Sandoval!

gelado, pensava. O tempo transcorreu, um tempo que se afinava, temperado pelos passos dos policiais e dos novos prisioneiros. Natàlia tentava encontrar algum motivo que tivesse sentido, mas a gelidez do banco de pedra subia por sua espinha, percebia as mãos dormentes e o corpo rígido. Tentava passear, mas em seguida dava com as barras e com a janelinha, contar os passos do guarda, ver se descobria quantas barras havia na porta, pensar que estava com o corpo ferido e o cérebro vazio como o de sua mãe ou que morrera. Mas parecia que o tempo tinha parado. Lembrou-se do que Emilio dissera, "vamos protestar porque torturam os mineiros, e um guarda-civil chicoteou uma moça com o cinto". Isso, ela estava presa porque não queria que torturassem os mineiros nem que chicoteassem as moças com cintos. Você é uma trouxa, disse para si mesma, tanto faz se estiver lá fora ou aqui dentro. Fechou os olhos, viu um tribunal: ela era o juiz e julgava todos os policiais que conhecera naquele anoitecer tão curto. Em uma fileira, bem retos, estavam o loiro, o de cara de cachorro triste, o de cabelo ensebado, os três jovens, o chofer e o do charuto. Também estava o gris barrigudo, mas Natàlia o tirou do sonho. A sentença foi inapelável: todos seriam pendurados em um arame que os enforcaria aos poucos. Todos pediam piedade. Talvez perdoasse o do cabelo ensebado, o que a tinha chamado de feia e os três jovens. Mas o loiro, o da cara de cachorro triste e o do charuto não. O que tinha a cara de cachorro triste ia ficando cada vez mais vermelho, ela apertava o arame aos poucos enquanto observava como seu pescoço ia se cortando. Acordou porque dera uma pescada muito forte e sua nuca deu uma repuxada. Agora havia muito silêncio, apenas barulhos distantes, como algum passo lá em cima ou o arquejo do policial grande. Tinham transcorrido algumas horas, talvez, desde que entrara na cela, e Natàlia não podia, não queria, estar mais sozinha. Bateu nas barras, *¡Quiero ir al lavabo!*,* aproximou-se um policial com passo firme, era um homem jovem e com um bigodinho bem aparado, eh!, gritou para o policial velho e grande, *¡que la marquesa quiere mear!*.** Urinou sem encostar no assento da privada, toda cheia de merda e encardida. Sentiu nojo de voltar a pôr a calcinha molhada e tirou-a. Quando estava entrando de novo na cela, o policial grande lhe disse, *¿por que no duerme un poco?*. *¿Dónde?*,*** ela comentou. O policial grande ruminou a respeito, *¡espera!*. Voltou depois de uns minutos com dois colchões de plástico. *Ellos pueden aguantar más, son hombres.*****

Tentou dormir, mas sentia o corpo queimando. O silêncio ia e vinha, interrompido apenas por rajadas de barulhos. O respingo que vertia pela tubulação, alguém que ia ao banheiro, os passos dos guardas lá em cima... mas logo começou a escutar *¡puerta!* de forma cada vez mais contínua, chamavam nomes, abriam as portas de ferro e pessoas desconhecidas subiam pela escada. O *¡puerta!*, *¡puerta!* martelava seus ouvidos e, cada vez que o escutava, agarrava-se às barras para ver se chamavam Emilio. Passou-se um longo tempo, longuíssimo, e começaram a descer alguns dos que tinham sido chamados. Um deles estava com a cara toda ensanguentada e o outro tinha o cabelo desgrenhado. Depois, Natàlia viu como dois grises seguravam um homem até lá embaixo. Escutou, em um cochicho, *¡le han arrancado la barba, los muy brutos!****** E outra vez o silêncio. Não viu Emilio até a madrugada, primeiro o viu entre sombras, quando subia e, depois de um

* Quero ir ao banheiro!

** A marquesa quer mijar!

*** Por que não dorme um pouco? / Onde?

**** Eles podem aguentar mais, são homens.

***** Esses brutos arrancaram a barba dele!

tempo, que tempo longo esse, era Emilio que descia. Quando passou pela frente de sua porta, Emilio lhe deu uma piscadela. "Não lhe fizeram nada, não encostaram nele!", mas faziam descer outro que não se aguentava em pé e de cujo nariz jorrava sangue. Emilio e o outro, escorado pelos policiais, desapareceram no fundo do corredor, que fazia um ângulo. Natàlia não conseguia ver nada, apenas escutava o ruído de uns passos que se arrastavam. De repente, uma voz forte se impôs, *¡compañeros, que no cante nadie! ¡antes muertos!*.* Era Emilio?, a voz afundou entre repiques nas barras. Escutou o bramido de umas botas lá em cima e, depois, corpos que desciam pela escada, *¿es que queréis volver arriba, imbéciles?*.** Passaram uns minutos e Natàlia escutou alguém que assoviava dentro da escuridão. É Emilio, disse, é Emilio que assoviava *Le temps des cerises*. Natàlia fechou os olhos.

> *... Moi qui ne crains pas les peines cruelles,*
> *Je ne vivrai point sans souffrir un jour.*
> *Quand vous en serez au temps des cerises,*
> *Vous aurez aussi des chagrins d'amour...****

Adormeceu e já era bem cedo quando o policial velho e grande abriu a porta. *Te han mandado un paquete,***** Encarna, tão boa, Encarna, que lhe enviava uma térmica com café, uma caixa de bolachas Maria e um pacote de absorvente Madame X, *por si le viene eso,****** dissera aos policiais, com os olhos chorosos. Bebeu

* Companheiros, que ninguém delate! Antes mortos!
** Querem voltar para cima, imbecis?
*** Música francesa de 1866 associada à Comuna de Paris: "... Eu que não tenho medo de penas cruéis,/ Não vou viver um dia sem sofrer./ Quando vocês estiverem no tempo das cerejas,/ Também terão as mágoas do amor...".
**** Te enviaram um pacote.
***** Caso fique naqueles dias.

o café de golada e o calor a reavivou. Deixou as bolachas em cima do banco, não tinha ânimo para comê-las. *Tienes compañía,** quem lhe dizia isso já não era o policial grande, mas o do bigodinho aparado. *Han limpiado un bar,*** acrescentou. Desceram quatro mulheres, duas delas aos prantos. Trancaram uma das que choravam na cela de Natàlia, alta e ruiva, e uma que a consolava. A que consolava a mulher ruiva era baixa, morena, peituda e com uma pinta bem grande na bochecha esquerda. O que vai acontecer com meu filho?, tenho que levá-lo à escola, a morena disse. A ruiva assoou o nariz duas ou três vezes enquanto choramingava, ainda bem que trancaram a dona na outra cela, dizia, se não arrancava seus olhos, sua víbora! Natàlia viu que o nariz da ruiva estava vermelho de tanto que assoava. Para fazer alguma coisa, ofereceu-lhes bolachas. A morena disse, não, obrigada, mas a que chorava aceitou e as devorou sem parar por um bom tempo. Então fizeram entrar outra mulher, também morena, que estava com uns brincos compridos, de bijuteria, e um coque preto feito com uma trança. Usava um robe de náilon, de cor rosa, e segurava uma escova de dentes na mão. *Es una equivocación, qué disgusto va a tener mi marido,**** dizia aos suspiros. A ruiva deixou de assoar o nariz, foi comigo que aconteceu um erro! Eu era a diarista do bar, essa aqui pode confirmar! A morena disse sim, é verdade, eu sou uma sirigaita, mas ela só faz limpeza. Se duvidam, olhem minhas mãos, acham que posso me prostituir com essas mãos? A mulher mostrava as mãos em carne viva, de cor de sangue de boi. Passo madrugadas no bar a esfregar, sempre com a água sanitária e o pano, que homem iria me querer?, e voltou a assoar o nariz. Vamos, vamos, a mulher morena dizia. A dos brincos de bijuteria voltou

* Você tem companhia.

** Fizeram uma limpa em um bar.

*** Só pode ser um erro, que desgosto para o meu marido.

a suspirar, pelo amor! Olhou para Natàlia, e você, o que está fazendo aqui? Sou estudante, mentiu. O mundo é uma merda, a mulher dos brincos compridos sentenciou. Estava muito perfumada, perfume barato, e quando se mexia os brincos de bijuteria tilintavam. Natàlia escutou, Natàlia Miralpeix, com ênfase no i. Levantou-se e foi até as barras. Sorte, a mulher dos brincos compridos lhe desejou.

O policial apoiou as costas no espaldar da poltrona de madeira e a olhou de cima a baixo, *no te tomo declaración y que sea la última vez que te veo aquí.** Ao seu lado, um policial esguio e com uma pele oliva limpava uma pistola. Tirava as peças com muito cuidado e as deixava em cima da mesa. Natàlia voltou a sentir o cheiro de madeira suada. Entrou o policial da noite passada, o homem que fumava um charuto. *Bien, tienes que agradecer al señor Claret que te echemos a la calle.¡Ah!, y la otra también está fuera. Comprenderás que el compañero estuviera nervioso, ¡los habíais recibido con piedras! La chica está bien, el médico la ha visto, conque, aquí no ha pasado nada ¿eh?,*** o policial que fumava charutos a olhou fixamente e repetiu, *¿lo has entendido?****

* Não vou te interrogar e que seja a última vez que te vejo aqui.

** Bem, agradeça ao senhor Claret, só vamos te soltar por causa dele. Ah!, e a outra também. Entenda que o companheiro estava nervoso, vocês tinham lançado pedras neles! A garota está bem, o médico a viu, portanto, não aconteceu nada aqui, certo?

*** Entendeu?

Natàlia disse que sim. Só pensava em sair. Atravessou um corredor comprido, entre paredes limão siciliano e bancos encardidos. Por muito tempo se lembraria da delegacia pelas paredes cor de limão siciliano e pelo cheiro de suado das mesas e dos bancos. Em um escritório, entreviu a mulher dos brincos que tilintavam. *Soy choriza, ¿y qué?*,* escutou como dizia.

Mandaram Emilio para a prisão. Por um mês, Natàlia ia todo dia e deixava um pacote na janelinha para a quarta galeria, a dos políticos. Aprendeu logo a fazer os pacotes, embrulhados com papel resistente e um cartãozinho amarrado com um cordão que dizia o nome do preso e a galeria onde estava. Encarna não parava de resmungar, mas cozinhava, sem precisar que Natàlia pedisse, tortas de batata com cebola, grossas e suculentas. Natàlia não podia fazer mais nada, mas se sentia superior às ciganas que desabafavam gritando e discutindo. *Tú, ¿a quién tienes ahí? Al novio*, respondia, *pero es por política.*** A moça magra que levara uma surra do policial com cara de cachorro triste conseguira ver Joan Oranich, amigo de Emilio. Caminhava com muletas por causa da surra e Natàlia pensou, seus olhos estão maiores que antes. A moça dos olhos grandes e que caminhava com muletas pôde ver Joan Oranich porque tinham se passado por noivos. Por que você não tenta? Diga que é noiva de Emilio. Natàlia ligou para o escritório do diretor, *usted no es nada de él. Veremos lo que se puede hacer.**** Pode assinar um papel dizendo que você é noiva dele e que falta pouco para se casarem, o advogado lhe aconselhou. Assim vão te dar permissão para vê-lo. Depois de uns dias, o diretor disse, *lo siento, Sandoval dice que no ha tenido nunca novia.*****

* Sou bandida mesmo, e daí?

** Alguma pessoa sua está lá? O namorado, mas é por política.

*** Você não é nada dele. Vamos ver o que se pode fazer.

**** Sinto muito, Sandoval disse que nunca teve noiva.

O advogado a chamou em seu escritório, me passou esta carta para você. Saiu para a rua com o papel na mão. Não era exatamente uma carta, mas um papel muito pequeno e amassado. Levou um bom tempo para lê-lo. Tinha medo. Emilio o escrevera a lápis, "daqui de dentro, veem-se as coisas de forma diferente... isso é outro mundo, você não pode nem imaginar. É melhor que não nos vejamos mais...".

Uma noite antes da prisão, Emilio e Natàlia tomaram *cassalla* no Arco do Teatro e depois entraram em um bar decadente e seboso. A orquestra rangia um som lento e pâmpanos vermelhos iluminavam algumas clareiras dentro da penumbra. As mesas eram pequenas e sujas e se amontoavam embaixo de uma abóbada para que as pessoas pudessem dançar. Uma puta grande como um elefante e toda vestida de branco se enroscava em um homem esquelético que usava uma camisa lilás. Remexia as ancas com parcimônia, a puta grande, como se estivesse em um ritual. Em um canto, perto de uma luz, duas putas mudas falavam com gestos muito exagerados. Disputavam um velho negro que parecia ter vindo de Oklahoma e que tinha olheiras grandes e profundas. Parecia que estavam prestes a arrancar os olhos uma da outra enquanto ele, com um chapéu de feltro cinza, as observava impassível. Saíram do bar porque o suor pegajoso dos corpos e o sebo das mesas e cadeiras deixavam Natàlia enjoada. Emilio lhe disse, ao vê-la tão pálida, você nunca vai se acostumar com as misérias, né? Em uma esquina, uma puta velha e de peitos caídos gritava uma espécie de litania para os viandantes. Bramava com uma voz rouca e, algumas vezes, lançava um grito que gelava. Um velho de andar pesado revirava o lixo e um bêbado soluçava enquanto contava alguma história para si mesmo. Natàlia nunca estivera no bairro *xino** de noite até conhecer Emilio, e agora o

* Denominação para um setor do atual bairro do Raval, em Barcelona, que no

apertava como a amante-Natàlia procurava refúgio nos braços do herói-Natàlia. Acredita que isso vai acabar algum dia? Emilio não respondeu. Sabe, Natàlia continuou, quando você me explica a história do nosso passado recente, de tudo aquilo que aconteceu por culpa dos que ganharam a guerra, é difícil te acompanhar. Mas entendo o que você quer dizer quando vejo tudo isso, e Natàlia contemplava o que tinha ao seu redor, quando vejo que as pessoas são desventuradas. Acredita que isso vai acabar algum dia?, repetiu. Emilio não respondeu. Ao pé do ouvido, assoviou uma música. O que está assoviando?, ela perguntou. Uma música. É de um poeta da Comuna de Paris. Chamava-se J. B. Clément. Esse poeta queria que chegasse o tempo das cerejas:

Quand vous en serez au temps des cerises,
Si vous n'aimez pas les chagrins d'amour,
Evitez les belles.
Moi qui ne crains pas les peines cruelles,
Je ne vivrai point sans souffrir un jour.
Quand vous en serez au temps des cerises,
*Vous aurez aussi des chagrins d'amour.**

O poeta escreveu a música no tempo da Comuna, quando o povo lutava contra um regime de opressão feroz. Ele sabia que depois do combate haveria uma terrível repressão — mataram se-

---

começo do século xx concentrava bordéis, tavernas e locais de espectáculos e music hall, e que foi adotada por escritores como Jean Genet, Josep Maria de Sagarra e André Pieyre de Mandiargues. Nada tem a ver com a denominação para comunista mencionada em nota anterior.

* "Quando vocês estiverem no tempo das cerejas,/ Se não gostarem das mágoas do amor,/ Evitem as belas./ Eu que não tenho medo das penas cruéis,/ Não vou viver ne m um dia sem sofrer./ Quando vocês estiverem no tempo das cerejas,/ Também terão as mágoas do amor."

tenta mil operários e os que ficaram vivos foram forçados a construir a Sacre-Cœur de Paris — e cantava o tempo das cerejas, a primavera da felicidade. O poeta não ignorava, Emilio continuou, que no tempo das cerejas também haveria sofrimentos de amor, mas ele desejava isso. Eu também quero que chegue nosso tempo das cerejas. E Emilio olhou para Natàlia de uma forma que ela nunca esqueceria.

Encontrou o amigo de Emilio que estudava medicina em um dos corredores do Hospital Clínico. Era moreno, de ombros quadrados e um olhar de menino. O amigo de Emilio se lembrou dela, de um dia em que se encontraram ao acaso na taverna da rua de Banys Nous. Isso que você me pede é muito difícil, muito, disse-lhe. Mas não conhece nenhum ginecologista? Os que te fariam isso por ideologia, têm medo. De certa forma, acrescentou, dou-lhes razão: arriscam a carreira, já não poderiam mais ser médicos. Quando Natàlia notou que a menstruação estava atrasada, não deu importância, "é pelo medo que passei na delegacia e todo o problemão, com o Emilio preso". Seu pai, quando voltou para casa ao meio-dia, não lhe disse nada. Os dois se encontraram para almoçar — Judit almoçava antes, uma enfermeira a alimentava. Comeram, pai e filha, um bom tempo em silêncio, apenas se escutava o barulho das colheres ao encostarem no prato. Encarna servia o almoço e suspirava enquanto olhava de relance para a postura do senhor Miralpeix. Na cozinha, a outra empregada lavava os pratos de Judit. Olharam-se de canto de olho algumas vezes, Natàlia e o pai. Fazia muito tempo que não se falavam nada além do que era imprescindível. Joan Miralpeix era naturalmente fechado e sua personalidade introvertida se acentuara desde o derrame de Judit. Natàlia não se sentia à vontade em sua casa, mas não achava outra solução além de deixar os dias transcorrerem. "Não temos nada a dizer um para o outro." Natàlia julgava seu pai com frieza — antes tinha certeza de que o odiava. "Só se preocupa com dinheiro e respeitabilidade, é um covarde", Natàlia dizia a Emilio. O pai de Natàlia terminou de comer a sobremesa, uma pera em calda, e pediu o café, forte como sempre. Encarna lhe serviu o café no salão onde estavam as cristaleiras com os fetiches de Judit, e o senhor Miralpeix abriu o *La Vanguardia*. Natàlia se levantou e foi até o armário de remédios para pegar uma aspirina, foi difícil encontrar o tubo em meio às pomadas de Judit. Sentia-se mal, depois da noite que passou na delegacia. A última vez que discutira de verdade com o pai tinha sido no verão anterior, quando ela lhe disse que ficaria fora por três meses viajando pela Andaluzia e que não estaria ali para cuidar de Judit. As relações, então, eram frias e circunstanciais. Toda manhã, Natàlia entrava no quarto de Judit e lhe dava um beijo. "Não quero enterrar minha vida me ocupando de um pedaço de carne que respira!", gritara, então. A pele do pai se acendera, passara do rosa ao vermelho vivo, egoísta!, Joan Miralpeix gritou com a filha, você não ama sua mãe? Não é bem assim, Natàlia disse, precisava ficar velha brincando de bem me quer, mal me quer com a família? Seu pai a olhou, as olheiras mais profundas, e comprimiu o lábio inferior com os dentes de cima. Deu-lhe uma bofetada. Você não tem princípios, Joan Miralpeix gritou. Quando Natàlia voltou da Andaluzia, já não se falavam. Mas ela demonstrara: tinha "vida própria". Você é como a Kati, Patrícia lhe dizia meio chorosa, acabará como ela. Kati era uma amiga da juventude, e de Judit, que praticava o amor livre, esnobe e namoradeira, sempre cercada de pessoas do teatro e pintores — pessoas que seguem pelo "mau caminho", Patrícia dizia — e que, durante a guerra, "tornou-se uma comunista irremediável". Teve relações com um brigadista internacional — um "estrangeiro", Patrícia dizia — que morreu no front. Ela se suicidou — bebeu um gole de ácido clorídrico que queimou seu estômago — no mesmo dia em que os nacionais entravam em Barcelona e no mesmo dia em que pessoas como Patrícia, Sixta e o marido de Sixta gritavam "enfim chegaram os nossos, enfim chegaram os nossos!".

Você sempre faz o que quer, Encarna lhe dizia. Mas ela não sabia o que queria, sabia apenas que não queria nada daquilo que via. "Um pai cheio da grana e orgulhoso de sua 'espiritualidade', capaz de ir limpar a consciência entre os monges de Montserrat. Uma mãe meio defunta que nunca estivera sã." Natàlia começou uma série de pequenos cursos e de trabalhos, "tudo para sair de casa". Você não vai morrer se ficar em casa, Encarna dizia. Todas as amigas se casavam e resplandeciam de felicidade: apartamento novo, marido jovem, e logo um moleque com meleca escorrendo do nariz. Você não consegue se casar porque os homens te acham antipática, Encarna repetia. Talvez sim, pensava, talvez não consiga me casar porque não sei agradar um homem... Tentou vários empregos, trabalhou em um forno de cerâmica — esse foi o último —, foi à Feira Expositiva durante três anos, estudou idiomas, aprendeu a tocar violão, teve aulas de design industrial, de tapeçaria, trabalhou em uma loja de prêt-à-porter, aprendeu a fazer suéteres na máquina de costura, teve aulas de culinária, trabalhava algumas horas em um escritório onde arquivava artigos jornalísticos... Queria fazer tudo, conhecer tudo, "e não faz nada bem feito", Harmonia lhe dissera mais de uma vez. Não precisava de muito dinheiro, mas seu pai o dava a conta-gotas, "não gosto da vida que você leva, você não tem foco", Joan Miralpeix dizia. "Meu pai é o equilíbrio e a saúde mental", Natàlia contava para

Emilio. Seu pai, é claro, sabia o que queria. Tivera um passado republicano, que ela intuía por algumas palavras e parcas conversas. Mas não sobrava nada disso: apenas alguns livros catalães anteriores à guerra que guardava na biblioteca. Um monge de Montserrat o convertera à Igreja, porque, em questões de religião, ele era mais frio que outra coisa. Tinha os evangelhos na mesa de cabeceira e levara seus filhos a escolas religiosas, a menina ao Jesus Maria, o menino aos Jesuítas. Do contrário, aonde poderia levá-los? Ainda havia um resquício catalanista nele e se emocionava quando escutava "La Santa Espina"* pelo gramofone. Certa vez, Natàlia escutara como seu pai se referia a Companys e a Macià, "mas todos eles", dizia, "se equivocaram". Quando tudo terminou, Joan Miralpeix disse que era preciso viver, "que me deixem em paz". Natàlia explicava para Emilio como seu pai ganhara dinheiro: sabe, ele construiu prédios no bairro da Verneda e no da Trinitat com o buraco da escada tão estreito que quando algum locatário morre, não há ataúde que passe e precisam carregar o morto nos braços até lá embaixo... Você não é um pouco dura com seu pai?, Emilio perguntava, e ela respondia, não está sugerindo que eu lamba as botas dele por dinheiro, né? Então, Emilio respondia, é preciso ter manha...

O pai de Natàlia estudara arquitetura um pouco tarde, lá pelos vinte e cinco anos, e conseguira o título antes do começo da guerra. Ao fim dela, foi um dos primeiros que planejou prédios inteiros para os proletários, "se for para construir casas horríveis, não as farei", seu filho Lluís comentava, "mesmo que seja para os proletários". Joan Miralpeix retrucava, "mas isso os tira dos barracos...", e Lluís sorria, não seja inocente, dizia-lhe. Lluís não gos-

* Música tradicional catalã, do gênero sardana, composta por Enric Morera com letra do escritor Àngel Guimerà. Constituiu um hino patriótico na Catalunha e foi proibida durante a ditadura de Francisco Franco.

tava nada da arquitetura do pai: espaços reduzidos, cores gritantes nas fachadas, sacadas estreitas, pátios diminutos, estilo funcional, azulejos baratos, mal-acabados, fórmica na cozinha, uso de papel de parede, tubulações que logo paravam de funcionar… "Isso é o que o mercado pede, o que quer que eu faça?", o senhor Miralpeix respondia. O pai de Natàlia se associou com Joan Claret, o pai de Sílvia, lá por 1960, e ambos fundaram a imobiliária que construiria grandes hotéis ao longo da Costa Brava. Depois de um ano, ampliaram o negócio e estabeleceram uma sucursal em Lloret de Mar, "é lá onde aconteceu a desgraça do hotel", Natàlia dizia para Emilio.

Joan Miralpeix acabou de ler o *La Vanguardia*, bocejou e se levantou para sair. Era a hora da soneca. Preciso de uns trocados, Natàlia disse. Joan Miralpeix, enfim, conseguiu desabafar: mas viram esse cinismo?, parecia que se dirigia a um público que acompanhava a cena de perto. De novo, Encarna dizia da cozinha enquanto secava os pratos. Presa pela polícia, o pai de Natàlia continuava, passa a noite na delegacia, não me explica nada e ainda tem a pachorra de me pedir dinheiro! Você perguntou o que aconteceu comigo?, veio me buscar na delegacia? Liguei para Claret para que ele tirasse você de lá, espero que lhe agradeça… Eu não tenho nada a agradecer para esse canalha! O pai de Natàlia comprimiu o lábio inferior com os dentes de cima, era seu gesto quando ficava bravo. Olhem, a puritana!, abandona a mãe nas mãos de uma enfermeira, sai todas as noites que quer e agora me vem com lições de moral! O Claret te fez um favor imenso, a essas horas você estaria na prisão, você não conhece essa gente… Por um momento, Joan Miralpeix suavizou a voz. Desde que a senhora teve o derrame, não há paz nesta casa, Encarna disse para a outra empregada. Eu os conheço sim, Natàlia falou, ontem eu os conheci. E você não quis saber o que aconteceu comigo na delegacia e o que vi na Universidade. Na Universidade?, o pai de Natàlia perguntou, o que você estava fazendo na Universidade? Não enxerga que isso não tem nada a ver com você?, os estudantes sempre fazem balbúrdia. E por que não tem a ver comigo? Você não ficou sabendo das greves nas Astúrias?, não lê os jornais? É claro que leio! Mas essa greve acabará e será como se nada tivesse acontecido! Se tivesse vivido como eu... Não comece, papai! Já estou cheia das suas experiências. De toda forma, Encarna continuava, também não havia paz antes, quando a senhora ainda estava bem... não sei, parece que nesta casa entraram demônios... Bem, Miralpeix se atrapalhava ao falar, no momento você não vai me tirar mais nenhuma peseta.* Quando tiver vinte e cinco anos você pode fazer o que lhe der na telha, mas agora não! Joan Miralpeix sempre acabava com essas palavras. Ui, demônios?, a outra empregada falava, não diga coisas assim, senhora Encarna... O pai da Natàlia bocejou outra vez e saiu para tirar um cochilo.

Natàlia, furiosa, jogou o guardanapo em cima da mesa. Foi então que sentiu uma fisgada nos rins e veio uma náusea. Vomitou o almoço inteiro. Encarna, que escutou seus esforços para vomitar, foi até a privada, o que foi, menina? Mas Natàlia lhe fez um gesto com a mão para que fosse embora. Ai, filha, pois fique sozinha!, Encarna fechou a porta e foi embora toda ofendida. Natàlia escovou os dentes para tirar o gosto ruim da boca e foi se deitar na cama. "Isso é por causa daquela maldita noite que os filhos da puta me fizeram passar." De repente, sentiu vontade de chorar, chorava, chorava por tudo, pelo policial com cara de cachorro triste que lhe parecera boa pessoa, por Emilio, que ainda estava na delegacia, pela diarista que tinham confundido com uma sirigaita, chorava, sobretudo, por si mesma. "E agora, o que vou

*Unidade monetária vigente na Espanha de 1869 até 1999, quando foi substituída pelo euro.

fazer?" Assoou o nariz. Encarna, que estava ao lado da porta, a escutou choramingar. Entrou e sentou-se ao seu lado, calma, calma. Natàlia gritou sai daqui, sai daqui, mas de repente abraçou Encarna entre soluços, não, não vá embora, Encarna, Encarna!, não me entendo, e a mulher lhe dizia, calma, calma, agora você vai dormir e já verá como vai se sentir melhor, certo? E Encarna a ninava.

Já estava bem escuro quando Natàlia despertou. Não escutava o menor ruído em casa. Entrou no quarto da mãe, Judit dormia na penumbra. Atrás da cristaleira, a Dolorosa a olhava com o rosto de cera patético, a boca aberta, os olhos chorosos e as mãos abertas. Duas lamparinas de luz vermelha piscavam em cada lado.

O teste confirmou a náusea e a acidez na garganta. Passara dois meses sem menstruar e, a princípio, o atribuíra aos nervos. Por fim, no terceiro mês, foi a um ginecologista. É o mais progressista de Barcelona, vai ver só como é a consulta dele, Blanca disse. O consultório do ginecologista ficava no bairro da Bonanova, em uma rua íngreme e cheia de casarões de ambos os lados. O único edifício com andares em toda a rua era o do ginecologista, com uma portaria toda envidraçada, fícus e plantas úmidas, de um verde brilhante, e a fachada toda coberta por trepadeiras. Um porteiro, vestido com um avental quadriculado azul e branco, abriu a porta. Havia música ambiente, carpete azul cobalto no chão, um sofá de veludo ocre, pâmpanos de vidro esmaltado e elevadores ligeiros e silenciosos. O consultório ficava no segundo andar e se comunicava com o apartamento do ginecologista. Foram recebidas por uma enfermeira magérrima, um longo cabelo dourado e lábios rosa-claros, quase brancos. Estava vestida com um avental de cor verde-maçã e meias sete oitavos claras. Conduziu-as até a sala de espera, com piso laminado, poltronas de couro, uma luminária japonesa e reproduções de Picasso e Miró. Na sala, havia duas mulheres com uma postura nervosa, pareciam mãe e filha. Natàlia olhou para a que parecia ser a mãe: um decote exagerado insinuava a linha que separava dois peitos enormes. Que calor, Blanca falou. Não sei por que não ligam o ar-condicionado, disse a mulher mais velha. Usava braceletes de ouro com moedas penduradas e carregava uma bolsa de mão de couro de crocodilo que combinava com seu sapato. A filha tinha costas curvadas, cabelo tingido de loiro e com muito volume. A mãe não dirigiu palavra à filha durante todo o tempo e se abanava com uma *Elle* antiga. A enfermeira as chamou e Natàlia e Blanca, enquanto fingiam folhear uma *Triunfo*, deram uma olhada nelas. Natàlia viu que a filha tinha a bunda mais caída que a mãe.

Por fim, foi a vez delas. Natàlia ficou muito nervosa durante todo aquele tempo. Acalme-se, Blanca lhe dissera, este médico não tem preconceitos, você vai ver. Mas ela nunca fora a um ginecologista. Somente fora vista pela parteira de Judit e isso já fazia onze anos, quando menstruou pela primeira vez. O ginecologista aparentava ser mais jovem do que a idade que devia ter, era magro, músculos bem definidos — notava-se que praticava esportes —, e tinha a pele corada pelo sol, embora ainda estivessem no começo do verão. Fez com que ela se sentasse e olhou o teste, bem, o que querem que lhes diga?, Natàlia e Blanca estavam em silêncio, é um teste positivo. Quem é a Natàlia Miralpeix? Ela, Blanca falou. O ginecologista chamou a enfermeira magérrima, abra uma ficha para mim, por favor. Natàlia viu que o ginecologista tinha olhos azul-escuros, "o avental branco combina muito bem com sua pele tão corada". Idade? Quando menstruou pela primeira vez? Já fez alguma cirurgia, como a de apendicite? Já teve alguma doença infecciosa? Sua família...? Natàlia perdia a paciência, mas o ginecologista continuava, sempre praticara o coito com o mesmo homem? Há quanto tempo? Faziam alguma coisa?

Natàlia não entendia, olhou para Blanca. Por que alguma coisa devem ter pensado em fazer, não? Não fazíamos nada... A enfermeira registrava tudo. O ginecologista disse muito obrigado à moça magérrima, que ela podia ir embora. Nós viemos, Blanca iniciou, para ver se isso poderia ser interrompido... Calma, calma, tudo no seu tempo. O ginecologista respirou tenuamente, muito bem, vocês nunca pensam que podem engravidar, ninguém nunca pensa nisso antes... O que é preciso fazer, então?, Blanca perguntou. Informar-se, consultar-se, vir me ver ou a qualquer médico, mas, como sempre, fazem as coisas sem pensar! Natàlia quis saber quais métodos havia, o ginecologista respondeu, o *coitus interruptus*, a tabelinha, limpar-se... o médico notou sua decepção, sim, já sei que esses métodos não servem e nunca os recomendo. Mas logo devem chegar os diafragmas dos Estados Unidos e da Inglaterra, acrescentou, e posso consegui-los. Tenho uma amiga, Blanca disse, que ficou grávida com o diafragma. O ginecologista lançou um olhar displicente para ela, tenho certeza, falou, que sua amiga não tinha a menor ideia de como deveria colocá-lo. Olhem, continuou, este país nunca vai melhorar. Sabem o que falta? Maturidade, pois. As pessoas teimam em ser trouxas, sobretudo as mulheres. Agora mesmo, entrou uma senhora — cheia da grana — com sua filha. Pois então: para ela, tive que examinar a moça por trás para fingir que era virgem. Esteve dando a torto e a direito como uma desesperada, mas agora recuperou o juízo e vai se casar com um industrial vinte anos mais velho que ela. A mãe teria um ataque se soubesse que a "menina" não é virgem. E suponho que o industrial terá um bom espanto quando perceber. Com uma clientela assim, o que querem que eu faça? Bem, Natàlia falou, mas eu vinha... O ginecologista se levantou e tocou a campainha, entrou uma moça morena e altíssima, com cabelo curto, usava o mesmo avental verde-maçã que a moça loira e magérrima. Prepare a senhorita, o ginecologista disse à moça morena. A morena abaixou as pálpebras e sorriu para Natàlia, entre, entre, adentraram no aposento ao lado. Tire a roupa, a moça morena disse. Natàlia se encontrou atrás de um biombo cor de grama que combinava com o uniforme das enfermeiras. Havia um espelho enorme e sem moldura, e agora, o que faço? Chamou Blanca. Tenho que tirar tudo? Blanca sorriu, não, mulher, apenas a calcinha. Mas você não tinha me avisado disso, Natàlia disse, se soubesse teria posto saia. Natàlia tirou a calça e a calcinha e se olhou no espelho. Achou-se ridícula, com a vulva exposta e o matagal de pelos castanhos entre as coxas. Pensou que por motivo nenhum sairia do quarto com metade do corpo à mostra, sobretudo porque se tratava da parte de baixo. Ei, gritou para Blanca, estou com vergonha... Blanca foi encontrar a moça morena, diz que está com vergonha. A moça morena, que sorria sempre, levou um lençolzinho rosa de algodão, enrole-o na cintura, falou. Por fim, Natàlia saiu de detrás do biombo cor de grama enrolada no lençolzinho rosa. O lençolzinho chegava até metade da panturrilha e deixava expostas suas meias. Tenho que calçar o sapato?, a moça morena disse que não. Natàlia passou para o outro lado do aposento. Em um trecho da parede, havia um armário de vidro todo cheio de peças metálicas. Uma pia bem pequena em um canto, ao lado de um janelão amplo e, no meio, uma mesa fina e comprida, com dois estribos de cavalo, de aço, que saíam de uns tubos metálicos. Os estribos estavam ao contrário, olhando para cima, de cada lado da mesa, que estava recoberta por lençóis azul-celeste. Suba aqui, a moça morena ajudou Natàlia a subir em um tamborete que havia na parte inferior da mesa. Sentou-se dentro, bem na ponta, ei, a moça morena disse, e retirou o lençol rosa e cobriu o baixo-ventre da Natàlia com um dos lençóis azuis. Ponha uma perna em cada canto e se deite bem. Tenho que tirar as meias?, Natàlia falou. Não precisava. Natàlia se deitou e olhou para o teto. Não sabia o que fazer com as mãos. Estava com as pernas abertas e os pés, com as meias brancas que pendiam. O ginecologista entrou e levantou o lençolzinho azul. Começou a apertar o baixo-ventre de Natàlia, dói aqui?, Natàlia disse que não, e aqui?, também não, e aqui?, Natàlia fez, ui! Então o médico vestiu um protetor de dedo que a moça morena lhe entregou, untou o dedo com creme e começou a revirar o interior de Natàlia. Fazia-o encarando a parede, sem ver Natàlia. Sim, o útero está inflado, disse. Tirou o dedo de borracha e pediu alguma coisa para a moça morena e ela tirou do armário de vidro umas pinças de aço bem grandes, com uma porca de parafuso. Enfiou as pinças dentro da vulva da Natàlia e parafusou a porca, "agora vou me rasgar". O médico olhou sem falar nada. Chamou a moça morena e lhe disse, olha, está vendo? E a moça morena disse, sim. Ficaram um bom tempo olhando dentro de Natàlia. Seu útero está caído, o ginecologista falou. E isso é ruim?, Natàlia perguntou, mas o médico não devia escutá-la porque continuava com a investigação. Olha como está isso, o médico disse para a moça morena. E a moça morena falou, oh!, tricomoníase, não? E ele disse, parece que sim. O ginecologista foi ao armário de vidro e pegou um retângulo que parecia de cristal. Enfiou-o no buraco de Natàlia e depois começou a olhar pelo microscópio. Chamou a moça morena, olhe como se mexem. O médico, depois, foi até Natàlia e lhe perguntou, você não percebeu alguma coceira? Sim... é que você tem tricomoníase. E o que isso quer dizer?, perguntou. Pois aquele cara te passou fungos. Postou-se outra vez ao lado da mesa e voltou a lhe apertar o baixo-ventre. Você sente dor aqui? Sim, um pouco... O ginecologista lhe dizia, vou te receitar uns óvulos para os fungos. Depois lavou as mãos. Logo, perguntou à moça morena, consegue adivinhar de quantos meses está? Então... a moça hesitava. Garota, você não presta atenção quando te explico as coisas? Sim, sim, a moça morena falou, parece que três meses, não? O médico disse, exato, você é uma boa aluna, pegou a ficha e foi até o escritório. Natàlia continuava com as pernas muito abertas, olhando o teto e sem saber o que fazer com as mãos, ai, desculpe, a moça morena disse, me esqueci de você.

Não, sinto muito, o ginecologista disse, não posso fazer nada. Mas deve saber de algum método, conhecer alguém... Olhe, os dois que conhecia estão na prisão agora. O médico encarou Natàlia, o melhor que você pode fazer é ter a criança. Não, agora não posso, Natàlia disse em voz baixa. Você que sabe, então, o ginecologista guardou a ficha em um envelope branco. Natàlia Miralpeix, a moça magérrima escrevera em cima dele. O médico notou que as duas moças se olhavam, não se preocupem, isso é confidencial, minhas enfermeiras são absolutamente discretas. Receitou óvulos para os fungos de Natàlia e as acompanhou, atento, até a porta do consultório. Natàlia sentiu o cheiro da colônia do médico, "a mesma que a do Lluís". A moça magérrima as esperava na saída, são setecentas pesetas, disse.

O melhor que você pode fazer, o amigo que estudava medicina disse, é ir diretamente a uma puta. Elas sabem disso mais que ninguém. Natàlia estava cansada, fora em três endereços, *el doctor Martínez está de viaje*, em outro a porteira não a deixou subir e o terceiro endereço não existia, tão cansada, então, que naquela própria manhã decidira ter a criança. Mas um enjoo muito forte e um ataque de bile levaram-na a acabar com isso de uma vez. A única coisa que desejava, então, era tirar aquele gosto de cabelo da sua garganta. De noite, em um bar da rua Urgell, encontrou-se com o médico amigo de Emilio, me disseram que é aqui. Entraram, havia um balcão, luz ambiente vermelha, música de fundo. A garçonete, de cabelo tingido de cor âmbar, cílios longos com rímel e bochechas vermelhas, dirigiu-se a eles. A mulher, que devia ter uns trinta anos, primeiro os olhou com desconfiança. Mas o amigo de Emilio a lembrou do nome de uma estudante de medicina a quem ajudara havia alguns meses. Vocês, senhoritas decentes, querem nossa ajuda, não é? E, depois, *quien te ha visto no me acuerdo.** Natàlia se sentara, o rosto amarelento, entre náuseas e aquela acidez tão forte na boca, é que não aguento mais, falou. "Se não tivesse recebido a carta do Emilio, se não estivesse na prisão..." Emilio levou uma dura daquelas, disseram-lhe. A moça, que tinha cabelo cor de âmbar muito frisado e cheio de laquê, dirigiu-se a outra garçonete que conversava animadamente com um cliente, o que eu faço, dou para ela o endereço da Casilda? A garçonete, que tinha cara de homem e estava com os olhos contornados por maquiagem verde-escura, respondeu, faça o que você quiser, e deu de ombros.

Encontrou fácil a casa. Não muito longe da rua Aragó, exatamente onde a puta do cabelo cor de âmbar tinha apontado. Embaixo, havia uma placa com letras gastas que dizia: Casilda Cabrills, *comadrona.*** Casilda era uma mulher grande, de peitos caídos e axilas suadas. Mesmo que já fizesse calor, usava um avental branco de mangas largas. A Angeleta me enviou... Casilda, que entreabrira a porta, abriu-a inteiramente para que Blanca e

* Vai ser como se nem tivesse existido.

** Parteira.

Natàlia pudessem passar. Não havia ninguém lá. Entrem, falou. Entraram em um aposento na penumbra, com os postigos fechados. O papel de parede estava meio levantado. Na parede, havia o mesmo armário de vidro que o do consultório do ginecologista, mas menor e de cor cinza. Uma toalha branca cobria metade de uma mesa forrada de couro estriado. A parteira fez com que Natàlia se deitasse e colocou-lhe uma sonda, é para dilatar, volte amanhã. No dia seguinte, um homem alto e magro a esperava, coberto como uma múmia: um capacete cobria sua cabeça e sua testa, e um lenço, todo o rosto até a altura dos olhos. Tinha um olhar imaterial, como se olhasse por uma rachadura, como se seu corpo fosse uma parede. "Tem olhos de corvo." O homem dos olhos de corvo ficou um tempo punçando dentro de Natàlia com uma espécie de colher funda e colocada do avesso. Punçava e Natàlia sentia uma dor no coração, o que foi?, perguntou, nada, nada, está nervosa, a parteira falou. Blanca esperava do lado de fora, não a deixaram entrar. Um suor gelado que vinha do fundo da espinha a envolvia toda, e depois notou muito calor e o coração prestes a se espatifar, dê-lhe coramina, disse o homem dos olhos de corvo que não parava de punçar dentro dela. Já não lhe restava nada dentro do corpo, transformara-se em uma caixa vazia que ressoava. Por fim, o corvo enfiou um algodão com suas garras, e outro, e outro, todos os algodões cheios de sangue foram caindo no chão. Quando acabou, Casilda a acompanhou até a porta. Deu-lhe uma caixa de sulfamidas. São quatro mil pesetas, disse.

Em casa, Natàlia sentiu como sua febre subia e que, ao seu redor, havia um monte de sombras que dançavam. A aranha, a aranha que batia as patas descendo do teto do quarto iluminado pelo foco, cada vez maior, a cingia, a apertava bem forte, as patas da aranha eram peludas, pegajosas, cada pata soltava milhares e milhares de patas peludas que procuravam o corpo de Natàlia e se deliciavam, a febre era cada vez mais alta e ela sentia como se tudo, em seu interior, rasgasse ou se desfibrasse, percebeu no meio das pernas um corpo sólido, quente, diversos corpos sólidos escorriam por suas pernas enquanto a aranha, que não a deixava em paz, a beijava, cada pata a beijava e acariciava sua testa e suas bochechas, seu pescoço e seus peitos, suas pernas e seu baixo-ventre, ela inteira entrelaçada por milhares e milhares de patas peludas que não a deixavam se desprender. Por fim, a aranha a soltou e ela caiu em um poço escuro e fundo, escuro e fundo, um poço eterno, sem fim, sempre para baixo, para baixo, e Natàlia procurava desesperadamente as patas da aranha para se agarrar a elas, onde estão as patas da aranha?, e as via no topo do poço, afloravam várias, peludas, somente as pontas das patas, Natàlia esticava os braços, quem pudesse alcançá-las!, mas estava cada vez mais no fundo do poço, mais dentro da treva... Natàlia acordou ensopada. Sujara os lençóis. Pegou-os e os enfiou no tanque com água sanitária. Sentia a febre cada vez mais alta. Ligou para Sílvia, venha, venha, estou muito mal, balbuciou.

Sílvia chegou. O que aconteceu?, o rosto inocente, o que você fez? Ao vê-la, Natàlia se arrependeu. Promete que não vai dizer nada para o Lluís? Sílvia, mas o que...?, você jura?, Natàlia repetiu. Juro. Se não, Natàlia falou, se você disser para ele, é porque não quer me ajudar. É claro que sim, quero te ajudar!, Sílvia quase gritou. Abortei e não estou bem. Minha barriga está doendo muito e estão saindo uns coágulos de sangue enormes. Oh, Sílvia falou, tapando a boca. Natàlia lhe deu o telefone do ginecologista e Sílvia ligou para ele. "Diz que é para ir ao consultório dele se você tiver forças." Por sorte era quinta-feira e Encarna não estava. A enfermeira estava no quarto de Judit, com a manicure que fazia as mãos e os pés da senhora Miralpeix. Natàlia se vestiu e passou colônia nas mãos e no pescoço. Não dirá nada para ninguém, certo?, Natàlia repetiu. Quando chegaram, a moça morena já as esperava e as fez entrar em um aposento que dava para o apartamento, com uma mesa de pinheiro branco e um sofá. Deitou Natàlia ali. Sílvia estava inquieta e se mexia muito. Já volto, disse. O ginecologista não demorou muito. Começou apertando o ventre de Natàlia e ela sentiu uma pontada muito forte, como se a perfurassem com uma chave de fenda. O médico continuava apertando-a enquanto os coágulos de sangue escorriam por suas pernas abaixo, esse animal deixou metade ali dentro, falou. E para Sílvia, que voltara, você é da família? Sílvia, com os olhos úmidos, disse que sim. Temos que intervir, o médico continuou, vou levá-la à minha clínica. Direi, é claro, que foi um aborto natural. Natàlia disse para Sílvia, lembre-se: não avise ninguém de casa. Mas Sílvia estava com muito medo e já avisara Lluís.

QUARTA PARTE

Paz

E a paz, cansada do descanso, busca
qualquer saída louca.
Shakespeare, *Antônio e Cleópatra**

* Em: William Shakespeare, *Teatro completo*, v. 1. Trad. de Barbara Heliodora. São Paulo: Nova Aguilar, 2022.

Joan Miralpeix começou a subir a escada, sentia-se cansado. Sempre que alguma situação estava fora do lugar, Joan Miralpeix se retirava para dormir. Fazia isso desde criança. Tirava uma soneca e sentia-se melhor. Quando Natàlia foi embora de casa, também dormiu por um longo tempo. Natàlia ainda não tinha vinte e cinco anos, era menor de idade, mas quem era ele para ir atrás dela e fazê-la voltar? Ficou vazio por dentro quando Encarna lhe disse, a menina foi embora, levou toda a roupa consigo. O que ele poderia fazer? Lluís telefonou para ele, não se preocupe, voltará logo. Para onde você quer que ela vá? Uma garota sozinha, sem dinheiro, sem ajuda de ninguém... Mas Natàlia não voltava, nada, tampouco escrevia... Dormiria e sua dor de cabeça passaria. Estava no primeiro patamar e já ofegava. Joan Miralpeix já sabia, não tinha se portado bem com ela no dia da delegacia, "não quis lhe dizer nada, lembrava-me de coisas demais". Naquele dia, Encarna abrira a porta, estava muito nervosa, a polícia telefonou, dizem que estão com a menina... Ele logo pensou, "deve ser por questão política". Mas ele não voltaria a essa situação toda, deixara-a bem enterrada no fundo do corpo. E agora vinha Natàlia, que ele nunca sabia o que queria, egoísta, que não tomava conta de Judit, para recuperar o cheiro do passado... Lluís lhe dizia, não acredite nisso, Natàlia não foi embora pela questão da delegacia, tampouco porque você não foi vê-la na clínica. Então, perguntou ao filho, foi embora pelo que aconteceu no hotel de Lloret? Lluís sorriu, você é tão inocente.

Joan Claret, que tinha tantos contatos em Madri, conseguiu silenciar a situação. Você foi pego da forma mais boba, Lluís lhe dissera. Lluís lhe dava medo, tinha um olhar frio. Joan Miralpeix nunca brigara com ele. Temiam-se, observavam-se, vigiavam-se, cheiravam-se como se fossem dois cães, mas nunca discutiam. Com Natàlia, não, com ela era diferente: por que parecia com ele? Por que buscava aquilo a que ele renunciara? Natàlia tinha o olhar profundo de Judit e o temperamento do velho Miralpeix.

O pai de Natàlia agora subia a escada cansado, parou no segundo patamar, "devia ter conversado com a menina". Dom Jesús Maria Farriols lhe dissera justamente aquilo quando foi conversar com ele em Montserrat, pedindo-lhe ajuda: "Tendes orgulho dentro de vós e isso vos faz mal". Mas não, ele não era orgulhoso, ele apenas queria descansar...

Viera uma época degenerada e ele buscara lavar seu corpo de tudo que fora antes. Joan e Judit tentaram mudar de rosto, de mãos, de pés, de braços... E Joan não mudou de língua porque já não podia. Enviava postais do front: "Judit, amada, sinto tanta saudade de você...". Mas tudo começou a virar de ponta-cabeça quando, preso no campo de concentração de Betanzos, precisou escrever com uma língua que não era a sua: "*Querida Judit, recibí noticias de lo que le sucedió a Esteban en Gualba, ¡cosas de los* *rojos! Afortunadamente, les queda poco para sus fechorías...".** Era preciso deixar bem para trás os ares que lhes trouxeram tantas desgraças. Era preciso revirar o pensamento, era preciso começar a falar de outra forma, vestir-se como eles queriam, fechar-se em casa, dormir, dormir um sono longo e compacto, era preciso não sair para a rua porque a rua era deles — a única vingança possível: ganhar dinheiro —, era preciso fazer uma saudação como eles diziam, ir à igreja, "e, de toda forma, é claro que Deus existe". Era preciso ir comungar e não rir abertamente — tampouco chorar abertamente —, queimar os livros de que eles não gostavam, era preciso supor que sua língua não valia nada, era preciso comprar e ir aos Alemães, ter uma casa limpa e não escutar "sabe quantos fuzilaram no Camp de la Bota?" e ir ao cinema e levantar o braço... Joan Miralpeix voltara muito cansado daquela guerra tão suja. "O Lluís, que queria ser professor, morreu, e fuzilaram o Antoni, que acreditou na República até o último momento. O que será que aconteceu com os outros?" Joan Miralpeix soube bem cedo que o grupo do Ateneu Enciclopédico Popular, Francesc e Emili — e Xavier —, conseguiu atravessar a fronteira. Ele era o que tinha menos acusações e preferiu ficar: isso lhe custou três anos em um campo de concentração de que nunca esqueceria. Mas e os outros? Invejou-os por um tempo, tempo durante o qual viveu dentro do medo mais sombrio. Depois, soube que Xavier fugiu de Argelers e fora para o México, onde fizera fortuna, e Emili ficou na França e morreu em um bombardeio alemão, dizem que em cima da própria ponte de Orleans. Francesc morreu em um campo de extermínio, quem se lembra de seus últimos dias ainda vê seus olhos alucinados em um rosto cadavérico: parece que os nazistas o assassinaram porque enlouquecera. Ele,

* "Querida Judith, recebi notícias sobre o que aconteceu com Esteban em Gualba, isso é coisa dos vermelhos! Felizmente, essas vilanias vão acabar..."

Joan Miralpeix, fora o mais ligeiro, salvara a pele. Mas ele só queria dormir, como quando era criança e seu pai puxava suas orelhas até deixá-las de cor vínica porque o encontrara ensimesmado no sótão. Não gosto de gente com cabeça de vento, o velho Miralpeix lhe dizia.

O grupo de amigos e Joan Miralpeix... Quando saíam do Enciclopédico, iam beber antes do almoço e não paravam de falar. Certa vez — como aquela em que saíram de um concerto de Pau Casals —, ficaram até altas horas da madrugada discutindo sobre arte, literatura e política. Discutiam sobre um mundo que sonhavam diferente. Se pudéssemos encher Barcelona de linhas serenas, se pudéssemos reconciliar a arte com a técnica, Joan Miralpeix dizia, pois tinha contatos entre os arquitetos do GATCPAC.* Francesc sempre discordava de Emili. Tinham gostos literários diferentes. Emili preferia a vanguarda, os sentimentos revoltados, a destruição do eu. Francesc preferia a literatura-documento, Dos Passos e Hemingway. "É preciso devolver a literatura à vida cotidiana, vejam o estilo de Hemingway", Francesc dizia, "escreve como se se dirigisse à sua mãe." Emili ria dele, e por isso dizem que escreve tão mal! E daí?, Francesc falava, não percebe que ele escreve assim para que o povo o entenda melhor? Emilio o cortava, você é um idealista, o povo quer floreios, o estilo de Hemingway é grosseiro demais. Já leram *Point Counter Point*?, Joan Miralpeix interrompia, sabem o que foi que mais me impressionou? Essa tentativa de harmonizar o prazer físico com o prazer espiritual... Isso não é possível, Francesc rapidamente dizia. Por quê?, Emili falou, não percebe que essa é a grande obsessão dos ingleses das gerações atuais? Não lera D. H. Lawrence? Amar o corpo e o espírito, fundi-los, que maravilha!, Emili dizia fechando os olhos.

* Grupo de Arquitetos e Técnicos Catalães para o Progresso da Arquitetura Contemporânea.

Mark Rampion, em *Point Counter Point*, Joan Miralpeix falava, conta sobre a barbárie da alma e do intelecto... Diz que o cristianismo nos tornara bárbaros do espírito... E você não acha isso cínico?, Francesc falava. E de novo discutiam. É que você sonha com uma humanidade que não existe, Emili falava, você é parecido com o Joan nesse sentido... Joan Miralpeix não escutava. Eh!, falo isso por você, sempre está ensimesmado! Xavier se aproximava, vamos, vamos, deixem de bobagens. Sabem o que me disseram? Pois que a madame Rita, a que custa quinze pesetas, tem novas aquisições. Disseram-me, pois se preparem, que há uma francesinha lá que tem o buraco mais fino que uma meia de seda! Todos riam, menos Joan Miralpeix, que apertava o lábio inferior com os dentes de cima. É claro que essas coisas não te animam!, pois tem a Judit...

Antes subia a escada muito depressa. Às vezes, apenas para se testar, saltava os degraus de dois em dois. E, agora, olha, como um palhaço, pensava. Agarrando-se ao corrimão para não cair, bufando. Sufocava-se, precisava respirar fundo, inspirar o ar e, aos poucos, expirá-lo. Assim, agora se sentia melhor. Um martelo batia em seus pulsos e, depois, a pedra pesada que oprimia seu coração... Ele, Joan Miralpeix, que fora tão bem aparentado, parece de raça céltica, Emili lhe dissera uma vez. Talvez sim, podia ser isso, Joan Miralpeix tinha uma avó galega — isso há tantos anos! — que fora residir na *masia* de Gualba. O pai do herdeiro da família Casamitjana se casara com uma galega. Por isso, diziam, o tio Pepe era tão diferente dos outros, "tem sangue de galegos", o velho Miralpeix lhe dissera pejorativamente. Joan Miralpeix, pois, era alto, loiro e tinha olhos azuis, olho azul é de mentiroso, Judit falava quando estava manhosa. Sempre tivera umas olheiras profundas, lívidas, e agora, que eram sulcos escuros, pareciam dois poços em meio a tantas rugas. Os Miralpeix sempre têm olheiras, disseram-lhes em Gualba. Olheiras de rosto cansado. Desde que a senhora Judit teve o derrame, o senhor se tornara um despojo, Encarna dizia. Um despojo, sim... tinha razão, mas um despojo por fora e por dentro. Tinha entradas profundas no cabelo e, quando bebia ou se excitava, sua pele ficava brilhante como a pele de um coelho recém-abatido. O senhor Miralpeix se vestia bem, isso ninguém negava. Um pouco antiquado, Sílvia dizia, e falava isso porque o senhor Miralpeix ainda usava colete, luvas e chapéu. Gostava de conjuntos de cor escura e blazers amplos mas ajustados na cintura, conjuntos bem forrados, como bem sabia Ribatallada, o alfaiate de sempre. Nessa questão de se vestir bem, Joan Miralpeix era igual ao tio Joan Antoni, irmão de sua mãe, o tio que lhe ensinou a amar seu país e que lhe transmitiu o entusiasmo, já mais velho, por Marcel Proust... O tio Joan Antoni um dia apareceu no sótão úmido e decrépito da Rue Montgolfier e lhe disse, vamos, não seja tonto, não percebe que aqui você vai morrer de frio e de fome? E o convidou para jantar na Coupole. Aquele jantar — *bellevue de foie-gras, filet à la godard, légumes à la toulousaine, dindonneau à la broche, biscuit glacé, fromages, champagne frappé** — o reanimou. Enquanto comia o peru, seu tio lhe disse, você volta comigo para Barcelona. Compreendo seu estado, você é um cidadão do mundo e não quer voltar para a *masia*. Não quer estudar alguma coisa? E Joan Miralpeix disse que queria ser arquiteto. No dia seguinte foi passear na margem do Sena, era um dia de chuva fina, chuva de Paris. Os cais estavam úmidos e chegou à Île Saint-Louis, na ponta. As águas do Sena se moviam fazendo pequenos torvelinhos. Joan Miralpeix olhou para o céu de Paris, um céu amplo e que morria dentro do horizonte. Um céu cinza. Uma senhora magra se aproximou, pernas rígidas como paus e dentes proeminentes e amarelados pela nicotina. A velha,

* Foie gras Bellevue, filé à Godard, legumes ao modo de Toulouse, peru assado no espeto, biscoito gelado, queijos, champanhe gelado.

entre bafejadas de álcool, explicou para Joan Miralpeix que escrevia poesia, mas não poesia que era literatura, e sim para ser lida na *intimité*. Mostrou-lhe um dos poemas, dediquei-o à fumaça do cigarro, disse, você não acha que a fumaça do cigarro desperta a imaginação? Miralpeix sorriu, isso era Paris... Perguntou à velha quanto queria pelo poema e a mulher disse, *ce que vous voudrez...** Deu-lhe uns cinco centavos, é o suficiente? A velha disse que sim, e acrescentou que ela não gostava do dinheiro, apenas gostava dele *pour vivre.*** Enquanto isso, um barco deslizava pelas águas do rio, todo cheio de faróis. Ouvia-se música de violinos. Por alguns instantes, ficaram iluminados pelos faróis. As pessoas jantavam; em cima das mesas, redondas e pequenas, as velas tremeluziam. A velha foi embora arrastando os pés. Joan Miralpeix, sob o chuvisco de Paris, despediu-se da cidade que lhe mostrara a arte. "Afinal de contas, nada além de um sonho."

Nunca mais viu o velho Miralpeix. Depois de um ano, aproximadamente, de seu regresso de Paris, Joan Miralpeix conheceu uma moça morena, pálida, de olhos verdes como esmeralda, cabelo cacheado, o pescoço de cisne, a pele transparente. Era filha de um judeu francês que se radicara em Barcelona depois da Primeira Guerra Mundial. A moça, órfã de mãe, chamava-se Judit. Judit Fléchier estava prestes a ser concertista — os especialistas diziam que tocava piano como os anjos —, mas dos quinze aos dezessete anos ficou paralisada e teve que renunciar. Os médicos disseram que sempre sofreria por causa da circulação do sangue, por isso tinha a pele branca, na qual surgiam manchas carmesim mesmo que fosse tocada de leve. Seu pai, que fora buscar em Barcelona a fortuna que não encontrara em seu país, desbaratado pela guerra, morreu de tifo e deixou Judit com uma renda bastante

* O que o senhor quiser.
** Para viver.

miserável. Aos dezoito anos, ela vivia completamente independente, era professora de piano e ia a duas ou três casas de classe alta. Uma de suas alunas foi Engràcia, cheia e risonha, filha de Joan Antoni Farré, conhecido advogado de Barcelona, e prima de Joan Miralpeix. Na primeira vez que Miralpeix viu Judit, pensou "é um Modigliani", isso porque Judit tinha o pescoço comprido, olhos grandes e um olhar macilento. Seus olhos eram inquietantes, sempre olhavam para além, como se procurassem ajuda dentro da irrealidade. E o rosto entre desvalido e patético, as bochechas cor de ameixa, de um amarelo que com muito custo se destacava dentro da palidez do rosto. "É pálida como a morte." Judit estava com o cabelo cortado e amarrado para trás na forma de anéis, o penteado lhe destacava ainda mais o pescoço de cisne, um pescoço de seda, Joan pensou; e os seios eram pequenos como duas tangerinas.

Então, na primeira vez que a viu, Joan Miralpeix ficou empacado à sua frente e Engràcia lhe disse, o que foi, cabeça de vento? Essa senhorita se chama Judit Fléchier e é a nova professora de piano. Joan Miralpeix se dirigiu à nova professora dizendo, muito prazer, e não sabia o que fazer, se ia embora ou se ficava. Engràcia começou as primeiras notas do *Noturno* de Chopin e as mãos de Judit, que mãos mais pálidas, Senhor, corrigiam os dedos tíbios e gordinhos de Engràcia. Joan, para dizer alguma coisa, falou, bem... eu... vou sair, e Judit o olhou por um instante com uma espécie de melancolia que não era nada além de estrabismo. Ao fechar a porta atrás de si, escutou como Engràcia cochichava alguma coisa e que Judit ria com uma risada de pássaro.

Quando chegava ao segundo patamar, ofegava de novo e precisava parar. E tudo porque a proprietária, que era uma sovina, não queria instalar elevador. Mas Joan Miralpeix não queria ir embora do apartamento da rua Bruc, talvez porque de vez em quando via uma leve faísca nos olhos de Judit, sobretudo quando se sentava na varanda interna, de frente para os pátios interiores. Olhando bem, os pátios interiores do Eixample ainda eram uma ilha. Se fossem embora e Judit visse somente sacadas, e não pátios, de um terraço de qualquer apartamento na Bonanova, o que fariam os olhos esmeralda? Apoiava a mão enluvada no corrimão, agora respirava melhor porque seu coração repousara um pouco. Escutou que a porta de seu apartamento no primeiro andar estava aberta, Encarna, que devia estar polindo os puxadores e o olho mágico dourado com Netol.

Joan estava cada dia mais apaixonado por Judit, "é como um Modigliani, ama a vida e quer retê-la nos olhos". Esbarravam-se na escada do tio com frequência, na esquina da rua Llúria com a Diputació, ela lhe dizia oi, com a voz que tinha um sotaque francês. Mas Judit nunca sorria. A moça se dirigia para cima enquanto Joan a divisava até que não era mais que uma sombra e ruído de passos no patamar superior. Quando passava ao lado de Joan, Judit o enchia de essência de malva-rosa. Por fim, um dia ele se decidiu e esperou que Engràcia terminasse a lição. Quer um bombom?, sua prima lhe disse, é aniversário da Judit, ofereceram-lhe um que era de chocolate por fora e de licor por dentro. O licor era muito doce, encheu sua boca e jorrou pela garganta. Seu hálito se adoçou e sentiu vontade de beijar as duas covinhas que Judit tinha nas bochechas e deixar um rastro doce nelas. Está fazendo quantos anos?, perguntou. Não se faz esse tipo de pergunta, mal-educado, e Engràcia, cara de bolacha e bochechas de lua cheia, se irritava, estaria apaixonada por Joan Miralpeix? Mas os olhos de Joan afundavam dentro dos olhos de Judit e ela ria como um pássaro enquanto se deliciava com um marrom-glacê, vou lhe dizer, fiz vinte anos, pois não acha que sou velha?

Saiu atrás dela, seguiu-a por um tempo. Quando estava perto da esquina da Claris com a Casp — ela o olhava de canto de olho e desacelerava o passo de propósito —, a alcançou. Posso acompanhá-la?, foram até a Rambla e Joan Miralpeix lhe presenteou com um ramo de rosas. Queria lhe dar um presente de aniversário... de que cor a senhora quer? Judit não pensou muito, quero bem vermelhas, falou. Joan Miralpeix lhe comprou um ramalhete de botões vermelhos. Ela os cheirou fechando os olhos, estou feliz, falou. Joan logo perceberia que Judit, quando estava feliz, dizia-o. Também se estivesse triste. Estavam perto do Núria e entraram. Joan cumprimentou três senhoras que estavam sentadas em uma mesa próxima. São amigas da minha irmã Patrícia, falou, a que ri bastante se chama Kati. Kati estava vestida com um suéter de tricô e uma saia plissada e tinha as sobrancelhas pintadas. Kati sorriu para Judit enquanto dizia alguma coisa para uma mulher muito elegante que estava sentada ao seu lado, a mais velha, Joan Miralpeix disse, chama-se Mundeta, pois não é um nome engraçado? Judit bebeu um xarope de groselha, ele pediu um xerez seco. Judit olhava para fora e via como as pessoas passavam. Seus olhos esmeralda percorriam tudo, mas ela nunca sorria. Falaram pouco, ainda que tenham ficado bastante tempo ali. Ela desenhava com o dedo as águas pretas e cinza do mármore. Quando se levantaram para ir embora, Judit disse, ah, os botões se abriram! E riu como um pássaro.

Certo dia, Joan Miralpeix conseguiu que seu tio lhe emprestasse o Hispano-Suiza. Encontrou Judit, que descia da casa dos Farré, e a interpelou no andar de baixo, vou praticar com o carro do meu tio, por que não me acompanha? Judit hesitou, o tempo está ruim, logo vai escurecer... por fim se decidiu e disse que sim, sem sorrir nem um pouco. Primeiro foram até Garraf e passearam diante das casinhas que pareciam palácios. A pequena cidade tinha um aspecto desolado pelo cinza do dia e pela sujeira de pó da pedreira, que se impregnava nas casas e nos jardins. Riram muito ao verem as casinhas que imitavam casas senhoriais e que aproveitavam o escasso terreno para adornar o jardim com estátuas. Apenas em um espaço de dois metros por dois metros, encontravam um cupido ou uma afrodite em posição deliquescente, uma fonte com um jato d'água e um banco de pedra. Tudo era pequeno e apinhado entre a pérgola de primaveras e os vasos de gerânios e de hortênsias. As estátuas talvez tivessem sido brancas, mas hoje estavam cobertas do pó que vinha da pedreira, era um dia em que o vento soprava forte. Parece o vilarejo dos sete anões e da

Branca de Neve, Judit disse. Enforcaria os arquitetos que fazem essas porcarias, Joan Miralpeix falou. Na arquitetura, o que conta é a poesia do espaço, acrescentou. Depois chegaram a Sitges e caminharam pelas ruas estreitas e observaram os amplos pórticos e as varandas de gosto *pompier* das casas senhoriais. Havia muito silêncio. Judit e Joan foram ao calçadão que dava para o mar. Tudo era de cores imprecisas, as ondas se confundiam com as nuvens, que escureciam dentro do horizonte. Um gato preto os seguia com displicência e Judit achou que aquilo era de mau agouro. Era um entardecer cinzento e molhado, um entardecer nebuloso e hostil e de mar grosso. Tocaram o mar com os pés e Judit molhou os braços, tiraram os sapatos e correram por um bom tempo enquanto as ondas se tornavam cada vez mais altas e se revolviam em espuma. Judit, que nunca sorria, de vez em quando soltava sua risada de pássaro que se perdia dentro do bramido do mar, como se o fizesse dentro de uma concha. Sentaram-se na areia úmida e ela encontrou uma estrela, falta um braço nela, disse, e ficou triste. Depois, começou a procurar conchinhas e demorou um bom tempo. Joan permanecia ensimesmado. Procure conchinhas para mim, quero fazer um colar, e Joan Miralpeix, que não gostava do mar nem da areia — porque se metia dentro de seu sapato —, passou mais de uma hora procurando conchinhas para a moça que ria como um pássaro. Encontraram algumas de cor de estrela e uma que parecia granizo. Sabe, Judit disse, eu vou conhecer tudo, vou viajar até o fim do mundo. De repente veio um temporal e gotas grossas de chuva faziam buracos na areia. Vinha o vento do Levante e a areia se elevava como se fosse um lençol solto, as ondas eram altas, ondas de marulho. Começaram a correr para se abrigar, a água golpeava os seios de Judit, que afloravam, pequenos como tangerinas, sob a blusa. Refugiaram-se no Cau Ferrat e Joan explicou para Judit tudo que sabia de Rusiñol. Por fim, o mau tempo minguou, as nuvens pretas se desgastaram e agora o céu tinha veios cinza e brancos. Foram a um hotel que ficava ao lado do Cau Ferrat, um hotel de escadas muito distintas, de mármore, entre dois corrimãos de colunas e um hall atapetado. Estavam ensopados, empapados de água, e Judit disse, por que não pedimos um quarto e nos enxugamos? Pediram, então, um quarto e toalhas. O hotel dava para o mar e da sacada se podia ver a tempestade. As nuvens, agora, tornavam-se pretas como se viesse a noite, e apenas no horizonte se perfilava uma faixinha muito fina azul-celeste. Não chovia, mas as sacadas gotejavam. Judit entrou no banheiro, mas não fechou a porta, e Joan via sua sombra e escutava que cantava com um fio de voz. Ele se enxugou no quarto e, quando já estava com o cabelo seco, sentou-se em uma ponta da cama sem saber o que fazer.

Judit saiu completamente nua do banheiro. Seu corpo era branco como um floco de neve. Ela apagou a pequena luz do abajur verde que havia em cima da mesa de cabeceira e Joan começou a suar pelo corpo inteiro. Queria adormecer. Perguntou-se o que deveria fazer, por que se encontrava ali. Queria ir embora. Judit abriu a janela e uma rajada de vento tomou o quarto. Parecia que o ar violento queria levar embora as cortinas de organdi que voavam como se fossem as asas de uma gaivota. Há fantasmas?, Judit perguntou, e riu como um pássaro. Ir embora, é o que ele precisava fazer, mas estava parado como um espantalho. Sentiu sua pele próxima, cheiro de perfume, essência de malva-rosa. Ora a pele era gélida como um floco de neve, ora queimava como brasas. Beije-me, Judit disse. Só via sua sombra e escutava, entre as ondas, o batimento de seu coração. Qual coração batia mais? Agora deveria lhe dizer, deveria dizer que nunca conseguira. Quando andava com as mulheres da vida, ou riam dele, ou se tornavam maternais. Não sei fazer sexo, Judit, não sei se vou poder. E Judit, que queimava como lenha, procurava seus lábios, sua língua, tudo. Judit já não era Judit, já não era a moça de neve e de pele transparente, a moça de olhar macilento. Ele acariciou seu ombro e depois a percorreu com o dedo. Por que parava? Afrouxou as mãos em cima da cama, sabe, Judit, não sei se vou poder...

Houve um longo silêncio. Veremos no que vai dar, Judit disse. Demoraram muitas horas, ele às vezes a empurrava para longe porque queria fugir. Ela voltava a tentar. Beijava seus lábios, sua boca, a língua dos dois bem juntas, sua orelha, a cavidade atrás da orelha, sua língua dentro da orelha, sua língua dentro do lábio, sua língua em cima dos dentes, que prazer, a essência de malva-rosa que adormece meus sentidos. Tinha, ainda, o desejo de fugir, mas ela o apertava, o cingia, mordia sua nuca, afagava-o com seus peitos, e a carícia atravessava sua espinha, fechava os olhos e sentia como ela acariciava seu sexo. Primeiro deu um beijo tão suave que lhe pareceu como um ar que passava e depois sentiu uma carícia úmida e era a ponta de sua língua. Tentaram quatro vezes, ele estava com o sexo ereto e ela o pegava e conduzia-o, não posso, não posso, ele gritava, e seu grito se afogava entre lágrimas e beijos. Ela voltava, uma e outra vez.

Ele queria se soltar, ainda tinha medo. Mas Judit, os olhos ardentes, dizia-lhe, tentemos de novo. Por fim seu sexo penetrou, endurecera pelos beijos e carícias, penetrou bem dentro dela, ele gritou e ela riu como um pássaro. Depois veio o arquejo e a doce fadiga. Agarraram-se um dentro do outro, quase dormiam. Viu? Ele disse, te amo. E ela respondeu, quer que eu te conte um segredo? Então, não gosto de rosas que se abrem logo, gosto dos cravos vermelhos.

Naquele entardecer se amaram muitas vezes e o fizeram com tanta violência que ficaram sem energia e, à noite, pediram que trouxessem ao quarto duas taças de vinho doce com açúcar e uma gema de ovo.

Nas noites de Natal, Judit levava panelas cheias de caldo para a varanda interna. As panelas não cabiam dentro da geladeira, eram tão grandes, e Judit as cobria com panos de prato em vez de tampas, assim mantinha a temperatura nelas. O caldo que Judit fazia era gorduroso e formava uma camada oleosa nos *conchiglioni*, se esfriassem. Na casa dos Miralpeix, reuniam-se muitos convidados para as festas. Estavam os cinco — Pere, o irmão mais novo, ainda não tinha morrido —, Patrícia e Esteve — no Dia de São Estêvão,* iam todos para a casa dos Miràngels —, o tio Joan Antoni, pobre, tão envelhecido, tia Engràcia, que caducava, e a Engràcia mais jovem. Engràcia tinha quarenta anos e ainda continuava solteira, "não se casa porque suas axilas suam", sua mãe dizia. Todo Natal, Judit tocava piano, Natàlia girava as folhas para ela, Esteve lia um poema, Engràcia cantava "Em Aragão há uma dama/ mais bonita que um sol de ouro...", enquanto sua mãe

* Festa tradicional catalã realizada no dia 26 de dezembro.

pescava à beira do braseiro, e Patrícia cantava *cuplets*,* bêbada de champanhe. Todos se sentavam ao redor da mesa e aplaudiam os fiambres feitos por Judit e Patrícia, o peru recheado de trufas e o tamboril com molho verde que parecia lagosta. Em cima da mesa, posta com as toalhas de Lagartera e com os copos e taças, Judit escondera um presente para cada um. Terminavam a comida com as bochechas vermelhas e um sono muito doce dentro da cabeça. Na noite de Natal, Joan Miralpeix lia algum conto em catalão, das *Pàgines viscudes* de Folch i Torres, para Lluís e Natàlia, enquanto Pere brincava com o cavalinho de papelão. Assim se acostumam com o catalão, dizia, e Natàlia e Lluís perguntavam, pai, o que quer dizer pavão? Enquanto isso, Encarna virava o carvão do braseiro com a pá dourada para que não apagasse. Nessas festas, Joan Miralpeix explicava muitas coisas para os filhos, estava mais alegre. Nós somos um país pequeno, dizia, é preciso que vocês o amem, mesmo que seja difícil. Encarna, que então tinha apenas vinte e cinco anos, preparara o braseiro; acendera-o com umas barrinhas e depois as cobrira com carvão ou com cascas de azeitonas. Não coce as mãos, Judit advertia Natàlia, que tinha mãos cheias de frieiras. Naqueles Natais, fazia muito frio, e tinham sorte em ter o braseiro. Joan Miralpeix acabava de ler o conto e apagava a luz, precisavam dormir antes que os mais velhos fossem à missa do galo. Judit fazia ela mesma os fiambres de Natal, os que havia nas lojas não eram tão gostosos. Eram momentos difíceis e somente os ricos como eles comiam fiambres, caseiros, isso sim. Patrícia e Judit se enfurnavam na cozinha dos Miralpeix uns dias antes do Natal e trabalhavam sem deixar ninguém entrar, exceto as empregadas. Quando terminavam de fazê-

* Um tipo de canção dividida em duas estrofes breves, que costuma ter um refrão que se canta com a mesma melodia, de conteúdo picaresco, com alusões sexuais, cantada nos cabarés.

-los, chamavam a família para admirá-los e os colocavam em cima da mesa como se fossem peças de museu. Havia um que era lombo recheado com orelha de porco, peito de galinha, carne de porco moída e uma vitela misturada com trufas, outro que era um pescoço dc pato recheado com carne moída, ovo cozido e trufas, também havia carne fria recheada com presunto e toucinho, assada uns dias antes. Colocavam tudo em cima de umas bandejas de prata e cobertas com tapetinhos engomados. A família dizia, ah, que beleza! Na cozinha, Encarna tirava a plumagem e os cálamos das penas do peru que fora morto no açougue porque tinha dó, disso de matar os animais.

No bairro, todo mundo dizia que Judit era uma mulher exagerada demais, mas os homens sempre se viravam para vê-la passar. Não era bonita, mas tinha um charme especial que a diferenciava da mulher que frequentava o Eixample. Na realidade, os senhores Miralpeix, ambos, chamavam atenção. Ela com o casaco de peles de astracã, ou com as raposas *argenté* que circundavam seu pescoço, os *mouton doré*, os chapéus-palheta de aba elevada, as meias sete oitavos de cristal e de costura escura, as luvas... Ele com chapéu e luvas, o colete e o conjunto de blazer e calça feitos sob medida. As pessoas os seguiam com o olhar quando passeavam e saíam juntos. Judit não era uma mulher altiva, mas não tinha nenhuma amiga. Aguentava Patrícia com paciência e cumprimentava as vizinhas com distanciamento: "É orgulhosa", diziam. Porque nunca sorria. Judit tivera apenas uma amiga, Kati. Ela a conhecera em 1931 e, no primeiro dia em que a viu, disse a Joan que era uma moça estranha. Kati era muito mais selvagem que Judit, ria por nada, gostava que todo mundo notasse sua presença. Kati é uma indiscreta, Patrícia Miralpeix dizia frequentemente. Talvez sim, a cunhada de Judit podia ter razão. Kati sempre se metia em toda parte, sabia de tudo, controlava tudo. Judit dizia para Joan Miralpeix, gosto da Kati porque ela gosta da vida.

E Joan estava contente que Judit e Kati fossem amigas, ainda que achasse que fossem tão diferentes! Judit era reclusa, gostava da calma, de passear sozinha e de deixar as horas morrerem aos poucos. Kati não, Kati nunca parava quieta, não sossegava o facho. Talvez fosse a vitalidade da Kati, Joan pensava, o que mais fascinava Judit. Kati era corajosa, dirigia seu carro, esquiava, andava de moto, adorava a velocidade. Kati se vestia como queria. Judit preferia as cores escuras ou o branco, cor de neve, e a roupa fina. Kati usava calça e fumava como uma chaminé. Patrícia dissera a Judit que Kati não usava corpete porque falava que uma mulher deveria se vestir e se sentir livre. Kati depilou as sobrancelhas por completo quando a moda era ter uma linha finíssima, quase sem pelos, e depois teve que pintá-las. Isso lhe dá um tom exasperado, Mundeta Ventura comentava. Kati parecia um pouco com Coco Chanel, os mesmos lábios estreitos, fechados voluntariamente e com energia, o mesmo olhar, entre desafiador e triste, olhos muito escuros que pareciam cansados. Kati admirava Chanel, sou apaixonada por ela, dizia rindo diante de Joan Miralpeix. Um dia, Miralpeix viu como as duas passeavam, Kati e Judit, pelo jardim de Patrícia; Kati colheu uma rosa do chão e a deu para Judit. As duas mãos ficaram juntas por um breve instante. Quando se soltaram, ainda se olharam por alguns segundos. Kati caminhava depressa, dobrando a cintura, os ombros endireitados e o olhar para a frente. Judit parava a todo instante e Kati a chamava de longe. Joan as seguiu com o olhar por um bom tempo. Kati, Judit dizia, queria conquistar Barcelona como Chanel conquistou Paris com dois vestidos e quando a belle époque decaía. Mas Barcelona não é Paris, Joan Miralpeix replicava. Chanel e Kati, Judit continuava, se parecem muito: uma esteve em um asilo e a outra em um internato para senhoritas, mas as duas são órfãs. Quando Kati fez quinze anos, os parentes brigavam para que ficasse em sua casa, dado que Kati era rica, muito rica, pois seu pai lhe deixara meio

Valldoreix e uma parte de Sant Cugat. Kati decidiu que sua vida lhe pertencia e a mais ninguém, e que devia aproveitá-la. Apenas Judit a defendia. Move os homens como se fossem marionetes, Joan Miralpeix dizia. E não são?, Kati falava com seus olhos escuros. Kati é muito frívola, Joan dizia para Judit. Escandalizava as tias-avós de Terrassa, querem que eu ande limpa e que seja uma senhorita, mas não me amam, Kati explicava para os Miralpeix. A Kati é independente porque não precisa da fortuna de homem nenhum, Judit falava, e se entristecia com seus olhos esmeralda. Kati costumava dizer que o dinheiro era a liberdade, acha que ela tem razão?, Judit perguntava para Joan. Talvez o diga, este respondia, porque não encontrou ninguém que a ame como eu te amo... E Judit ria com sua risada de pássaro, deixe disso, não seja bobo! Judit disse uma vez a Joan que Kati lhe confessara que não queria morrer feia. Por isso passa tantos cremes e se veste dessa forma, Judit acrescentava, quer que todos percebam que existe. O que a Kati quer é dominar o mundo com seu ar de machorra, dizia Sixta, que não a suportava.

Mas veio a guerra, aquela guerra tão suja, como diz Joan Miralpeix, que revirou os cérebros e transtornou os espíritos. Kati iniciou sua guerra como uma aventura compartilhada, a aventura de muitos que buscavam fazer um mundo bem diferente. Kati mudou da água para o vinho, deu todas as suas casas para colônias infantis, juntou-se à Aliança da Mulher Jovem e envolveu Judit nisso, não percebe que as coisas vão mudar?, dizia-lhe, entusiasmada. Kati sempre lera muito, mas naquela época devorou toda a literatura soviética que chegava até suas mãos, sabe?, dizia para Judit, acho que encontrei meu caminho. Judit, à noite, explicava para Joan as mudanças de Kati. Contava-lhe por carta, porque Joan foi um dos primeiros a ir para o front. Você sente saudade do Joan, não é?; Kati falava, e seus olhos se escureciam ainda mais. A Kati e eu, Judit escrevia para Joan, estamos fazendo uma campanha para captar dinheiro para a Komsomol, qualquer dia desses vai me encontrar no front. Não venha... Joan respondia, você não aguentaria tanta morte e tanta miséria... Sabe, Judit escrevia, os amigos da Kati, os de antes, dizem que a Kati já não tem mais graça, que se tornou fúnebre demais. Estão decepcionados... E sabe por quê?, Joan respondia, porque a Kati está começando a ser independente de fato. Tem razão, Judit dizia, estamos aprendendo tantas coisas com essa guerra! Eu também não sou como antes, vejo como chegam as crianças do País Basco e de Madri, parecem pintinhos, com os bombardeios e a morte enxertados nos olhos. Tenho certeza, Judit escrevia para Joan, de que se ganharmos a guerra, nossa vida será muito diferente. Eu vou trabalhar, a Kati diz que... E Joan sorria porque Judit enchia suas cartas com "a Kati diz que...". Um dia, Joan recebeu a carta de sua mulher, sabe de uma coisa?, pois a Kati se apaixonou e agora sim de verdade. Ele era um brigadista internacional, um irlandês loiro como um anjo, de olhos sonhadores e lábios carnosos. Tinha maçãs do rosto rosadas, mandíbulas finas, pele de seda, queixo de príncipe, segundo Kati. Chamava-se Patrick O'Brian e mudou de nome quando seus companheiros das Brigadas Internacionais foram embora, porque ele queria continuar na guerra. Foi um dos últimos mortos da batalha do Ebro, e Kati, que amava tanto a vida, se suicidou no mesmo dia em que os nacionais desciam pelo Tibidabo. Judit, espantada, encolheu-se em sua casa, eu não sou como ela, disse a Joan quando ele voltou do campo de concentração.

Por isso, Judit, que fora educada pelo pai, um judeu francês que não acreditava muito em Jeová, aguentou as coisas que vieram depois, ela não era corajosa como Kati. Judit se converteu ao catolicismo e se casou na Igreja. Os Miralpeix batizaram seus filhos: se não fosse assim, não teriam podido entrar em um colégio religioso. Ela não era como Kati, é verdade, e por isso ia à missa com Joan e as crianças e voltava docilmente para casa quando não a deixavam entrar na igreja porque não usava meias sete oitavos. Joan Miralpeix ia para Montserrat e pedia conselho aos monges, não sabia como agir. Judit não o acompanhava até Montserrat. Judit e Joan se fecharam, o espírito de um dentro do outro. Judit sentia saudade de Kati e decidiu que queria fetiches, objetos de toda sorte que ela venerava como pequenos deuses. Foi para Gualba e recolheu a Virgem das Dores, a Virgem de rosto patético e de cor de cera, colocou-a à beira da cama com uma vela pequena de cada lado. Vamos encher a casa de fetiches!, disse para Joan. E Judit, que nunca sorria, encheu a casa de cupidos de porcelana, de estampas, de imagens, de flores artificiais, de objetos estranhos e antigos, como uma coruja que servia de campainha, pentes de prata, uma caixinha azul feita por Adolf Fargnoli onde depositou as flores de laranjeira de todas as noivas da família, leques de papel... Quero fetiches em casa, e Joan dizia, Judit quer fetiches. Joan os comprava para ela, comprou uma trompa de caça e um leque de plumas de pavão, um punhal que parecia medieval e uma lamparina romana, moedas de couro e pratos do Renascimento, broches de bijuteria barata e um espelho rococó. Judit, depois da guerra, espalhou os objetos por toda a casa. Disse, agora teremos muitas salas, teremos a sala dos leques, a sala das bonecas, a sala das caixinhas... No salão, que era o maior cômodo, colocou três biombos forrados de seda e com motivos japoneses e, em cada espaço, havia uma vitrine com os fetiches de Judit. E assim já podiam dizer que tinham muitas salas. Judit passou um longo período comprando bonecas, bonecas de todas as medidas, nuas ou vestidas, de borracha, de celuloide, de porcelana. Acabou escondendo as bonecas em seu quarto, bonecas japonesas, chinesas, havaianas, bonecas vestidas de seda, de tule, de organdi, de popelina, bonecas com cachos, com tranças, com chapéus de sol. Judit furava os olhos delas e quebrava suas mãos. E, quanto mais as fazia sofrer, mais as amava. Havia uma que tinha olhos vazios, uma boneca bem grande que Judit acariciava quando teve o derrame. Costumava deixá-la sobre o colo e ambas, a boneca e Judit, olhavam sem olhar os pátios que davam para a varanda interna. Também havia bonecas que tinham um corpo esplendoroso, um corpo de rainha, com perninhas mirradas. Judit lhes fazia crinolinas e cobria seus corpinhos com cetim. Olha, as bonecas que são meninos não têm sexo, e ria com sua risada de pássaro.

Aquela época era um tempo triste, gelado. Um tempo quieto, sem repouso, e Judit buscava a felicidade com poucas coisas. Por isso, Joan e Judit ficavam contentes quando vinha o Natal. Joan, sobretudo, sorria quando via Judit, que voltava cansada de saracotear pelas lojas e sem saber a comida que faria. Ia ao mercado da Boqueria e às melhores charcutarias de Barcelona, perguntava nas Mantequerías Leonesas quais eram as últimas novidades e encomendava barquilhos e torrones na casa Prats e Fatjó. Chegava o Natal e Judit fazia aquelas panelas bem grandes de caldo, e os fiambres, e dispunha a mesa com a ajuda de Encarna e Maria, a empregada que ficou doente e morreu de velha no hospital de Sant Josep. Montavam a mesa como um rito. Colocavam as toalhas de Lagartera bem esticadas, como um lençol, e Judit passava as mãos para alisá-las. Colocavam o conjunto de talheres de prata, talheres de peixe, de carne, de sobremesa e de café, as taças de cristal, a louça de porcelana com um cervo desenhado, as fruteiras de ourivesaria, ramos de cerejinhas de medronheiro e de visgo, e uns cravos vermelhos de cerâmica da coleção de fetiches de Judit.

Judit voltava da missa do galo com Joan e observava tudo: a mesa montada, o caldo que esfriava na galeria interior, os fiambres bem atados dentro das caçarolas da cozinha, o peru meio cozido, o braseiro que acabava de apagar... Ia ao quarto onde Natàlia dormia e lhe dava um beijo, ao de Pere e um beijo, pobrezinho, dizia, porque Pere tinha síndrome de Down, ao de Lluís, outro beijo. Depois entrava no salão dos biombos e olhava os fetiches. Que paz, dizia.

O velho Miralpeix tinha cabelo e bigodes brancos. Sentava-se na cabeceira da mesa e abençoava a comida, duas tias velhas e solteironas inclinavam a cabeça enquanto murmuravam pai-nossos. Joan Miralpeix ficava ensimesmado, como sempre, e seu pai lhe dava um tabefe na nuca. A família rezava em voz baixa. Deus, Pai Onipotente, abençoa esta mesa e todos nós, amém. A empregada servia a escudela* e todo mundo comia em silêncio. O velho Miralpeix era mal-humorado e as duas tias, de idade indefinida e olhar indeciso, suspiravam enquanto sorviam a sopa. Quem sugava mais forte era o velho Miralpeix, cada colherada era todo um concerto. As toalhas eram bem brancas no domingo, e matavam um frango que a caseira assava. O velho Miralpeix sustentava as duas tias, decrépitas e apáticas, e elas ensinavam Patrícia e Paquita a se comportar como senhoritas. Em algum do-

* Nome para o prato fundo e para a sopa que se come nele. Na Catalunha, no dia de Natal, come-se tradicionalmente sopa de *conchiglioni* junto às verduras e às carnes com que se cozinhou.

mingo, um tio que era padre na cúria barcelonesa, um monsenhor de mãos trêmulas e olhar inocente, ia à *masia* de Gualba. De vez em quando, também ia o tio Pepe, irmão caçula do velho Miralpeix, que ria muito e gostava de comer e de beber. Agora gostaria de molhar o bico com uns dois copinhos de ratafia, e caía na gargalhada, mas o velho Miralpeix lhe dirigia um olhar que o congelava e a seriedade familiar retornava. Esse tio ia pouco à *masia*, e os outros diziam que era um perdido que ia acabar mal, como todos os sem-vergonhas. Pois acabou mal mesmo: depois de uns anos, Joan Miralpeix foi visitá-lo com tio Joan Antoni, tio por parte de mãe, no hospital de infecciosos. Encontraram-no nas últimas, o rosto e as mãos cheios de chagas de uma sífilis que contraíra sabe-se lá onde nesse mundo de Deus. O avô Miralpeix fora carlista a vida toda, como fora o bisavô, que morreu aos noventa e sete anos. O velho Miralpeix não pôde mandar na casa antes de fazer sessenta e sete anos. Sua mulher morreu no parto de Paquita, na cidade todo mundo dizia que era uma vítima do marido, e quando as pessoas dizem que uma mulher é vítima, querem dizer, na realidade, que é uma santa ou uma tonta. Todo domingo, o senhor pároco vinha tomar vinho doce junto à família Casamitjana, as duas tias punham umas toalhas engomadas e sentavam, as mãos bem juntas, as pernas cruzadas, à beira do fogo. O senhor pároco botava os assuntos da paróquia em dia com o herdeiro da família Casamitjana, o velho Miralpeix. Perto da Semana Santa, os paroquianos levavam um Sagrado Coração de casa em casa com uma vela à frente. A primeira casa que recebia o Sagrado Coração, depois da paróquia, era a da família Casamitjana.

Você é um cabeça de vento, seu pai lhe dizia, e batia bastante nele. Por isso, na noite em que escutou ruídos no andar de cima, e rangidos, e uma bufada longa e prolongada, como se alguém tivesse soltado gases, quis saber de onde vinha. Ficou de orelha em pé e passou a escutar e seguir o som até que parou diante da porta do quarto do pai. Sim, tinha certeza, o rangido vinha de lá, também um choramingo, e pensou, olho ou não olho?, o que faço?, sentia um mal-estar no estômago, mas já estava perto do buraco da fechadura e, como gostava de olhar ensimesmado para tudo, ficou com a cara colada ali por um bom tempo, o que via era uma cena tão estranha que, de primeira, não conseguiu entendê-la. Por que seu pai prendera Remei à cabeceira da cama e parecia que arranhava suas costas enquanto estava montado nela? O que rangia era a cama, talvez suas molas estivessem frouxas. O Sagrado Coração que estava na cabeceira, um Sagrado Coração de ferro forjado, avançava e recuava, e depois se movia em pequenos intervalos, como se o sacudissem. O vaivém dependia do pai, se arranhava as costas muito forte, ou do choramingo de Remei. Por que os dois estavam pelados e ele lhe dizia, quieta, quieta, minha mulinha? Por que Remei dava um gritinho que não sabia se era de chorar ou de rir e estava como a Pintada quando o galo a rondava? No dia seguinte, disse para Cinta, o que Remei estava fazendo presa à cama do pai? Por que o pai parecia arranhar suas costas? Cinta disse, que imaginação você tem!, mas Cinta falou para Remei e Remei contou para o velho Miralpeix, sim, com certeza o pai o sabia pois, se não, Joan Miralpeix não entendia a surra que recebeu naquela noite que tinha um céu de estrelas resplandecentes. Fez com que ele volteasse como badalo de um sino e depois o jogou no chão, feito uma fúria. A mão do pai ficou cansada, e os olhos de Joan ressecados e sua língua dormente de tanto apertar os lábios e cerrar os dentes, os lábios ficaram arroxeados, sem nenhuma gota de sangue. Mas não chorou nada. Foi se ensimesmar no Brejo Escuro, isso mesmo, ensimesmado, ficou ali desde o anoitecer até o meio da noite, observou as estrelas e procurou contá-las, mas perdia a conta e voltava a fazê-lo. Uma delas piscava, Vênus, talvez? Disse para si, a mãe está lá... A estrela se abria e se fechava como um olho, a pálpebra era de prata. Depois foi no encalço do Brejo Escuro, como uma mentira, parece a escuridão de um poço, "irei embora pelo Brejo e chegarei a Mallorca". O tio Pepe lhe dissera: por este buraco, você chega a Mallorca. Escutava o salto de água que descia do Montseny, sem nunca parar, e o ruído da água que caía aos borbotões parecia o choro da mãe, "por que você não está aqui?", misturado com o choramingo de Remei e os uivos de dor de Ramon Berenguer, pois, segundo o tio Pepe, o Cabeça de Estopas* foi morto por seu irmão naquele local porque queria ser conde. Então matavam para ter poder, o tio Pepe dizia, coisa ruim, o poder... E agora não matam para ter poder?, perguntou ao tio. Agora, respondia, não é preciso matar, há outros métodos. O corpo de Ramon Berenguer desceu pelo salto de água e o Brejo Escuro o engoliu dentro dos redemoinhos feitos de escuridão e de angústia.

Passaram-se dez anos que deslizaram sem glória, a única companhia eram as vozes do Brejo Escuro e a estrela de pálpebra de prata, até que Joan Miralpeix cresceu e fugiu da *masia*. Antes de ir para Paris, vagou três meses por Barcelona. Joan Miralpeix não acreditava no amor, acreditava que as mulheres eram como bichinhos. Por isso atou aquela meretriz, a Elvira da casa da Rita. Quando passou pelo salão e a viu à sua frente, disse, quero esta, queria Elvira porque tinha uma mecha de cabelo tão escura como as águas do Brejo. Mas não tinha jeito, Elvira não o deixava fazer nada, não e não, e ele, é claro, não conseguia. Elvira falou, o que você acha que é? Veio a madame Rita, que escutou os alaridos da mulher, o que está acontecendo aqui? Mas quando madame Rita soube, disse, quem paga, manda, vamos, vamos, voltem lá. Elvira, que era de cidade do interior, abriu o armário de laca, de imitação japonesa, daqueles que tinham três portas, e pe-

* Apelido do conde de Barcelona Ramon Berenguer II (1053-82) por causa de seu cabelo loiro. Morreu assassinado no *gorg* [brejo] de Perxistor.

gou um *porró*,* bebeu do bico a pequenos sorvos porque estava nervosa. Veria se suportaria, aquilo daquele senhor tão extravagante, que a prendia e arranhava suas costas enquanto a chamava de mula, mulinha, ei, escute!, posso ser uma mulher da vida, mas mula, não, quem você acha que é? Mas o senhor não se importava com ela, como se aquilo fosse moleza... E Joan Miralpeix não conseguia chegar às vias de fato, não tinha jeito. Provou as putas baratas, as da casa do Pároco, que valiam apenas três pesetas. Escolheu uma envelhecida, com a cara lambuzada de maquiagem, toda cheia de sulcos e de incrustações pintadas, escolheu-a porque tinha olhos iguais aos de Remei, olhos de animal aturdido, a puta disse, você faz isso comigo porque sou velha e pobre, se não, não faria isso, antes eu era a rainha do bordel, tinha peitos como duas maçãzinhas, Joan a soltou em seguida porque não podia ver como a meretriz se lamuriava, pior que puta é ser puta velha... E tampouco conseguiu.

... não conseguiu, pois Joan acreditava que a mulher que ele amaria seria como a estrela da pálpebra de prata e que piscava para ele, seria alada, como a mãe, uma sombra de amor. As outras mulheres, todas, eram mulas. Quando conheceu Judit, a via apenas como uma alma, como um sopro do espírito. O amor era uma coisa e o sexo era outra, o sexo eram cenas sujas e tristes, cheias de rangidos e de choramingos. Joan, quando encontrou Judit, não acreditava, de onde saíra uma moça como ela, de pele de neve e olhos de Modigliani? Observou-a e, de imediato, ruminou: preciso lhe dizer que a amo, e não se deu conta de que tinha esse pensamento porque estava lendo *O vermelho e o negro* e é exatamente isso o que Julien Sorel pensara ao ver a madame Renal. Mas foi ela, Judit, que o amaria como a chama e não como uma asa esten-

* Garrafa de vidro com dois extremos, um largo para colocar o líquido, e o outro comprido e fino de onde sai um jorro pequeno para beber diretamente.

dida. Ela era sexo e ideia ao mesmo tempo, ela era o único sopro de vida que teve depois da guerra… Por isso, agora, Joan Miralpeix não podia suportar os olhos mortos de Judit, os olhos esmeralda que olhavam os pátios do Eixample sem vê-los.

Quando Judit teve o derrame, Joan começou a ir com frequência a Montserrat para falar com dom Jesús Maria Farriols. Encontrou no monastério a paz que não tivera no exterior. À noite, passeava pelo jardim, entre as sombras e a névoa das montanhas, lembrava-se do Brejo Escuro, tão sombrio, tão úmido, e as vozes que afundavam nos brejos, os uivos do conde assassinado, as palavras da mãe, a estrela da pálpebra de prata, o choramingo de animal amedrontado de Remei. O borbulhar da água lhe trazia os clamores de todos os mortos… E agora, dentro do silêncio do monastério, as montanhas que se erguiam como um espectro lhe devolviam os lamentos dos que tinham morrido com uma mágoa dentro, como os mortos da guerra, mortos de frio e de medo… A névoa agora devia descer por cima do Brejo Escuro como envolvia as montanhas de Montserrat, fantasmas que se desfiavam e que não encontravam repouso. Ele tampouco encontrava repouso. Queria dormir, isso, dormir e esquecer o dinheiro que ganhara e esquecer, sobretudo, o hotel de Lloret. Amais alguém?, lhe perguntara o padre Jesús Maria Farriols e ele não sabia se amava alguém, talvez apenas quisesse que a vida voltasse aos olhos esmeralda. Quando aconteceu aquilo com o hotel de Lloret, Joan Miralpeix se recolheu ainda mais para dentro de si. A única coisa que fazia com vontade era sentar perto de Judit, no entardecer, e acariciar sua mão morta. O que acontece, o padre Jesús Maria lhe dizia, é que vós não chegais a ter Deus dentro do vosso coração. E talvez não, não o tivesse. O beneditino continuava, viveis contorcido dentro de vós, não sabeis sair. Joan Miralpeix olhava para o beneditino e via nele uma águia, toda preta e brilhante, uma águia que o embalava dentro de suas asas e o fazia dormir. O padre Jesús Maria enlaçava seus dedos flácidos e, em seu rosto, que era de cor amarelada, desenhava-se uma careta. Uma careta de águia, grande pássaro senhor e altivo que estendia a plumagem feita de reflexos e de relâmpagos. A águia preta apertava os lábios lívidos e que pareciam frios, o que acontece, Joan Miralpeix pensava quando se soltava das asas que o envolviam, é que esses lábios nunca beijaram nenhuma mulher... Os morros, dentro da escuridão, estavam cheios de espíritos, alados como ele imaginava Judit. Mas não encontrava repouso dentro do monastério, talvez porque amasse aquela vida que durara tão pouco e que começara em um entardecer úmido e cinzento em Sitges. Ledes o Evangelho?, o monge lhe perguntava. É claro que ele lia, começou a lê-lo assim que todo mundo se transtornou por negócios e por dinheiro, quando acabou a guerra e se iniciou uma época em que tudo que ele tocava se corrompia, tudo menos o corpo de Judit, um corpo de neve que se acendia como a brasa... Antes da guerra, tio Joan Antoni lhe presenteou com uns livros que comprara em Paris durante aquela estadia tão curta. O autor dos livros se chamava Marcel Proust e com ele Joan Miralpeix aprendera a amar as coisas não pelo que eram, e sim pelo que significavam, mas depois as coisas começaram a não significar o que eram, e a única coisa que Joan Miralpeix queria era dormir. Por isso ganhou dinheiro, porque ganhar dinheiro era uma forma de dormir. Mas um dia Natàlia cresceu e o chamou de covarde, e Lluís, você é tão inocente. Somente Jesus, no Evangelho, lhe dizia: Eu não te detesto...

Já chegara ao seu andar. Encarna não estava limpando os dourados, mas o esperava, corra, corra, a senhora está morrendo.

QUINTA PARTE

Cochilos de anjos da guarda

Nascem com juízo as novas juventudes
e, decepcionados em seu instinto dramático,
há mil anjos da guarda tirando um cochilo.
Josep Carner, "Nit rural" [Noite rural]

A coisa que Sílvia mais gostava de fazer no mundo era comer doces. Precisava fazer um grande esforço quando começava uma dieta para emagrecer e passava em frente a uma confeitaria. O aroma de açúcar queimado, o cheiro de leite doce e de massa folhada, *lioneses* que transbordavam nata, os marrons-glacês, os rocamboles, cobertos de açúcar de confeiteiro, os *tortells*, os *Sarah Bernhardt*, os doces de coco e de creme, os *borratxos*, os *borregos* que emanavam um aroma de cominho... Na sexta de manhã, Sílvia tinha comido apenas um iogurte. Estava desesperada, passara a fita métrica ao redor da cintura, cinco centímetros! Engordara cinco centímetros! Lluís não percebera porque estava concentrado em um catálogo de carros esportivos que o Automóvel Club lhe enviara. Um iogurte, apenas, e estava morrendo de fome. Por isso, antes de entrar na academia, deixou-se seduzir pelo aroma dos doces. Pediu um chocolate com chantilly e uma *ensaïmada*, mas sem o recheio de *cabell d'àngel* — isso que as *ensaïmadas* recheadas com *cabell d'àngel* a deixavam morrendo de vontade —, porque achou que uma *ensaïmada* normal já bastava para mergulhá-la no chocolate.

No vestiário, encontrou a amiga Merche, que tirava a roupa. Ontem, Merche dizia, fomos jantar na Scala, e a criançada?, Sílvia falou. Encontramos uma baby-sitter que é um anjo, cobra cinquenta pesetas por hora e põe as crianças para dormir e tudo mais. O Ramon, Merche continuava, estava um palhaço, era hilário. Eu morria de rir. Bebemos muito champanhe, Dolors se aproximou, garota, você e suas algazarras, é que o Ramon, Merche diz, gosta de sair uma vez por semana, quase sempre a gente faz isso às quintas-feiras, ainda mais desde que começamos a passar os *weekend* fora, o Lluís, Sílvia mentiu, gosta de sair em qualquer dia da semana, não tem preferências, eu, quando saio, Merche fala, me empanturro de comida e depois fico com uma barriga, não me diga, Sílvia disse, sabem que o Lluís acha que engordei muito?, garota, não é para tanto, Dolors passava a mão pela cintura de Sílvia e beliscava suas dobras, talvez aqui tenha mais gordura do que devia, e essa bunda!, Sílvia gritou enquanto virava para se ver de costas no espelho do vestiário, o que me diz desta bunda?, e a minha?, Merche disse, ainda que o Ramon goste das minhas carnes, sabemos, Dolors acrescentou, eles querem ter onde pegar e nós viemos nos esfalfar, todas riram, Teresa escutou como riam, do que estão rindo, hein? Ah, nada, de homens. Ai, Teresa suspirou, não me falem nada sobre machos, mas então, o que foi?, o meu não me dá sossego ultimamente, quer fazer o tempo todo, três posições ao mesmo tempo, que animal!, agora está com essa mania, Teresa continuava, de que precisamos ter outro filho, ui, isso não, Dolors falou, não vou entrar nesse papinho furado outra vez, e o que faz para não engravidar?, Sílvia perguntou, tomo pílula, a pílula engorda, Merche disse, me deixa com barriga e ruim do fígado, Teresa acrescentou. Sílvia falou, me disseram que faz surgir caroços no peito, mas que besteira!, Dolors exclamou, o ponto é que vocês estão cheias de preconceitos, a pílula é inofensiva, concluiu. Já usei diafragma, Teresa disse, mas era nojento, Sílvia opinou, precisar calcular quando podia fazer sexo e se besuntar com aquele creme, ai, sim, Teresa acrescentou, uma porcaria, e se você não se lembrasse, não é?, uma vez se deslocou em mim e fiquei grávida do menino. Como o Lluís não me deixa trabalhar, Sílvia disse, não me importaria em ter outro filho, mas não tem jeito, e Màrius já é um grandalhão... Carme se aproximou, querem esse creme novo que foi lançado, me disseram que remove a gordura bem depressa, ai, garota, já experimentei de tudo, Dolors disse, tudo que faço é gastar grana com isso. Passei o verão todo dormindo com calças de borracha para ver se emagrecia, pois suei e nada, tão gorda como uma porca. E como você fazia com seu marido?, Teresa perguntou. Ah, meu bem, aproveitava quando estávamos em Pineda, muitas noites ele não vinha dormir. Já no meu caso, Teresa falava, meu marido não quer que eu use nada, nem creme, nem tubos na cabeça, uma lata, garotas. Aproveite de manhã, boba, Dolors aconselhou. Não querem o creme?, Carme insistiu, me fez muito bem, esfrego bem as coxas e a barriga com a esponja, depois do banho, e, por fim, espalho o creme pelo corpo todo, esticando bem com as mãos para cima e para baixo, para cima e para baixo, a palma da mão deve ficar bem seca, se não, é como se não tivesse feito nada. Você acha que engordei muito?, Sílvia perguntou para Carme, ela a olhou com olho clínico, mulher, o que quer que eu diga, você sempre foi um pouco cheinha, não? Sílvia fez uma careta, você não sabe o corpo que eu tinha quando dançava, parecia um bambu. Querida, é que os anos passam... Sílvia e Merche entraram na sauna porque hoje não era dia de ginástica, lembrem-se de que amanhã haverá um chá de tupperware na casa da Sílvia, Merche disse para as outras. Sílvia estava ofendida, não acha que a Carme é um pouco invejosa? Por que diz isso?, Merche perguntou. Pelo que acabou de me dizer, o quê, isso de que eu sempre fui um pouco cheinha, não se importe com ela, Merche disse, você já sabe que é uma garota muito amargurada, seu marido vive pulando a cerca, é uma desgraçada... Tinham entrado na sauna enroladas em uma toalha branca e grande que lhes cobria quase o corpo todo. Viraram o relógio de areia e se deitaram nos bancos de madeira trançada depois de tirarem as toalhas. Eu ainda tenho peitos jovens, Sílvia pensou ao ver as peitolas caídas da Merche, que tivera quatro filhos. Olha minha barriga, Merche disse, toda cheia de estrias, minha carne se rachou na terceira gravidez, e olha que o Ramon me diz, você tem um corpo de modelo, mas eu lhe digo, você não me venha com história pois tenho espelho, por que não vai à massagista?, Sílvia falou, vai fortalecer sua pele, isso só se salva com uma cirurgia, Merche repassava a mão suada em cima do ventre flácido e cheio de estrias, por onde gotas deslizavam e desciam até chegarem às nádegas, então as gotas de suor já não eram gotas, mas pequenos rios, finíssimos, que só paravam nas panturrilhas ou nos tornozelos, mas como falar para o Ramon, Merche continuava, temos que pagar as prestações da casa de Pineda, então, a massagista, Sílvia disse, tirou bastante da minha celulite, é impressionante, antes meu número era 46 e agora uso 42, que sorte, Merche se queixava, eu não consigo de jeito nenhum sair do 46, mas é por causa da barriga, Sílvia opinou, e olhou o ventre enrugado da amiga, que agora se sentara, seu ventre fazia várias dobras, pequenas, parece um acordeão, Sílvia pensou. Seus cabelos estavam cobertos com um turbante de toalha, mas umas mechas escorriam, grudadas na pele do rosto pelo suor. Agora a pele do corpo estava resguardada por uma tela líquida que criava uma película úmida, a madeira do banco queimava e o ar apertava o coração delas, calaram-se por um tempo e folhearam revistas que ficaram enrijecidas com o calor seco, viraram o relógio de areia três vezes, mas ao fim já não aguentavam mais, sufocavam-se, e saíram para tomar um banho de água fria, estavam bem ensopadas de suor e era uma delícia girar diante das bocas de água fria que brotavam de diversos pontos da ducha, Sílvia se sentia feliz depois do suadouro, sentia-se feliz de perceber o gotejamento da água fria em cima da pele. Entraram na sauna mais uma vez, ao acabarem o banho se enxugaram bem com toalhas muito grandes, e se deitaram nos bancos. Sabe, Sílvia falou, fui a Perpinyà com Lluís para ver *O último tango*, na versão castelhana... Os olhos da Merche brilharam, ah, sim, conte, conte, é muito picante, não é? O que quer que eu te diga, Sílvia deu de ombros, achei uma porcaria. Ambos se encontram em um apartamento vazio, daqueles velhos e de ar parado, e ele, Marlon Brando, não quer que se saiba seu nome, nem o da garota, absolutamente nada. Sim, Merche perguntou, mas o que fazem? Então, Sílvia respondeu, fazem de tudo de todas as formas. De pé, no chão, pela frente e por trás, ela se toca uma vez e ele não repara nela, caramba, Merche disse, pois é forte mesmo, silêncio, silêncio, Sílvia continuou, ela diz para ele que é a Chapeuzinho Vermelho, *yo soy la caperucita roja*, diz, *y tú el lobo. Yo te pregunto: ¿por qué tienes los brazos tan fuertes?* E Marlon responde, *para apretarte mejor*, e a moça questiona, *¿por qué tienes las uñas tan largas? Para sujetarte mejor el culo*, Marlon Brando fala, *¿por qué eres tan peludo?*, *para hospedar mejor tus piojos*, e a moça vai tocando todos os lugares do corpo do homem, *¿por qué tienes una lengua tan roja?*, *para metértela dentro mejor*, que porcalhada, Merche falou, e fazem isso tudo dentro do apartamento? Pois sim!, e o que mais? Merche voltou a perguntar, pois ele lhe diz *que a las esclavas se las marcaba el trasero, es como si me lo hubieses marcado*, a garota responde, *yo no soy libre...** E é verdade, ela não é livre porque vai ao apartamen-

* "Sou a chapeuzinho vermelho, [...] e você, o lobo. Eu te pergunto: por que você tem braços tão fortes? [...] para te apertar melhor [...] por que você tem unhas

to sempre que pode. A moça tem peitos muito grandes e muito caídos, pois olhe para os meus, Merche os olhava, que parecem duas berinjelas, sim, mas ela é jovem, e os lábios são grossos, tem olheiras escuras, como se ela se drogasse... E se conhecem no apartamento?, Merche perguntou, não, não, eles se conhecem, ou se veem pela primeira vez, em um banheiro. Em um banheiro?, Merche quase gritava, que filme mais imundo! Ambos parecem uns inúteis, sujos, sim, mas ele é o Marlon Brando, né?, Merche lembrou, não é o de sempre, é... como dizer?, está envelhecido, acabado. Já deve ter cinquenta anos, não? Sim, mas nos outros filmes atuava, fazia comédia, nesse não, nesse parece que representa seu papel, como se fosse ele mesmo... Ele mesmo?, Merche disse. Sim, e ainda que seja um filme muito sujo, senti pena dele... Mas fazem quais sacanagens?, Merche quis saber. Muitas; como por exemplo?, Merche insistiu, a cena da manteiga é tão porca como dizem? Sim... O que ele faz? Pois o que acontece é que ele está comendo pão com manteiga, é o café da manhã, ela vem e acredita que ele não a ama — ainda que no final se veja que sim, que é ele que a ama e não ela, e ela tem medo dele e o mata —, então, como te dizia, ela vem e ele se enfurece e a joga no chão, porque a moça se empenhou em querer saber qual é o nome do homem e isso o fez perder as estribeiras, parece, e a joga no chão e a maltrata, trata-a como um animal, como uma escrava, tal como eu te disse no começo, os olhos da Merche estavam úmidos, e ele monta em cima dela e entra por trás, por trás?, Merche falou, sim, por trás, mas como não consegue, unta seu membro com manteiga como se fosse um canapé... e ela, a

---

tão compridas? [...] para segurar melhor sua bunda [...] por que você é tão peludo? [...] para abrigar melhor seus piolhos [...] por que você tem uma língua tão vermelha? [...] para metê-la melhor dentro de você [...] marcava-se o traseiro das escravas, é como se você tivesse me marcado [...] eu não sou livre..."

moça, chora e grita, ela não esperava por isso, mas ele se tornara um animal e não se importa com ela, e entra nela, ui, que dor! Merche disse, de fato, Sílvia continuou, e a garota, que começara tudo como um jogo, não para de chorar...

... Sílvia fora a Perpinyà, *la ciudad del pecado*, como as revistas anunciavam, em um domingo nublado. Na noite anterior, pararam no cassino do Voló para *flâner* um pouco, Lluís disse, jogaram bacará e perderam seis mil pesetas, "eu não sou desses que se retira de primeira", o marido de Sílvia disse, e voltou ali até perder metade do dinheiro que tinha, "mas nos divertimos". Para Sílvia, Perpinyà é uma cidadezinha tranquila, talvez diria que lhe parece branca, com um parque de choupos, um parque melancólico e que faz sonhar, e um castelo que parece de papelão. Sílvia comprou perfume e queijos em Perpinyà, e Lluís, a *Lui*, a *Playboy* e o jornal *L'Express*. Sílvia usava calças que estavam apertadas nela, de cor de coral, e estavam apertadas porque eram de um tamanho menor, e uma blusa prateada que, de vez em quando, deixava aparecer seu umbigo. Lluís a deixou no hotel e foi comprar o *L'Indépendant* para ver quais filmes estavam em exibição. Sílvia pensou, vou tomar um banho, e quando abriu o zíper da calça coral, respirou fazendo com que o ar saísse dos pulmões aos poucos. Quando terminou de tomar banho, passou leite de pepino no rosto e o outro, o Desert Flower, feito de lanolina, por todo o corpo. Olhou-se no espelho, a cintura diminuíra um pouco, a última dieta funcionara melhor que as outras, mas o que se passava, então, é que seus peitos caíam como as folhas de outono. Pegou umas ampolas e passou-as em cada seio com muito cuidado, sem tocar no mamilo, "ainda está rosado", a primeira ampola era oleosa e a segunda servia para conservar o peito e era mais suave. Acariciou os seios fazendo círculos, ora para a frente, ora para trás, "eu ia morrer se tivesse peitos como os da Merche", seus seios ainda eram túrgidos, ela percebia isso ao fazer círculos neles com as palmas das mãos, e notava a tepidez fria do líquido que escorria de seus dedos até penetrar dentro de cada peito, "não sei por que Lluís não me deixa tirar o sutiã", pensou, suspirando diante do espelho. Aproximou-se para olhar os lábios de perto, passou a língua por eles e moveu-os por um tempo, "vou ter que comprar manteiga de cacau, estou com os lábios secos". Lluís voltou com o *L'Indépendant*, você ainda está no banho? Vai logo, quero entrar. Quais filmes estão em exibição? Às dez e quinze vamos ver o *Tango*; às duas, *Traitement de choc*, me disseram que o Delon aparece pelado nele; às quatro, *La masseuse perverse*; às sete, *Caresses intimes*; e às nove, *Anomalies sexuelles*. Caramba, que programação!, Lluís comentou. Sílvia saiu do banho, descalça e com um roupão rosa, o que quer dizer *masseuse*?, não acha que estão exibindo muitos filmes obscenos?, gostaria de ver um normal... Vamos, Lluís falou entrando no banheiro, agora não se faça de santa...

… Natàlia e Sílvia se encontraram no Samoa no dia seguinte ao que Natàlia fora almoçar na casa do irmão. Sílvia disse, só posso tomar chá com limão, agora sim que vai de fato, te juro; como sempre, Sílvia passou o tempo falando, olhando as pessoas que passeavam e as que se sentavam no bar, lá onde há uma espécie de andar. Sentaram-se do lado de fora, perto da porta de vidro, e Sílvia não conseguia evitar comentar todos os incidentes que se desdobravam à sua frente, em uma das esquinas mais movimentadas do Passeig de Gràcia. De repente, Sílvia ficou mais séria e perguntou a Natàlia por que ela tinha voltado, não sei, ela falou, e Sílvia quase não esperou a resposta, aqui, você deve ter visto, as coisas vão como sempre. Màrius, que cresceu tanto, eu, que estou ficando velha, devagar se vai ao longe… Estamos ficando velhos, isso sim, Natàlia emendou. Sim, Sílvia disse, mas eu vou envelhecer de uma forma diferente de você, vou envelhecer sem perceber, sem ter vivido. Ontem mesmo era uma menina. Por que deixei de ser menina? Sabe, Natàlia, posso te dizer isso porque confio em você, às vezes me parece que o Lluís está se tornando meu pai, não sei se me faço entender... quero dizer que não vejo o Lluís como meu homem, mas o vejo como meu pai, entende o que quero dizer?, acho que ele precisa me repreender por alguma travessura, sobretudo quando fazemos amor... Sílvia mudou de assunto, Natàlia pensou, é a de sempre, pula de um tema para o outro. Você é forte, você sim fez o que queria, Sílvia disse, tem certeza?, Natàlia perguntou, não julgue pelo que vê... É que o Lluís nunca me amou e agora já não posso mudar. Escute, Natàlia, por que você foi embora? Jimmy lhe perguntara por que ela tinha voltado e ela não sabia responder nem uma coisa nem outra. Não sabe? Ah, sim, é claro!, pelo aborto. Sílvia, agora, fazia cara de estar pensando. Que medo que senti... Por isso você chamou o Lluís, não? O que queria que eu fizesse?, Sílvia disse, você precisava de dinheiro para a clínica e eu não tinha. Há certas coisas que nós, mulheres, não podemos fazer sozinhas, sem os homens. Sobretudo quando se trata de grana. Sim, Natàlia continuou, mas você contou para ele, para o Lluís, e sabia que ele diria para o papai. Como eu ia saber?, Sílvia se desculpava, como poderia prever que seu pai não queria saber nada de você e que tinha a intenção de te denunciar para a polícia? Mas não o fez, Natàlia disse, porque aconteceu aquilo no hotel de Lloret. Natàlia sorriu, o homem "puro" que queria se vingar de mim, denunciando-me, deixou que cinco homens morressem carbonizados em um hotel! Sabe?, achei muito engraçado quando, na clínica, li a notícia no jornal. Sentia tanto nojo do meu pai que não precisei pensar muito para decidir fugir dele; e a verdade é que ainda sinto, por isso não fui vê-lo em Gualba. O Lluís, Sílvia falou, disse que você foi embora para não precisar cuidar da sua mãe, é verdade? Há uma certa parte de verdade, Natàlia respondeu, não queria me enclausurar no apartamento por uma mulher que já não estava viva... E não tinha pena da sua mãe? Olha, Natàlia começava a se irritar, passei doze anos tentando aprender de novo todas as coisas, inclusive a lástima, o amor, o prazer, considerava-me uma menina quando fui embora, e queria me desfazer de todos os preceitos e princípios que me ensinaram quando criança, agora não me venha com isso. Sílvia, perdão, não queria te ofender, por que você abortou? O que você acha?, acredita que estava em condições de ter um filho? Pois sabe de uma coisa?, Sílvia falou, eu adoraria ter um filho agora. O Màrius já cresceu, não me conta mais nada, nem me dá beijo! Natàlia voltou à conversa de antes, por que você mesma não me ajudou quando abortei? Estava com medo, já te disse isso. O maldito medo, Natàlia pensou, o medo daquele tempo tão gelado e sombrio, o medo parecia um vento imóvel… Sílvia já falava de outra coisa, o Passeig de Gràcia se tornara acinzentado e uma ventania movia os galhos ainda nus dos plátanos. Sílvia chupava a fatia de limão, como uma meia-lua, e secava os lábios úmidos com um lenço descartável. Dizem que a primavera virá mais tarde este ano. É quando Barcelona fica mais triste, não acha?, Sílvia perguntou para Natàlia enquanto terminava a casca do limão. É claro que você, que já viajou tanto, talvez deva achar uma besteira tudo que eu falo, não? Só estive em Paris e Londres. Sabe qual é o lugar que conheço mais? Pois é Perpinyà. Vamos lá com frequência, faz pouco tempo que fomos para ver o *Tango*… Já o viu? Natàlia falou que não. Ocorreu uma ideia na cabeça de Sílvia, sem mais nem menos, como uma nuvem passageira, sabe que fiquei pasma quando vi que o Marlon Brando fazia com a moça — e que todo mundo diz, que porcalhada — o mesmo que o Lluís faz comigo desde que nos casamos? O Lluís só gosta de fazer por trás e eu pensava que isso acontecia em muitos casamentos. Mas quando vi no filme, fora de mim, senti tanto nojo… Sílvia tinha faíscas nos olhos, por isso não fico grávida. Deveria ter um amante, não é?

Como tia Patrícia estava com diarreia, por culpa do Jumilla, não pôde ir ao casamento de Encarna. Lluís e Sílvia tinham o compromisso de ir a um jantar em homenagem ao presidente do Clube de Tênis — precisavam ir pelas relações do Lluís. Assim, por parte dos Miralpeix, apenas Natàlia e Màrius compareceram ao casamento de Encarna.

Encarna estava ocupada até o pescoço, como uma louca, por toda manhã de sábado, porque as atendentes da Pronovias ainda não tinham terminado o vestido. Além disso, decidira voltar ao salão de beleza para fazer as mãos, suas unhas estavam estropiadas de tanto lavar pratos e mexer com água sanitária, e quis que as pintassem de verde, como Liza Minnelli em *Cabaret*. Não acha que é demais?, a manicure perguntou, e Encarna se indignara, como assim? Decidiu que não voltaria lá, agora que seria uma senhora casada. Respondeu, então, queria pintar minhas unhas de verde, como Liza Minnelli em *Cabaret*, e só. Por fim, voltou para casa e encontrou o vestido lá, embrulhado com papel fino e preso com alfinetezinhos. Tinham alargado bem as costuras e cerziram, na frente, uma faixa de renda de bilro que fora um presente de Patrícia. Encarna comprou um espartilho daqueles que são atados por presilhas na coxa. Os outros, de elástico, subiam enrolando e ficavam presos, com o elástico todo torcido. Os espartilhos de elástico faziam um volume muito feio na altura da bunda. Em casa, Encarna preparou uma camomila para a senhora Miràngels, pobrezinha, não se aguentava de dor de barriga. Na noite anterior bebera muito. Ai, sou uma desgraçada, Encarna, não sabe como estava querendo ir ao seu casamento! Encarna a consolou por um momento, mas, por fim, deixou-a porque tinha muito trabalho pela frente. Encheu a banheira da senhora com água bem quente, sob o jorro botou um tantinho de sais verdes e, depois, um fio de Moana cor-de-rosa. A espuma se erguia aos poucos, como uma nuvem de algodão. Encarna estava contente, como nos filmes, pensou. Botou o pé dentro da espuma, um pé branco e cheio de calos, mas o retirou logo em seguida. Quase se escalda. Voltou aos poucos, tocou a espuma com as unhas e depois afundou os dedos. Não, a água ainda queimava e Encarna abriu a torneira de água fria, com as mãos remexia o líquido de um canto para o outro. Por fim, entrou na água e se deitou completamente. Apenas sua cabeça e seus pés apareciam. Ergueu uma perna, gordinha e curta, percebeu que não havia se depilado e, veja só, agora não teria tempo. Ainda tinha um monte de coisas para fazer. Encarna se sentia feliz dentro da água, erguia uma perna e depois a outra, as duas cheias de varizes e com a panturrilha carnuda e o joelho cheio de protuberâncias. Depois tocou os peitos, tinha mamilos quase pretos, circundados por pequenos grânulos. O Jaume vai me amar quando me vir sem roupa? Encarna se lembrou de quando era jovem e tinha peitos pequenos e duros como uma maçã temporã, com o mamilo rosadinho, quase branco... Pedro, que depois foi embora para a Alemanha e não soube mais dele, torcia seus peitos como quem desenrosca lâmpadas. Jaume a cobiçava já fazia dez anos e ela não se decidia. Primeiro, porque não queria deixar a senhora Judit, tinha tanta pena dela, depois pelo senhor, que se transtornara e fazia aquelas coisas tão esquisitas... mas Jaume era um bom homem, cinquenta anos, viúvo do primeiro casamento, sem filhos. Rosalia lhe dizia, você é uma bobona, garota, não quer ter sua própria família? Encarna não sabia o que fazer. Por um lado, achava que precisava ter uma casa para si, se não, acabaria em um asilo; por outro, já passara a vida se ocupando dos outros, já não fazia diferença... Por fim, decidiu que escreveria para Elena Francis, escutava-a todo entardecer enquanto passava roupa sob uma lâmpada de vinte e cinco volts porque a senhora Miràngels não podia gastar muito. Pensou sobre a carta por bastante tempo. Começava, "querida senhora Francis", mas depois, devia ir direto ao ponto? Não, talvez a ofendesse... "parabenizo-a de coração por seus conselhos, tão amenos", Encarna matutou por um momento e acabou dizendo para si que não servia aquela história de "amenos". Decidiu-se por "maravilhosos". A carta continuava, "tenho um pretendente há dez anos", mas, é claro, deveria dizer minha idade... "tenho cinquenta anos e tenho um pretendente há dez...", talvez a senhora Francis risse dela, não, não a enviaria, mas, pensando bem, apenas ela poderia ajudá-la... "apenas a senhora pode me ajudar", Encarna voltou a ruminar, diria onde trabalhava?, "sou empregada doméstica", não, não, Encarna pensou que seu emprego não dizia respeito à senhora Francis, além disso, todo mundo a reconheceria... "ganho um bom salário onde trabalho", a verdade é que desde que o senhor Miralpeix tinha enlouquecido, ninguém aumentara seu salário, e como pedir à pobre senhora Patrícia... "ganho um bom salário, porto-me muito bem e cumpro com minhas obrigações...". Agora deveria apresentar Jaume, "meu noivo tem cinquenta anos, é um homem formal, sério... Antes eu acreditava que me amava, mas agora, quando nos encontramos, fecha a cara e vejo que fica nervoso. A gente se encontra no bar da minha irmã Rosalia e a verdade é que estou cansada de trabalhar durante toda a semana....". Enviou a carta e, por quinze dias, nada, a senhora Francis se esquecera dela. Já deixara passar, tudo isso deve ser uma enganação, dizia-se, quando um entardecer escutou sua carta depois da resposta que Elena Francis dava à "Tímida de Madri". A carta dizia: "Querida senhora Francis, primeiramente a parabenizo por seus conselhos maravilhosos. Tenho cinquenta anos e tenho um pretendente há dez. Apenas você pode me ajudar, ganho um bom salário onde trabalho...". Encarna estufou o peito enquanto dobrava toalhas, sentia-se feliz e lhe causava uma inquietação estranha o fato de que falassem dela na rádio. Escutou a resposta: "Querida amiga, dez anos de relação, quando se tem cinquenta anos, pesam muito para um homem. E isso, querida amiga, muitas vezes a mulher não vê. O cortejo longo é muito difícil para um homem. Vamos, não se comportem como crianças, filhinha. Seja compassiva com ele e procure se casar como Deus manda e o quanto antes, melhor. Despeço-me afetuosamente...". E a musiquinha do programa. Encarna escutou a última parte como se tivessem falado em maiúsculas com ela e ainda lhe reverberavam as palavras "o quanto antes, melhor" enquanto as últimas notas do programa *Elena Francis* acabavam. O peito de Encarna voltou a ficar apertado, teria que se casar com Jaume...

Quando Natàlia e Màrius chegaram à igreja, Encarna já tinha se casado. Eram seis e dez, pelo visto o padre fora muito pontual. O casamento durara exatamente dez minutos. Natàlia e Màrius precisaram esperar bastante tempo porque Encarna não podia estar com eles: tinha que tirar fotos com Jaume e com cada um dos parentes. Encarna e Jaume com Rosalia, seu marido e os filhos pequenos, Encarna e Jaume com o afilhado de Encarna, Encarna e Jaume com a afilhada de Jaume, Encarna e Jaume com um tio velho de Jaume, Encarna e Jaume com uma sobrinha de Encarna e o marido da sobrinha de Encarna, Encarna e Jaume com um casal de amigos de sempre, Encarna e Jaume com o irmão caçula de Jaume e sua esposa, Encarna e Jaume com duas primas de Encarna, Encarna e Jaume com uma vizinha de Rosalia que Encarna amava como uma mãe... Os últimos foram Encarna e Jaume com Natàlia e Màrius. Jaume parecia aturdido e Encarna estava toda enrijecida, com o vestido de noiva estilo *Sissi: A imperatriz*, Màrius não sabia que cara fazer e virou a bochecha direita para que não se visse a espinha. Encarna se sentiu toda ofendida quando soube que

Sílvia e Lluís não viriam ao casamento, "eu cuidei do senhor Lluís como se fosse meu filho e é assim que ele me retribui...", dissera para Patrícia de manhã, que a abraçava com lágrimas nos olhos porque não podia ir ao seu casamento por culpa da diarreia, que seja muito feliz, e Patrícia a apertava com força. Encarna tivera que assoar o nariz para não se desfazer em lágrimas.

O banquete de bodas era celebrado no bar de Rosalia. Encarna e Jaume se sentavam, muito solenes, na cabeceira da mesa. Jaume era um homem esguio, de testa brilhante e pouco cabelo, vestia um conjunto cinza e um pouco lambido que ficava folgado nele. Era um homem muito tímido, de olhos pálidos, e tinha lábios cheios de suarda, que brilhavam sobretudo quando sorria. Encarna estava toda orgulhosa do vestido de musselina com mangas bufantes e decote de renda. É pouco discreta, tão velha!, Natàlia escutou ao seu lado. Encarna usava, no mínimo, três camadas de maquiagem de cor ébano com um vermelho vivo na altura das maçãs do rosto. Sob os olhos e nas pálpebras, passara uma sombra branca finalizada com um tom azulado que lhe dava o efeito de um hematoma, usava um rímel duplo nos cílios, mas alguns dos pelos grudaram no creme do rímel e pareciam uma cortina compacta. Encarna passara lápis vermelho-escuro nos lábios, dando-lhes forma de coração. Parece um palhaço, a mesma voz comentou. Rosalia e seu marido serviram a primeira parte do jantar e a sobrinha, a segunda. Dizem que gastou quase todas as economias com aquele vestido, Natàlia se virou para ver quem dizia aquilo, viu uma mulher gorda e com cara de homem que falava com outra baixinha e de rosto pálido. Não é para ela, a de rosto pálido disse, ela se excedeu, acrescentou a que tinha cara de homem. Serviram pão com tomate e carne, um quarto de frango para cada um, batatas fritas, tomate com azeitonas e muita sangria. Convidavam para beber todos os clientes que entravam, mas, por fim, como entrava cada vez mais gente, abaixaram a porta de ferro.

Todos eram andaluzes, menos Jaume e seu tio, que eram de Múrcia, mas falavam catalão, um casal aragonês e Natàlia e Màrius. Rosalia era uma mulher baixa e grande, com a cara de lua e nariz repuxado, os olhos pequenos de furão e cheios de vivacidade. Tinha peitos maiores que Encarna e exibia um decote resplandecente. Costumava dizer que falava com bom senso e gostava de dar a última palavra. Rosalia distribuíra as pessoas ao longo da mesa posta. Seu marido era baixo e esquálido, suas mãos tremiam e tartamudeava ao falar porque uma parte do seu cérebro tinha sido esmagada quando caiu de um andaime. Sentava-se em um canto com a bituca pendurada nos lábios entreabertos, o hálito do marido de Rosalia fede, a moça do rosto pálido disse. Quando havia mais alvoroço, o homem de Rosalia ficava bem no meio, fazia uns bons passos de flamenco, batia palmas, gritava olé!, e voltava a se sentar sem dar mais nem um pio. Rosalia, que logo ficou bêbada, chamava, vem, vem, maridinho! Sim, agora você o chama, sua terrível, dizia a mulher gorda e com cara de homem, mas depois o trata como um trouxa! O marido de Rosalia corria para o lado da mulher como um pássaro no ninho.

Como não cabiam todos os convidados, colocaram uma outra mesa, tão comprida quanto a primeira. As duas mesas foram postas com toalhas brancas de tergal e finalizadas com uma renda preta feita com ponto perlê. As jarras de sangria passavam de mão em mão e, à medida que as pessoas se animavam, Encarna franzia o nariz e a sobrancelha. Uma das presilhas da coxa se soltara e pinçava sua carne. Jaume lhe dizia alguma coisa no ouvido e ela respondia que não. Jaume suava, estava com o cabelo ensopado e grudado na nuca. Tinha um olhar de cachorro perdido em meio a tanta agitação. Alguém começou a gritar, *¡vivan los novios!*, e um rapazinho, que estava mais para lá que para cá, bradava sem parar, *¡que se besen el pico!** E uma outra vez, *¡vivan los novios!*. Todos riam sem parar. Alguém, da ponta da mesa, respondia, *¡y los matrimonios!*.** Uma aragonesa, rechonchuda, olhos adornados com sombra azul, começou a cantar jotas enquanto movia suas carnes. Um rapaz fez Jaume se levantar, esticou a ponta de sua gravata enquanto a cortava com a tesoura da cozinha. *¡No le dejes impotente!*,*** Rosalia gritou. *¡Que esta noche tiene trabajo!*,**** a mulher que tinha cara de homem acrescentou. Enquanto cortavam sua gravata, alguém fotografava a cena. Màrius tapava a espinha da bochecha e não dizia nada. Você viu?, dizia a moça do rosto pálido, a Encarna está com as unhas pintadas como a moça de *Cabaret*. Natàlia se aproximou de Màrius, você está entediado? Não, o rapaz respondeu, isso é um documento humano. Natàlia sorriu, ainda olha para a vida como se fosse "um documento humano", pensou. Um homem baixo e feio acompanhava com o violão a mulher que cantava jotas. Màrius fechou os olhos. No que está pensando?, Natàlia perguntou. Em nada... Talvez pense em Rimbaud, ou na *Ofélia* de Everett Millais. Não gosta do bafo dos pobres. Natàlia se lembrou de quando andava com Emilio pelos bairros operários para ver as peças populares do amigo que fazia teatro, o mesmo cheiro de miséria, o odor fétido de ar quente, a umidade que gotejava das paredes, as baforadas de vinho barato, o bafo de alhos... O cheiro dos pobres, sempre o mesmo, Natàlia pensava, nunca vou me acostumar, dissera para Emilio uma noite. Nunca se acostumara, era certo, fora do país só conhecera desarraigados como ela, gente perdida que fugia de cidades afundadas, gente que não aceitava, que não penetrava no cheiro

* Que se beijem na boca!

** E os casais!

*** Não o deixe impotente!

**** Pois vai ter trabalho esta noite!

dos pobres, que os cheirava através de vidros desinfetados e que esgrimia teorias para salvar os filhos dos pobres desse cheiro, cheiro de séculos. Uma menina vesga de uns doze anos, que talvez fosse filha da aragonesa e do homem que arranhava o violão, dançava no meio da sala. Também fotografaram essa cena. A menina tinha os seios tão pequenos como duas azeitonas e remexia a bunda como se tivesse trinta anos. É fantástico, Natàlia pensou, ainda não faz uma semana desde que voltei e já não me lembro dos anos em que estive fora. Parece que nada mudara. *¡Mira cómo la mira, el muy sinvergüenza!*,* a moça do rosto pálido falava agora da aragonesa e de um homem grande e ruivo, a cara manchada de varíola, que não deixava a aragonesa em paz. O homem fumava um charuto cubano e de vez em quando o deixava ao lado da orelha, e sorria com cara de bobalhão. A aragonesa desapareceu de repente, mas não demorou muito para voltar. Entrou fantasiada com o pijama do marido, um chapéu de *bailaor* enfiado na cabeça, uma capa de toureiro e uma meia sete oitavos na cara. A aragonesa comandava a animação, metia-se com todo mundo, seu marido já não arranhava o violão, mas batia palmas. Fotografaram a cena da aragonesa com a meia na cara e seu homem que batia palmas. Também batia palmas um homem de pele leitosa e nariz de águia que estava junto a Rosalia. Rosalia fumava com uma boquilha que imitava marfim e fazia caretas com os lábios e com a língua. Olha só, a mulher com cara de homem disse, pensa que é como as sujeitas do *Un, dos, tres*... O que é isso *Un, dos, tres*, Natàlia perguntou, um programa que passa na tevê, Màrius respondeu. A irmã de Encarna se levantou de repente e subiu em uma cadeira. Arregaçou a saia, que baderna, disse a moça de rosto pálido, Rosalia, as saias levantadas, movia as coxas cheias de

* Olha como esse sem-vergonha olha para ela!

pneuzinhos e remexia a bunda como um barco em alto-mar e em plena tempestade. Fotografaram a cena de Rosalia enquanto remexia a bunda. Um homem de boina, a pele vermelha como um tomate, bigode grisalho e lábios tortos, gritava, *¡que se le vea la otra pata!*.* Encarna empalidecia, estava enjoada, e aquela presilha enfiada na coxa lhe dava uma dor dos demônios! O rapaz que estava de porre continuava com aquilo de *¡Vivan los novios!*, e o eco respondia, *¡que se besen el pico!* Outro, com umas costeletas compridas loiras cacheadas, tocava violão, e sua mulher, cercada de crianças, olhava-o com um ar de cachorrinho perdido. Parecia uma menina. O marido cantava *serranas*. Do outro lado, um homem de olhos pequenos e separados e nariz esmagado dava gritos nas *soleás*. Rosalia se aproximou de Natàlia, esse que canta *soleás*, então, sua mulher um dia lhe disse, vou até a casa da tintureira para engomar a colcha. E a mulher parece que foi embora porque não a viu mais, nem ela nem a colcha. Deixou-o com duas crianças, isso já faz quinze anos. O homem dos olhos separados cantava músicas contra as mulheres. Agora era a aragonesa que remexia a bunda e o homem de cara bexigosa piscava o olho para ela. O marido da aragonesa lançava um grito de vez em quando, como um uivo de animal encurralado, mas parecia de alegria, isso pela cara que fazia, e se encolhia em um canto de novo, ao lado do marido de Rosalia, que agora babava. Muitos batiam palmas, também a mulher do homem que cantava *serranas* e que estava cercada de crianças, mas ela batia palmas com um jeito triste. Os noivos não entravam na animação, mas como agora todos gritavam sem parar, *¡que se besen el pico!*, Jaume agarrou Encarna bruscamente e a cingiu bem forte. A aragonesa mostrava uma banana aos assistentes e todos riram. Mas eis que o beijo de Jaume

* Mostra a outra pata!

durou bastante tempo, tanto que os outros pararam de brincadeira e olharam em silêncio. Fizeram uma fotografia da cena dos noivos que se beijavam e outra dos que observavam. O homem da cara bexigosa, a aragonesa, seu marido, o homem dos olhos separados, a moça do jeito triste, a mulher com cara de homem, o homem dos lábios tortos, o de pele leitosa, o marido de Rosalia, a menina dos seios como duas azeitonas, a garota do rosto pálido, o rapaz de porre, o homem que cantava *serranas*, as crianças, Rosalia, a sobrinha de Rosalia, todos olhavam com solenidade e respeito como os noivos se beijavam. Natàlia e Màrius também olhavam como os noivos se beijavam e, ao mesmo tempo, olhavam os que olhavam como os noivos se beijavam.

Por fim, todo mundo aplaudiu e o rebuliço continuou. Rosalia chamou sua sobrinha e as duas entraram na pequena cozinha do bar. Saíram depois de um tempo com um presente para os noivos: uma linguiça crua com um ovo de cada lado. A gritaria foi geral, os aplausos se confundiam com os uuuuuhhhhh!, bater de palmas e de pés, choradeiras de crianças, o violão arranhado, o tilintar dos copos e das jarras de sangria e os cantos do homem das *serranas* e o das *soleás*. Rosalia exibia uma xícara de café em cima das peitolas, vejam, vejam, não cai, e remexia os melões. Jaume iniciou um esboço de sorriso ao ver o prato com a linguiça e os ovos e Encarna fingiu que estava envergonhada. A última fotografia que fizeram foi a dos noivos que voltavam a se abraçar enquanto o amante da aragonesa chacoalhava a linguiça à sua frente.

No começo, tudo que havia no novo apartamento de Lluís e Sílvia era uma beleza. Uns decoradores que trabalhavam para Lluís Miralpeix fizeram o design dos móveis da sala de estar, discutiram longamente como os espaços deviam ser preenchidos. Todos os objetos foram pensados com meticulosidade, e Sílvia teve de insistir para que lhe deixassem conservar a coleção de corujas que começara no apartamento no Guinardó! Lluís cobriu as paredes com pinturas cubistas, linhas geométricas e cores frias, e deixou apenas a biblioteca com um estilo clássico. Os isqueiros, as luzes, as mesas e as prateleiras, tudo era de design especial. Lluís foi um dos primeiros a usar tons claros e arte supostamente pobre no duplex da rua de Calvet antes que os pufes de espuma substituíssem os sofás, e as prateleiras em gesso, as estantes de pinheiro, em muitos apartamentos da burguesia ilustrada barcelonesa. Depois, os objetos se deterioraram e Sílvia foi a Vinçon e encomendou outros novos. Os isqueiros de vidro lascavam e Sílvia comprava outros, as cortinas japonesas importadas desfiavam e

Sílvia se esforçava para encontrar outras que fossem iguais. Lluís queria uma casa limpa, uma casa sempre pronta para ser fotografada em uma revista de decoração, como ele dizia. E mostrava, satisfeito, as novas estantes de tubos metálicos que deveriam substituir as pesadas peças de nogueira do pai. Mas havia coisas que Lluís não notava: pequenas rachaduras nos vidros, cantos desconjuntados, buracos nas partes baixas das paredes, tubulações que não funcionavam, o veludo deteriorado nos pufes, capachos estropiados, colchas esgarçadas. O que Sílvia fazia era disfarçar os buracos e os rasgos, as barras desfeitas e os vidros rachados; não consertava, mas dava um jeito para que Lluís não visse nada. Sílvia foi se descuidando, só se preocupava com duas coisas: a cozinha e seu corpo. Era preciso manter a casa, reduto do amor perdido, com uma aparência impecável. Só quero, dizia, que haja paz em casa. Lluís tinha muito trabalho e a bricolagem não era de seu feitio. Sílvia sabia disso muito bem.

Mas todo sábado, ao fim do almoço, Sílvia arrumava a casa mais que o necessário, buscava deixar os vidros limpos, que os pufes da sala de estar estivessem bem colocados, que não houvesse nem um cisco nas prateleiras em gesso, nem papéis demais no local das revistas, limpava todos os cinzeiros e engomava o paninho que havia em cima do piano de Judit. Sábado era o dia em que vinham as amigas do colégio, e por isso iam juntas à mesma academia, Teresa, Dolors e Merche. Sílvia se comprazia que suas amigas admirassem o gosto de seu apartamento, você tem uns objetos tão modernos!, Teresa dizia, e originais, Dolors acrescentava enquanto percorria com o dedo as peças de roupa que havia no duplex. Era uma mania da Dolors: conhecer todo tipo de tecidos apenas pelo tato. Não, não me diga, exclamava antes que outra lhe dissesse, isso é cânhamo, não?, pois é linho!, dizia triunfalmente. E esse outro, continuava, é cetim. Merche entrava na cozinha e cheirava a comida, Sílvia, querida!, então você está fazendo bolo? Todas as quatro se amontoavam na frente do forno alto, vamos curtir muito!, Teresa exclamava, toda contente. Naquele sábado, o mesmo dia em que Encarna se casava, deviam vir as amigas com os maridos. Lluís se dava muito bem com Tomàs Renau e, sobretudo, com Ramon, o marido de Merche. Haveria um jogo de futebol do Barça contra o Bilbao e ficaram de se encontrar na casa dos Miralpeix para irem juntos. Enquanto isso, as mulheres teriam um chá de tupperware. Merche, que sorte, conseguira que seu marido a deixasse apresentar tupperware pelas casas, os famosos potes de plástico que não eram vendidos nas lojas. Merche dissera a Sílvia, podemos fazer na sua casa, é tão confortável! Você prepara o lanche e, se as outras comprarem, a casa tupperware te dará um presente. Sílvia lhe disse que sim, mas quando falou com Lluís, ele respondeu, que bobagem, as mulheres não sabem o que inventar para se distraírem. De toda forma, como era dia de futebol e Ramon e os outros viriam, acabou por dizer, faça o que quiser.

Primeiro chegaram Dolors e o marido, Albert Mateu, um gerente-geral da empresa Roca. Sílvia mostrou a Dolors uma peça de lingerie que comprara por uma bagatela na promoção, Dolors a tocou, apalpou a peça com a mão, acariciou-a com os dedos, por fim disse, roupa fina, e não foi nada cara, Sílvia concluiu toda orgulhosa. Enfim, Sílvia levou Dolors à cozinha e a fez sentir o cheiro dos bolinhos com creme que assavam no forno, como gosto do cheiro de açúcar queimado, Dolors disse, enquanto isso, Lluís conversava com Mateu, mostrava-lhe o último catálogo de carros esportivos, que acha do Jensen Healey, hein? Mateu não pensou muito, motor potente, suspensão correta, cilindragem razoável, excelente aquisição, rapaz!, e Mateu lhe deu um tapinha nas costas, meu pai, Mateu continuou, teve um Jensen 541, com carroceria de fibra de vidro. Naquela época, era todo um luxo. O que Mateu não dizia, mas que Lluís nunca esquecia, é que seu pai tinha sido chofer e o Jensen 541 pertencia, na realidade, a um conhecido industrial da cidade. Mateu era tão orgulhoso de ter subido tanto, gerente-geral da Roca, um Seat 431, casa em Pineda, quem poderia reconhecer, agora, um filho de chofer? É que os carros ingleses são muito mais senhoriais, Lluís dizia, os da casa Jensen foram os primeiros a chegar à velocidade de cento e oitenta por hora. Todo um prodígio. Dolors contava para Sílvia, sabe o que o Albert vai me dar de presente pelo nosso aniversário? Não... Um cruzeiro, veja, um cruzeiro pelas ilhas gregas, não é um sonho? Fantástico, Sílvia disse, você vai conhecer a Grécia. Tocaram a campainha, eram Merche e Ramon com Teresa, que vinha sozinha. Tomàs está em Málaga, sabem, parece que foi como diretor da Caixa.

Os homens se recostaram nas poltronas de couro do escritório, tomavam café com conhaque Torres dez anos. Fumavam charutos cubanos. Falavam da crise de energia, da jogada que os mouros faziam no mundo do capital. Como vamos fazer sem petróleo?, não venham me dizer que vamos ter que apertar o cinto. Não se preocupem, Mateu dizia, há reservas de sobra. Temos o petróleo da Venezuela, Lluís falava, sim, Mateu respondia, mas nacionalizado. Quer dizer que não é uma jogada dos russos no fim das contas?, com certeza que combinaram com os muçulmanos para encher o saco dos americanos, Ramon comentou. Tudo poderia acontecer... Merche desembalara os potes de plástico e os colocava em cima da mesinha de vidro, na sala de estar. Tomavam chá com limão, exceto Dolors, que pediu o dela com leite desnatado. Querem chá ou café, Sílvia perguntou para os homens, queremos café, Lluís disse, e conhaque!, os outros protestaram. E um puro, né?, Lluís falou e tirou de uma gaveta da mesa de nogueira uma caixa de Montecristo. Sílvia, enquanto servia o chá, cochichou, quando eles forem embora, trarei os bolinhos. Todas riram, contentes de serem cúmplices. Do que estão rindo?, Ramon falou do escritório, já que a porta ficara aberta. Nada, coisas de mulheres... Merche, então, tirara os potes de plástico de uma mala de pele que tinha ondulações lilás, que mala bonita, Sílvia admirou, comprada na Itália, Merche disse, não é imitação, não, é pele de verdade. Vi uma igual na Loewe, Teresa disse. Sim, mas não são de verdade, já as vi na vitrine.

Vejam, Merche falou, há diversos tamanhos... é que Rexach sempre joga fora do esquema, Mateu dizia, é um preguiçoso, Ramon opinou, não, não é um preguiçoso, Mateu respondeu, o que acontece é que tem medo, e isso que tem boas pernas, Lluís falou, gosto mais das do Cholo, você quis dizer as do Sotil?, Ramon perguntou, sim, sabem o que me disseram?, Lluís disse, que vivia em um apartamento em Pedralbes, daqueles que valem milhões e que ele comia no chão com a família, não entendo, Ramon disse, esse aí podia viver no bem-bom..., vejam, Merche mostrou, o tamanho grande pode servir para salada, ou para legumes, ou pelo menos um quilo de carne, filha, Dolors disse, acho que são potes normais, como os que se pode encontrar no supermercado, sim, mas a graça é que tudo pode ser conservado por muito mais tempo, melhor que qualquer um que você possa encontrar. Por uma semana, quinze dias, quanto quiser. O jeito é fechar bem para baixo a aba que sai da tampa e, por fim, abrir de novo apenas um buraquinho de nada para o ar escapar, estão vendo?, assim, é preciso apertar o centro da tampa. Sem ar dentro, a comida dura mais. Se os alimentos ficarem mais de quinze dias, vão estragar, Dolors insistiu, ai, garota, que besteira, Merche falou, não está me ouvindo? Teresa se sentara em um tamborete forrado de couro, com os braços cruzados em cima do peito e as pernas para dentro. Dolors se deitara no chão, em cima do tapete, e fumava sem parar. Sílvia já tivera o cuidado de colocar o cinzeiro de cerâmica maior ao lado de Dolors. Dolors usava uma saia que chegava até a metade das pernas, de pele de antílope, e umas botas que combinavam com o cinza da saia. Maquiara os olhos com uma linha preta finíssima e uma sombra verde-clara. Merche, a mais descolada, usava cílios postiços que meneava com uma candorosa mistura de astúcia com ingenuidade. Dolors sentia muito orgulho do marido, é um gênio, afirmava, fez tudo sozinho. Todas as quatro tinham conseguido que seus respectivos maridos fossem amigos, assim poderiam manter a amizade do colégio de freiras. Lluís fez o projeto das casas dos Mateu e dos Renau em Pineda e Tomàs lhes facilitara créditos do banco.

Albert Mateu vestia um suéter bege e uma calça de veludo cotelê mais escura, Lluís, um suéter quadriculado como os dos anos 50, as mulheres compravam juntas as roupas dos homens e assim aproveitavam para lanchar fora. Teresa, que se sentava mais próxima dos homens, escutava todas as conversas e ria das piadas de Ramon. Merche dizia, também há menores, servem para queijo ralado. Dolors disse para Sílvia em voz muito baixa que era melhor ter os homens em presença do que lá fora, as duas riram enquanto davam uma olhada em Teresa, que escutava as explicações de Merche de como guardar a maionese sem que estragasse, e se puserem a carne no congelador, pode durar mais de quinze dias, Merche dizia observando Dolors, que ria, quer dizer que são melhores perto do que longe?, Sílvia piscou o olho para Teresa e Dolors, que miserável!, eu, com o homem fora de casa, estou bem feliz, disse Teresa, que escutara tudo, você não tem problema, Sílvia disse. Bem, vão me escutar ou o quê, gritou Merche, que começava a se irritar. Ai, filha, perdão, todas as três disseram e voltaram a contemplar os potes de plástico, esses redondos são para caldo. Teresa disse, é que vocês passam o dia reclamando. Teresa tinha pele branca como algodão, um pouco flácida, e as mãos transparentes como de lâmpada, a questão é ter um homem ao lado, dizia, com os olhos úmidos, vocês veem muito os seus? Merche começava a ficar com as veias do pescoço rígidas, vocês estão me deixando histérica, filhas, o tupperware é melhor que papel-alumínio, mais prático, mais barato a longo prazo, e serve para líquidos e tudo mais, deixe-os, agora Sílvia dizia, o dia inteiro ficam fora de casa. Nós que temos que levar as crianças de um lado para outro, Teresa falou. Escute, Sílvia perguntou a Dolors, você se lembra de como se faz couve recheada? Por que quer saber? Minha cunhada voltou e queria fazer um dia para ela, aquela perdida voltou?, Teresa disse, não é perdida, Sílvia a defendeu, é diferente. Merche disse para Teresa, escuto os gritos das crianças dentro dos tímpanos das orelhas, passo o dia limpando catotas e mijo, mas você não tem uma baby-sitter?, Teresa quis saber, sim, garota, mas eu sou a mãe... Se eu fosse você, deixava-os na creche. É que o Ramon não quer. Diz que as crianças precisam estar com a mãe, eu também acredito nisso, Teresa falou. Pois eu gostaria de trabalhar, Sílvia disse para Dolors, faça como eu, Merche a escutara, eu me divirto muito com isso de apresentar os tupperwares, lanches de graça e uma vida se relacionando com pessoas. Merche se dirigiu a todas, e agora façam-me o favor de dizer com qual vocês querem ficar, se não, vão me deixar sem comissão e a Sílvia sem presente. Dolors escolheu um par de cada tamanho — pensava em dar alguns de presente para sua mãe, que estava cada dia mais moderna — e Teresa quatro pequenos, que avarenta, Merche disse em voz baixa. Então, meu marido, Sílvia voltou a falar, não me deixa trabalhar. O meu também não, Teresa falou, não é que me diga não, só faz uma resistência passiva. Merche, posso dizer uma coisa?, a última vez que fiquei em casa foi porque fui ver o Bogart em *Casablanca* pela tevê. Aquilo de *oye, nena no te muevas...** não acham que meu Ramon se parece com Humphrey Bogart? Ainda mais quando torce os lábios para a esquerda. *De ilusión también se vive*, Sílvia disse. Todas caíram na risada.

Os homens, na hora do futebol, foram embora. Mateu, da porta, dirigiu-se a Teresa, você está cada dia mais *linda*, nota-se que o marido está fora, Dolors falou baixinho para Sílvia. Sílvia fechou a porta devagar, esperou um pouco e, quando escutou o zunido do elevador para baixo, deu um grito, agora já estamos sozinhas! Viva!, as outras gritaram. Traga os bolinhos, Dolors mandou. Sílvia foi à cozinha e os dispôs, todos enfileirados, em cima de uma bandeja ovalada. Ah, como você é maldosa, Merche falou fazendo uma careta, deixou os homens sem doces. Vamos, não seja hipócrita, Teresa falou. Dolors perguntou, quer que eu pegue o xerez seco?, e também o conhaque, Sílvia recomendou, hoje vamos encher a cara, Merche exclamou com um grito elétrico, vamos!, Teresa a acompanhou batendo palmas. Todas as quatro, ao redor da mesinha de vidro, começaram a comer. Morro pela boca quando se trata de doce, Sílvia disse, com os lábios cheios de creme. Deixaram os potes de plástico em um canto, a mala meio aberta e os papéis no chão. Estavam ajoelhadas e pegavam os bolinhos sem parar, adoro creme, Dolors falou, com a boca cheia. As garrafas, no chão, esvaziavam. Teresa já estava na quarta taça de xerez, gulosa, gulosa, Teresa disse para Sílvia, e você, o quê?, bêbada, bêbada. Esse xerez é bom, Merche disse, diga *sherry*, como os ingleses, Dolors avisou, é mais fino. Com a boca dormente, Teresa falou, se digo *sherry* é por que estamos em uma *party*, não é? Mais ou menos, Sílvia discorreu, somos europeus,

* Ei, garota, não se mexa...

Lluís diz, não é?, Merche riu. Viva a Europa!, Sílvia brandiu os braços como se dançasse a morte do cisne. Vocês são umas esnobes, Dolors opinou, ela via estrelas, ai, estou enjoada, Merche exclamou, pois você é muito fraca, Dolors disse. A garrafa de xerez já estava pela metade, Teresa, Merche e Dolors preferiam o xerez, Sílvia, o conhaque. Vejam, faço gargarejo, Sílvia berrou, e não queima sua garganta?, Teresa perguntou, gosto do conhaque, Sílvia passava a língua pelos lábios, bebida de homens, como se diz na tevê, Dolors lembrou. O líquido das garrafas esvaziava cada vez mais depressa, estavam com as bochechas vermelhas como brasa, ai, estou sentindo uma onda de calor!, Sílvia gritou, e tirou o suéter de gola rulê, garota, que ideia, Dolors disse, e desabotoou a blusa e a saia. Ficou de meia-calça e sutiã. A última a tirar a roupa de cima foi Teresa. Que conjunto mais bonito, Dolors falou ao ver a calcinha e o sutiã de renda preta da Sílvia, gosta? Eu adoro usar roupa fina por baixo. Eu não, Teresa disse, quer dizer, tanto faz, não vai me servir de nada. Por que não jogamos alguma coisa?, Merche propôs. Ah, sim, sim, Teresa aplaudiu. Por que não brincamos de mímica?, Merche falou. Vamos, vamos, Dolors e Sílvia disseram ao mesmo tempo. Quem começa? A Sílvia, Dolors disse. Por que eu? Porque está na sua casa... E quem preparou os bolinhos para vocês, hein? Você é uma atrevida, Dolors. Bem, não briguem, Teresa conciliou, vamos contar para ver de quem é a vez. Uni, duni, tê... É a vez da Merche, não vale!, sim, sim, contamos, garota! Merche, por fim, se retirou. Demorou um tempo, como essa aí pensa. Ei!, não rumine tanto, parece uma vaca, Dolors gritou. Enquanto ela pensava, as outras cochichavam e morriam de rir. Merche entrou e todas as três a rodearam, Merche se ajoelhou no chão, virou os olhos para cima e juntou as mãos como se rezasse, um anacoreta!, Sílvia disse, Merche fez que não, um santo, Merche virou a cabeça, uma santa?, Merche fez que sim, qual santa?, Merche ergueu os ombros e construiu um círculo em cima da cabeça, muito santa, Merche brandiu a mão, bem, Dolors disse, é uma santa, muito santa, uma santa que reza, santa Maria Goretti!, Teresa a interrompeu, mas Merche fazia que não com a cabeça, se não é a santa Maria Goretti, talvez a santa Gemma Galgani, Merche fez que tampouco com a cabeça, ah!, já sei, Sílvia gritou batendo palmas, santa Eulália!, Merche dizia que sim, ufa!, santa Eulália, Teresa comentou, do que você se queixa?, Merche lhe disse, era fácil... Agora você sai, Sílvia, pois você adivinhou. Já pensei sobre, não preciso sair, pois, se eu for, vão falar mal de mim. Ai, filha, que desconfiada!, Dolors disse. Sílvia se curvou toda, como se fosse muito corcunda. *El jorobado de Notre Dame!*,* Dolors disse, Sílvia negou, é uma pessoa corcunda, não é?, também poderia ser um camelo... Sílvia dizia que não. Então, uma pessoa corcunda, quem poderia ser? Todas as três ruminavam, ai, não lembro de ninguém, quem pode ser?, Teresa falava, e Sílvia se matava de rir. Sílvia mostrava que tinha bigode porque apontava para cima do lábio superior e desenhava uns pelos que despontavam bastante. Uma pessoa corcunda que tem bigode? Sílvia ficou plantada na frente da Teresa e lhe deu um par de bofetadas, ai, está me machucando! Sílvia virava os olhos para cima e mexia muito as mãos, o que você está fazendo agora? Parece estar rezando o rosário, Merche disse. Teresa e Dolors ao mesmo tempo, a madre Rosario? Sílvia fez que sim. Tinham esvaziado as duas garrafas, a de xerez e a de conhaque, seus olhos brilhavam e se abriam cada vez mais. Agora, Dolors propôs, poderíamos fazer a pantomima de quando queriam queimar as mãos da Sílvia, lembram disso? Merche e Teresa dis-

* O corcunda de Notre Dame!

seram que sim, claro, mas Sílvia gritou, não me toquem! Todas as três já tinham ido para cima dela, Sílvia quase chorava, me deixem, me deixem, mas Dolors não escutava, machucava-a, Teresa murmurou, podíamos parar com a brincadeira... Dolors falou, *yo soy la madre Asunción y tú la superiora*, Dolors foi ao quarto de Sílvia e voltou com a colcha por cima da cabeça, *Sílvia Claret, cada día vas más sucia. Di a tu mamá que si mañana no te lava el uniforme, que te vamos a quemar las manos,** Sílvia, *no por favor, no, ya no lo haré más,*** *bueno*, Dolors falava, *pues reza tres Ave Marías a la Santísima Virgen,**** Merche se fazia de mãe, diz à madre que eu limpo o uniforme quando me dá na telha, Sílvia se voltava a Dolors, *mi madre disse que me lavará el uniforme cuando le dé la gana,***** *ah, sí*, os olhos da Dolors se umedeceram, abriu bem a boca, em uma careta, *conque sí, ¿eh?, pues te vamos a quemar las manos,****** Merche, na cozinha, abrira o forno alto e fingia que atiçava carvão. Teresa e Dolors arrastaram Sílvia, não, não, mamãe, não me deixe!, Sílvia gritava, mas as duas freiras bradavam mais, a madre superiora batia em sua boca, *calla, calla, ¡desvergonzada!,******* Sílvia, descabelada, suada, chorava, mamãe, papai!, venham, não me deixem, *habla en cristiano,******** a madre Asunción dizia, *¡mala, niña*

* Sílvia Claret, você está cada dia mais suja. Diga à sua mãe que se ela não lavar seu uniforme até amanhã, vamos queimar suas mãos.

** Não, por favor, não, não vou mais fazer isso.

*** Está bem, pois reze três ave-marias à Santíssima Virgem.

**** Minha mãe diz que lavará meu uniforme quando lhe der na telha. (Há um catalanismo na frase, *disse* onde seria *dice*.)

***** É assim, então? pois vamos queimar suas mãos.

****** Cala a boca, sem-vergonha!

******* Fale em cristão! (A sobreposição entre a língua, o espanhol, e a religião demonstra o caráter político de sua vinculação.)

mala!.* As alças do sutiã de Sílvia tinham rompido e ela estava com um peito para fora, *desvergonzada, ¡impura!*.** Merche gritava da cozinha, *¡que venga el diablo, que venga!*.*** A superiora tapava seus olhos, *Ave María Purísima, ¡desnuda!, ¡esto es un pecado mortal!, irás al infierno,**** a madre Asunción bradava, a gritaria preenchia a sala de estar e, à medida que arrastavam Sílvia, os pufes forrados de veludo se mexiam de um canto para o outro. A madre superiora quebrou um cinzeiro de cerâmica com o pé e Sílvia se agarrou às cortinas que separavam a sala de estar da sala de jantar até rasgar sua bainha. Entraram, por fim, na cozinha. Merche, que era a madre Sagrario, as esperava com o fogo ateado e, quando foram enfiar suas mãos dentro do forno, Dolors se transformou na madre Socorro, *pero, ¿qué le hacen a mi niña? Déjela, déjela, madre, que ella no tiene la culpa de tener una madre tan mala. Y su abuela, ¿qué?*,***** a superiora disse, *¿que las hace ir sin mangas? pero ella es un ángel, ¿verdad?*,****** a madre Socorro penteava o cabelo de Sílvia com os dedos, a segurava como se fosse um bebê, *ven, ven, ángel mío*,******* a madre Socorro beijava os lábios de Sílvia e a consolava, soltava seu sutiã arrebentado e acariciava seus seios, *pero, ¿y nosotras?*,******** a madre Sagrario falava, *y si viene el demonio vestido de hombre,*

* Menina má!

** Sem-vergonha, impura!

*** Que venha o diabo, que venha!

**** Ave Maria Puríssima, nua! Isso é um pecado mortal! Você vai para o inferno.

***** Mas o que estão fazendo com minha menina? Deixe-a em paz, madre, pois ela não tem culpa de ter uma mãe tão ruim. Mas e sua avó?

****** Que as deixa andar sem mangas? Mas ela é um anjo, verdade?

******* Venha, meu anjo.

******** Mas, e nós?

*¿qué vamos a hacer?.** Merche se fazia de demônio, com cornos e rabo e fingia uma cara arrepiante, um patife, cuspia a torto e a direito enquanto tirava Teresa para dançar, *bailaron así y el demonio disfrazado de hombre le acarició la espalda desnuda,*** o demônio soltava a blusa da garota impudica, *y se le quedará grabada la garra por los siglos de los siglos, amén. A los hombres, ovejita mía, hay que dominarlos sin que se den cuenta,**** a madre Socorro dizia, Merche beijava os seios de Teresa, *¡vete, vete, diablo, no me hagas pecar!, quiero conservar mi pureza,***** Teresa cruzava as mãos em cima do peito, mas o demônio, com cornos e rabo, lançara-se em cima da garota e a arranhava enquanto uivava. Beijava-a e lhe dava mordidas pelo corpo inteiro. Em um canto, Dolors acariciava Sílvia. De repente, Merche se levantou e disse, *niñas, niñas, ¿qué hacéis? ¡Estáis pecando!,****** e separava com fúria Dolors de Sílvia, e as duas lançavam gritos de surpresa. *Vamos a rezar en desagravio: Virgen Santa, Virgen Pura,******* todas as quatro, descabeladas e nuas, ajoelharam-se ao lado da mesinha de vidro, entre os bolinhos que restavam e as garrafas no chão. *Y por cada pecado que hemos cometido, vamos a clavar una aguja en el Sagrado Corazón de Jesús.******** Sílvia se levantou e foi à mesinha de costura. Tirou uma almofadinha em forma de coração, vermelha sangue. Cada uma cravou um alfinete nela.

* E se o demônio aparecer vestido de homem, o que vamos fazer?

** Dançaram assim e o demônio disfarçado de homem acariciou suas costas nuas.

*** E sua garra ficará gravada por todos os séculos, amém. Minha ovelhinha, é preciso dominar os homens sem que percebam.

**** Vá embora, diabo, não me faça pecar!, quero conservar minha pureza.

***** Meninas, o que estão fazendo? Vocês estão pecando!

****** Vamos rezar em desagravo: Virgem Santa, Virgem Pura.

******* E por cada pecado que cometemos, vamos cravar uma agulha no Sagrado Coração de Jesus.

Demoraram um bom tempo para se darem conta do que acontecera. Tinham deitado em cima dos pufes forrados de veludo, perdidas entre as brumas do álcool. A primeira que se levantou foi Merche, que cambaleava. Vestiu-se e foi ao banheiro. Ficou uns quinze minutos lá e não se escutava nenhum ruído. Por fim, chegou à sala de jantar o ruído de uma descarga que esvaziava e uma torneira que se abria. Foi embora sem se despedir. Enquanto isso, Teresa e Dolors tinham se levantado, apoiando-se uma na outra. Fecharam-se no banheiro de serviço, ajudaram-se a colocar os sutiãs e se vestiram. Lavaram a cara e saíram. Soltaram um tchau frouxo para Sílvia e foram embora se escorando na parede do vestíbulo. Quando Sílvia ficou sozinha, dentro do vazio da casa, lembrou que precisava se trocar para ir ao jantar do Clube de Tênis. Foi ao banheiro e abriu o chuveiro. Deixou que a água, bem quente, jorrasse por cima dela, a fumaça do vapor remontava e ela quase se escaldava. Esfregou o corpo com a esponja, mas achou que era macia demais e pegou a pedra-pomes. Passou sabão por todo o corpo e, no fim, friccionou com a pedra-pomes. Esfregou-se com tanta força que seu corpo ficou vermelho assado. Assim, bem limpa, disse a si mesma.

Natàlia e Màrius foram embora quando a festa ainda não tinha acabado. O marido de Rosalia abaixou a porta de ferro atrás deles e os dois escutaram o alvoroço de dentro do bar ainda por um bom tempo. Chovera lá fora, as ruas estavam molhadas, as varandas gotejavam e os troncos das árvores estavam escuros com a chuva recente. Natàlia e Màrius caminharam um trecho até a parada de ônibus, Màrius com as mãos nos bolsos e os ombros um pouco encolhidos. Natàlia usava um conjunto de veludo, calça e jaqueta, e cruzava os braços sob o peito, a bolsa ia para a frente e para trás, no mesmo ritmo de seu passo. Que achou do casamento da Encarna?, Natàlia perguntou, mas Màrius não disse nada, apenas um início de sorriso em seu rosto moreno e nos lábios cor de morango. Ainda caminharam por um bom tempo sem falar nada e Natàlia se lembrou dos longos silêncios de Jimmy, quando passeavam na alvorada, na margem do Avon, e os sapatos ficavam molhados com o orvalho e os rostos com a gelidez da aurora. O ônibus não demorou muito para chegar e, durante o trajeto, Màrius não dirigiu nem uma palavra a Natàlia, apenas sorria quando ela dizia alguma coisa. Por que não me leva para algum lugar?, ela disse por fim. Aonde você quer ir? Não sei… me leve para escutar música. Màrius não respondeu, mas, quando desceram do ônibus, Natàlia o seguiu. Vamos por aqui, Màrius falou, e Natàlia atrás. Desceram pelas escadas do metrô e Màrius nada, rude, entraram no último vagão, que estava quase vazio naquela hora tardia do sábado à noite, e saíram na Plaça de l'Àngel. Adentraram pela rua de la Princesa, molhada e escura, e depois pela de Montcada, não é aqui que fica o museu Picasso?, Màrius disse que sim, a rua de Montcada era estreita, sombria entre os palácios majestosos que guardavam o silêncio de séculos. A pátina da história e da vida cotidiana cobrira os palácios de uma umidade esverdeada. Um gato preto escapou por um dos pórticos. Deram a volta por Santa Maria, não se escutava nenhum barulho além das gotas que desciam das varandas e algum passo distante que fazia eco dentro do silêncio da rua. Passaram pela frente de uma praça aberta, como um descampado, que servia de estacionamento de carros, "na fossa das amoreiras não se enterra nenhum traidor…", Natàlia disse. O que você disse?, Màrius falou, nada, estava recitando um verso que seu avô lia para mim. Sabe quem é o Pitarra?, Màrius disse que não. Natàlia pensou que o bairro de Santa Maria não mudara, postes de luz amortecida, paredes úmidas, fedor de ar parado, silêncio e eco de passos mortiços, a sombra da igreja que se refletia como um fantasma à espreita, varandas fechadas com algum gerânio murcho, roupa estendida na rua de Sombrerers. De vez em quando, um trecho de parede em ruínas deixava ver pinturas murais desprendidas ou a forma de uma escada desenhada entre duas casas. É um bairro decrépito e teatral, parece que as casas são cenografias prestes a serem levadas para outro palco, Natàlia pensou. Passaram pela frente da igreja e entraram em uma rua que dava para a de Montcada, por que demos essa volta?, Natàlia perguntou, porque é um rito, Màrius respondeu, este bairro me dá um frio na barriga, como se tivesse vivido aqui em outra época. Natàlia riu, quem sabe, talvez em uma das suas reencarnações... Màrius a olhou com os olhos de Judit, não ria, tenho certeza de que vivi muitos anos atrás nesta parte da cidade. Meu pai, Natàlia disse, me contava que os pais da mãe dele, ou seja, seus bisavós, viveram a vida toda neste bairro... Viu só?, Màrius falou, triunfante. Na metade da rua, havia uma entrada com um letreiro muito grande que anunciava, com letras modernistas, uns antigos armazéns de tecido. Estamos diante da Barcelona dos nossos antepassados, Natàlia contou, os que pensaram que faziam uma Barcelona grande, uma cidade importante! Os dois riram. O saguão dos antigos armazéns era hoje uma sala enorme e cheia de correntes de ar, as paredes desbotadas e o ambiente, desconjuntado, era separado de outro ambiente por grossas cortinas de veludo. O teto era de madeira trabalhada e também as cornijas e as molduras que havia em cada canto do teto. Um biombo dividia o amplo saguão em duas partes e uma estava toda cheia de espelhos modernistas com molduras douradas. O azulejo do chão fazia um desenho em forma de guirlandas de flores, mas de uma cor pálida; as pisadas e a passagem do tempo tinham atravessado aquele espaço. Do outro lado das cortinas de veludo, cor vermelha da Inglaterra, havia bancadas de antigos armazéns de fiação que hoje serviam como balcões do bar. Chegavam sons de um violão, e Natàlia e Màrius entraram. Ao lado do balcão, um tabique de madeira de pinheiro indicava o antigo escritório do armazém. Agora servia para guardar as garrafas vazias. Natàlia disse para Màrius, nossos avós deviam ter um armazém como esse... A sala estava toda cheia de mesas de bar cercadas de poltronas de imitação de couro, de plástico canelado e compradas de segunda mão. Havia muita gente lá, dentro da sala, quase todos eram garotos e garotas muito jovens que preenchiam o cômodo com brumas de fumaça e que escutavam em silêncio quando o garoto do palco começava a tocar as primeiras notas do violão. Os garotos e as garotas "e alguma velha como eu" usavam roupas de cores chamativas, saias longas, botas de camurça, lenços de cores vivas, jeans sem barra e de fundos desgastados, coletes de antigos conjuntos masculinos... Os tataranetos do senhor Esteve, Natàlia pensou, e também não devem saber quem era Rusiñol... Natàlia olhou para aquilo da mesma forma como olhara para a explosão da juventude inglesa: de fora. Frequentemente tinha a sensação de que chegara tarde em tudo e voltou a senti-la ao entrar nessa sala. Sergio, que lhe propusera irem juntos à América Latina para se envolverem com a guerrilha e ela se recusara, disse-lhe: você olha tudo como um espetáculo. Talvez por isso escolhera a fotografia? Natàlia às vezes pensava que ela não era nada além de uma coruja da história, tudo passa pela sua frente e você apenas olha, Sergio lhe dissera. E o que ela queria era caçar a imagem precisa no ar, deter o tempo que transcorria irremediavelmente. Talvez por isso eu queira tirar fotografias, dizia-se, porque é uma forma de violar o tempo e não permitir que ele te viole. Espectadora de tudo, sentia agora, nessa sala cheia de garotas e garotos coloridos, o mesmo gosto de distanciamento que notara diante da prisão Model de Barcelona, quando se misturava com as ciganas que levavam pacotes para os presos. No palco, havia um garoto pálido e de aspecto frágil, o cabelo preto e brilhante como a plumagem de um corvo e que tocava o violão, acariciando-o, como se fosse uma mulher e ele fizesse amor com ela. Natàlia e Màrius sentaram-se em um canto escuro, diante de uma mesa onde havia um abajur vermelho de tecido plissado com um suporte de madeira; Natàlia pensou que o garoto que tocava o violão parecia irreal, as mãos pálidas e belas. Notava-se o azul das veias sob seu pescoço, tão lívido. É um grande músico, Màrius disse, chama-se Toti Soler. Natàlia pediu ao garçom, que se aproximara, uma vodca com laranja e Màrius um copo de vinho. Màrius fechou os olhos e acompanhava a música com a cabeça enquanto tamborilava em cima da perna. Natàlia olhou os lábios cor de morango de Màrius e seu cabelo bagunçado e brilhante como azeviche. É belo... pensou. Màrius percebeu que Natàlia o olhava e apoiou a bochecha direita em cima da palma da mão, bem onde estava a espinha de pus que arrebentara e lhe deixara uma mancha suja. Natàlia lhe ofereceu um cigarro, quer um?, e Màrius disse que não.

Aproximou-se um garoto loiro de cabelo cortado em estilo pajem, um jeans descolorido com água sanitária e um agasalho de pastor turco forrado com pele de cabra. Estava com uma garota muito jovem, de olhos grandes e cabelo cacheado. A garota usava brincos bem compridos, feitos com arame e bolinhas de cores. Você tem erva?, perguntaram, e Màrius disse que não. Sentaram-se ao lado de Màrius e Natàlia. A garota dos brincos compridos era muito jovem, talvez dezessete anos?, Natàlia viu que não depilava as sobrancelhas. O garoto loiro que parecia um pajem conversava com Màrius em voz baixa. Primeiro murmuraram algumas frases soltas, depois se animaram. O garoto que tocava o violão abria a boca e mostrava os dentes. Quando toca, parece um vampiro, a garota dos brincos compridos disse a Natàlia, mas é genial.

O garoto que tinha cabelo como o de um pajem disse a Màrius, por que não vem lá em casa?, Màrius olhou para Natàlia, quem é?, é minha tia. Achava que era a Roser Roura, o garoto do cabelo de pajem disse, ah, não, Màrius falou, são muito diferentes. Minha tia é velha. Mais velha que a Roser Roura? Não, quis dizer que é velha porque parece decadente, se queixou porque lhe fiz dar uma volta por Santa Maria del Mar antes de entrar aqui. E isso que te enlouquece, o bairro, o garoto de cabelo de pajem disse. Meu pai, Màrius explicou, diz que minha tia fugiu de casa há muitos anos porque é uma idealista, diz que, na realidade, fracassou em tudo, que não sabe o que quer. Isso é uma coisa boa, não?, acho que sua tia não é como nossas mães... Sim, Màrius falou, mas se você conhecesse a Roser Roura, ia achar que minha tia é vulgar. A Roser Roura é diferente, é jovem, ainda que tenha quarenta anos. Propusera-se a viver, entende nossa linguagem e gosta dela. Minha tia vive em outra galáxia, não tenho essa impressão, pois, o garoto do cabelo de pajem opinou, olhando para Natàlia, se veste como nós, tem um aspecto agradável, parece generosa... A Roser Roura faz amor maravilhosamente, tem costas macias como seda, curva-se como um quarto de lua quando está na cama, oferece-se inteira para mim...

Cuando contemplo tu cuerpo extendido
*como un río que nunca acaba de pasar...**

o garoto do cabelo de pajem disse. Como declarou Aleixandre: amor ou destruição. E Novalis, Màrius falou, "tocamos o céu quando pousamos um dedo sobre um corpo humano...". A Roser Roura é uma mulher corajosa, Màrius disse. Você está apaixonado?, o garoto do cabelo de pajem perguntou, não sei, Màrius respondeu, mas nunca me cansaria de transar com ela. Um dia disse que não aguentava mais ficar com o marido, e agora vive e não se pergunta por quê. Minha tia, por outro lado, julga tudo... Viraram-se para olhá-la. Natàlia falava com a garota dos brincos compridos, que se chamava Lola. Lola já contara quase sua vida toda para Natàlia, era uma garota tagarela e feliz. Observaram os garotos, o Màrius é um azarado, Lola comentou, acho que nunca transou com uma mulher. Sabe?, é como o irmão mais velho, como o irmão bom.

O garoto do cabelo de pajem os levou à sua casa, na rua de Flassaders. Era um apartamento grande, com cornijas e molduras no teto branco, sem móveis. Em um quarto, por onde o ar da rua entrava, havia um aquecedor a gás e uma esteira no chão. Em um canto, um colchão de palha coberto com uma manta marroquina. Nas paredes, havia pôsteres de Jimi Hendrix e Janis Joplin pregados com quatro tachinhas, são meus mortos, o garoto do cabelo de pajem disse, olhando-os com melancolia. Tenho certeza de

* "Quando contemplo seu corpo estendido/ como um rio que nunca termina de passar..." (Versos iniciais do poema "A ti viva", de Vicente Aleixandre, no livro *La destrucción o el amor*, 1935.)

que foram assassinados, Lola comentou com Natàlia, os decadentes não suportavam que tivessem tanta vida dentro. Màrius se deitou no colchão e colocou um disco do Zappa, Zappa, o garoto do cabelo de pajem disse, há pouco tempo fez cocô no palco, todos sorriram, mas esperem, continuou, ainda não terminei: parece que desafiou o público, se havia alguém capaz de fazer uma coisa mais pirada que ele. Alguém se levantou e disse que ele era capaz de fazer cocô em cima do palco. Eu também, Zappa disse. Então, por que não faz?, o outro perguntou. Vou fazer cocô em cima do palco e, além disso, vou comer... E comeu o cocô. Não acredito, Lola disse. Pois, se você não acredita, pior para você, respondeu o garoto do cabelo de pajem, que se chamava Antoni. Se ele fez isso, muito bem, o público deve ter ficado boquiaberto, Lola comentou. Mas se há cinquenta mil pessoas fazendo cocô em cima do palco, acaba que essa ação já não tem mais sentido, Màrius falou lá do colchão. Lola se dirigiu a Natàlia, você mora com o Màrius? Não, acabei de vir da Inglaterra e estou morando com uma tia-avó do Màrius. Lola olhou para a frente, Inglaterra, disse, o país da música e da liberdade... Queria tanto ir pra lá! Então por que não vai? Não posso, a garota falou, meu pai não vai me dar permissão para tirar o passaporte. Natàlia observou Lola de perto e percebeu que era mais jovem do que parecera no bar onde a conheceu, e que tinha um rosto muito pálido com uns olhos grandes e fundos. O fato de ser tão pálida fazia com que os olhos parecessem mais profundos, como se a garota tivesse alguma doença. Era um rosto com uns traços mal-acabados, pouco refinados, como se Lola ignorasse que podia chegar a ser uma mulher muito bela. Antoni colocou uma garrafa de conhaque no centro e distribuiu copos de papel. Sinto muito, disse, mas só tenho conhaque a granel. Lola disse a Natàlia, não é um decadente? E a erva?, Antoni perguntou. Màrius deu uma olhada breve para Natàlia e disse, depois, se for o caso... Zappa fazia a guitarra dar um uivo de morte. A música ia e vinha dentro da sala, o ar se infiltrava pelos postigos desconjuntados e todos, exceto Màrius, se aproximaram do aquecedor. Havia pouca luz e a flama avermelhada do gás iluminava os rostos dentro da sombra. O cômodo estava impregnado de cheiro de gás, um odor denso e pesado. Lola dizia a Natàlia, para o meu pai, a família é sagrada, sabe? Têm seu *rollo*,* eu compreendo. Minha mãe é diarista e ele trabalha na Maquinista. O dia em que abriram um processo disciplinar contra mim no colégio, meu pai chorava e assim soubemos que ele também passou por um processo na fábrica muitos anos atrás. Tinha tanto medo que deixou de se meter com política e minha mãe não sabia de nada... Màrius disse, você já está falando demais, Lola, você conta suas histórias sempre que tem uma oportunidade. Cala a boca, Lola respondeu. Antoni, que se servia conhaque sem parar, perguntou, querem ouvir os Rolling Stones ou Blood, Sweat and Tears? Os Rolling, Màrius falou. Lola disse, e minha mãe deixou meu braço roxo de tanto apertar porque não podia suportar que meu pai chorasse... Achei que fosse de boa família, Natàlia disse. Ah, não, aqui só o Màrius é de boa família. O pai do Antoni trabalha no cais, Lola mudou de conversa, ah, como gosto dos Rolling, não acha que são demais? Lola acompanhava o ritmo com a cabeça e o corpo, o pessoal de casa é gente boa... mas não me deixavam sair quando queria e não tinha outro jeito a não ser fugir. Fugi por quatro meses. E a polícia não te procurou?, Natàlia perguntou. Uma semana, Lola respondeu, mas deixaram passar. Não vê que há cada vez mais fugas de garotas? Meu pai me disse: vou te levar para o reformatório. Sabe o que vou fazer?, Lola perguntou de súbito. Vou pedir ao Antoni que se case comigo e assim vou ser livre. A garota batia palmas enquanto

* Jeito de fazer as coisas.

os Rolling emitiam os últimos sons da guitarra. Tinham colocado a música tão alta que Natàlia a muito custo escutava Lola. Notava que sua cabeça se tornava pesada como chumbo, turvava-se com o conhaque e com a sangria que bebera no casamento de Encarna. A música parou e se escutou a sirene de um barco que saía do porto. Lola continuava, sabe o que mais gostaria nesse mundo? Natàlia falou que não sabia. De ter um filho. Gostaria de ter sete... Natàlia contemplou o rosto de Màrius, que estava dentro da escuridão, e pensou que parecia triste. Estava com os lábios cor de morango cerrados e o olhar distante, onde deve estar?, Natàlia se perguntou. Quer ir embora?, Natàlia falou para Màrius. Como quiser... Ah, que pena, Lola exclamou. Não querem um baseado?, Antoni disse. Màrius disse que não, não queria. Ainda ficaram bastante tempo ali, não falavam nada, apenas bebiam conhaque e escutavam os gemidos dos Blood, Sweat and Tears. Natàlia, de repente, ficou de bom humor e disse para Lola, você é engraçada, você quer ter filhos e nós fazíamos de tudo para não tê-los... Lola olhou para Natàlia, ah, é que vocês são da geração da pílula... Acho que a coisa mais maravilhosa da vida é isto: ter um filho, cuidar dele e amá-lo muito. Tudo que quero é ser mãe. Antoni e eu decidimos ter um filho, sabe? Agora voltei a morar com meus pais, porque estavam tão tristes que tinha receio de deixá-los. Mas você não sabe como eu era feliz quando vivia com Antoni! Ele trabalhava algumas horas no cais e eu me levantava à uma, saía para as compras, cozinhava, ele voltava e almoçávamos. Depois, até o anoitecer, escutávamos música abraçados. Éramos como uma ilha... Natàlia se lembrou de Jimmy, quando voltava furioso da Universidade, é que nossos alunos têm tudo, dizia, e não se interessam por nada. Jimmy opinava que os jovens formam uma sociedade dentro da grande sociedade, o peixe grande engole o pequeno e o pequeno nem percebe... Màrius se levantou bruscamente e disse que ia embora, ah, por quê?, Lola perguntou, porque não estou a fim de ouvir tantas bobagens. Os olhos de Lola faiscavam, o que eu disse?, falava, desolada. Antoni disse para Lola, deixa estar, ele não está a fim de companhia... Quando desceram pela escada, Natàlia escutou como Antoni dizia a Lola, vai ficar? E Lola dizia que sim.

Deixaram para trás a rua de Flassaders e voltaram a passar por Santa Maria del Mar, Natàlia pensou que os jovens também amam as ruas de Barcelona, as velhas ruas onde ela se enroscara com Emilio, quando buscavam um o corpo do outro com um desespero furtivo... Clareava, havia fiapos cinza e brancos no céu, mas, para o lado do mar, estendia-se uma faixa laranja. As varandas já não gotejavam e a cidade despertava aos poucos. Màrius caminhava depressa, Natàlia se esforçava para alcançá-lo. Por fim, sentaram-se em um banco da Plaça Palau. Pessoas com pacotes embrulhados com papel de jornal esperavam o ônibus. As últimas sombras da noite eram fisgadas pelas primeiras luzes da aurora. Os postes acesos projetavam uma luz mortiça. Passavam caminhões carregados com caixas de frutas e de legumes. Màrius estava com as bochechas vermelhas e, com os olhos úmidos, observava o infinito. Faz como a mãe, Natàlia pensou. De repente, Màrius irrompeu em choro. O que foi, por que está chorando?, perguntou. Màrius virou a cara, me deixa, disse, enquanto uma lágrima escorria por sua bochecha. Natàlia não sabia o que fazer. Se quiser, vou embora... Màrius não respondeu. Natàlia se levantou e fez que ia embora. Não, não vá embora, fique... Màrius disse. Ficaram bastante tempo sem falar nada. No fim, Màrius se levantou e tomou a direção da Rambla. Voltara com a expectativa de compreender, Natàlia se dizia, e entendo bem poucas coisas... A escuridão ia embora por trás de Montjuïc, o ar estava limpo. Os barulhos da madrugada são diferentes dos do entardecer, Natàlia pensou, são mais puros. Màrius estava com os olhos brilhantes, "como os olhos cor de esmeralda". Quando atravessaram a Via

Laietana, Màrius disse, uma vez, que misturei óleo com tabaco, óleo?, Nàtalia falou, sim, o que sai da resina do haxixe, então, uma vez que estava chapado achei que a Via Laietana era um túnel, ou, melhor dizendo, um tubo muito comprido mesmo, um tubo que nunca acabava, eu escorregava e me agachava para não cair, e vi que estávamos nos anos 40; quando me agachava, via os tornozelos das mulheres, tornozelos com meias-calças claras, tornozelos rosados… Por que você não quis fumar na casa do Antoni?, Natàlia quis saber. Porque não sabia o que você pensaria… Escute, como você me vê? Não sei, me deixa desconcertado. Você tem a mesma idade que a minha mãe… Minha mãe se queixa todo dia, fala como nas novelas do rádio. Meu pai é um cínico. Màrius se calou por um momento. Logo vou vazar, voltou a dizer, vou fazer como você, vou embora pra bem longe, não gosto dessa cidade. É como se ela afundasse aos poucos… Natàlia disse: eu também achava que essa cidade afundava, mas lá fora compreendi que carregamos a cidade dentro de nós. Màrius não disse nada. De repente, perguntou com voz mais normal, quem era Julián Grimau? Por que me pergunta? Porque no colégio distribuíram panfletos sobre aquilo do Puig Antich e falavam de alguém que se chamava Grimau. Natàlia pensou, quantas coisas nesses anos! Grimau era um líder comunista que assassinaram no ano seguinte ao que fui embora, na primavera. Você foi embora no ano da neve em Barcelona?, Màrius perguntou. Sim, no ano da neve em Barcelona. E no ano das enchentes, acrescentou. Quer saber uma coisa?, Màrius falou, pois este país me dá nojo. Também me dava, Natàlia disse, e voltei. Eu não teria voltado… Mas é que eu descobri, Natàlia esclareceu, um belo dia, que o que me dava nojo não era o país, mas aqueles ao meu redor, e também tinha nojo de mim mesma. E sabe por quê? Porque, no fim das contas, tinha medo de que chegasse o tempo das cerejas. E para querer o tempo das cerejas, é preciso ter fé que ele um dia chegará. O que é o tempo das cerejas? Natàlia lhe explicou. Conversaram por bastante tempo, enquanto os barulhos da cidade tomavam consistência e as brumas da noite desapareciam completamente. Màrius, agora, falava pelos cotovelos, como se se conhecessem desde sempre. Senti muito nojo, Màrius continuava, quando mataram Puig Antich. O mesmo nojo de quando aconteceu aquilo com meu avô. Natàlia se deteve, o que com seu avô? Meus pais não te disseram nada? Não... Meu avô está no manicômio, papai o confinou lá no ano passado.

Natàlia e Màrius ainda caminharam até chegar à Rambla. A Rambla, naquela hora, tinha uma cor esbranquiçada e as pessoas caminhavam ali como se sonhassem. Homens e mulheres dormiam dando pescadas nas cadeiras enfileiradas, e um gari recolhia o lixo da noite. Sentaram-se em uma cadeira, úmida pelo orvalho e pelo frio da madrugada, e ficaram ali pelo menos meia hora em silêncio. Então o papai está no manicômio... mas o pensamento de Natàlia estava em névoas densas e não vinha a chuva para desfazê-la...

... desde que conhecera os poetas do *El Manifiesto*, Màrius tem uma intenção, ele já sabe que uma coisa não tem nada a ver com a outra, pois é, mas não ignora que se soubessem, todos ririam, sobretudo Lola... Màrius queria fazer amor, estava cansado de se acariciar toda noite, de bruços, colado aos lençóis, fazia-o com a mesma complacência de quando era pequeno e tirava meleca e a mamãe lhe dizia, opa, seu porco, não tem lenço?, a mãe lhe dava uma bofetada no pescoço e, no fim, beijava sua nuca, justamente onde batera nele. Sílvia Claret sempre fazia o mesmo:

primeiro batia nele e depois beijava uma e outra vez no lugar onde o machucara, para que não ficasse nenhuma marca... Quando se tornou parte do grupo *El Manifiesto*, a primeira pessoa que viu foi Hidalgo, alto, magro, de olhar irônico e olhos inquisidores, glaciais, que sempre encontrava uma resposta plausível para tudo, tão perspicaz, tão culto, que sabia de memória os versos de Rimbaud... Hidalgo riria dele, não me diga que você ainda é virgem, cara. O que Hidalgo faria, ele já sabia: acabaria por ler ou recitar para ele Baudelaire, e falaria de Artaud e da destruição do eu, você não é você, você não tem individualidade, faria... Mas Hidalgo iria embora com Roser Roura, ambos ririam enquanto desaparecessem pela praia...

... mas sua vergonha era grande, como uma laje pesada que o acompanhava dia e noite, sempre a sós, como um coaxar que o pungia, que nunca parava e que não o deixava repousar, nem quando escutava Jimi Hendrix, velho amigo, por que você está morto? O negro que triunfa entre os brancos e os negros não acreditavam, como pode um negro triunfar entre os brancos se você não é branco, se você é negro? Como ele entendia Jimi Hendrix, que não era feliz em lugar nenhum, nem entre os negros nem entre os brancos... Ele também não era feliz, nem com os amigos do local de Santa Maria, o velho armazém de tecidos, nem com os do *El Manifiesto*, nem em casa, nem no colégio. Por isso gostava tanto de andar de moto, de participar de *moto trials* e de se afundar no negrume dos bosques, dominar a montanha enquanto salta e corre e os galhos das árvores se afastam para que possa passar, durante os três dias da corrida ele estivera no Brejo Escuro, perto da *masia* do avô, e vira como os campeões do mundo corriam, as motos zumbiam, um estalido curto de entrada e depois o brrr continuado de um motor que resmunga sem parar, ele queria ter uma Suzuki de sessenta e cinco cavalos, e espantar os galhos e pisar a caruma, enquanto o ar esvazia sua cabeça, você desce a colina, esquiva-se de uma torrente que impede sua passagem, encaminha-se pelo contraforte, voltas e voltas dentro do mato andando em zigue-zague pelos ermos. Cavaleiro moderno... Quando andava de moto acreditava que sim, que era feliz e que seria capaz de amar, as árvores o abraçavam brandindo as ramagens e lhe diziam, continue, continue, como se ele estivesse prestes a voar. Voar...

Natàlia e Màrius se despediram na altura da fonte de Canaletes. Observaram-se por um instante e Natàlia beijou Màrius como há tempos não beijava ninguém. Màrius a contemplou por bastante tempo, enquanto Natàlia se perdia rumo ao Portal de l'Àngel. Màrius escutou que os pássaros chilreavam no alto dos plátanos, enfileirados nos galhos que começavam a brotar. A primavera está vindo, pensou. E disparou a correr rumo a Gran Via pela rua de Pelai. Pisou em uma poça d'água e saltou entre os arco-íris feitos pela gasolina depois de chover. Feliz.

Rumo à praça de Urquinaona, um gari chamou Natàlia, *pero, chiquilla, ¿qué haces a estas horas solita por la calle?** Natàlia sorriu, alguém ainda a chamava de *chiquilla*. Chegou em casa sem fazer barulho, não queria acordar Patrícia. Foi ao banheiro e, depois de evacuar, olhou-se no espelho. Mexeu os lábios por um tempo porque sentia a boca seca, umas sombras escuras rodeavam seus olhos, estava com o rosto leitoso, como de doente. Despiu-se diante do espelho e começou a acariciar o sexo. Logo sua língua umedeceu os lábios e a pele que cerca a boca, seus olhos reluziam. O prazer durou um período muito curto. Recolheu a roupa que espalhara pelo chão e foi dormir. Fechou o gás, tal como Patrícia lhe recomendara no primeiro dia. Em uma cozinha do pátio interior já faziam barulho. A luz prateada da manhã acinzentava o

* Mas menina, o que está fazendo assim sozinha na rua a essa hora?

cômodo. “Na segunda-feira vou ver o Lluís, quero saber o que aconteceu com o papai.” Enquanto fechava os olhos e adormecia, viu uma porção de imagens brancas que avançavam em sua direção em zigue-zague. Depois apareceu a aranha, que a envolveu com seus milhares de patas peludas dentro do reino do sono.

SEXTA PARTE

Apenas sonhos

Não te acolhe o repouso
da boa sombra, da casa.
Apenas sonhos, no fundo
de minha mirada.
Salvador Espriu, *Primera història d'Esther*

... toda manhã, olhava as meias de seda. Eram meias claras, quase transparentes, de uma cor de tangerina, em cima de sua pele. Despertava, abria os olhos diante das primeiras luzes da aurora e não procurava o evangelho, como antes. Tampouco procurava o rádio, como depois. Procurava as meias. As meias estavam no espaldar da poltrona, com as pontas olhando para baixo, uma ao lado da outra, deixadas ali, com uma postura lânguida, como se não tivessem ânimo. Primeiro queria meias-calças daquelas que chegam até a cintura e se agarram aos pés, se agarram aos tornozelos, se agarram às pernas, se agarram aos joelhos, se agarram às coxas, se agarram à virilha, se agarram às ancas, se agarram ao baixo-ventre. Mas depois pensou que talvez fosse uma imundície, isso de usar meias que não podem respirar por lugar nenhum. Meias sem saída, fechadas, de fora para dentro. E comprou um par de meias sete oitavos, duas meias soltas. Iria prendê-las com a cinta, nada de liga, pois aperta as coxas. Por uma boa semana duvidou da cor das meias. Cor de maçã? Cor de flor de laranjeira? Cor de céu de chuva? Cor da noite? Cor de nuvem cinzenta? Cor de luz das estrelas? Tirava cada meia da sacola plástica, separava a cartolina com muito cuidado, deslizava a mão por dentro, estendia os dedos com a mão em forma de leque, de palmeira levantada pelo furacão, de estrela-do-mar, para que a seda ficasse bem esticada. Ficou assim por bastante tempo, analisou o efeito de cada uma. Ruminou sobre os prós e os contras. Cor de maçã, exagerada demais. Cor de flor de laranjeira, cor de cardeal. Cor de céu de chuva, um pouco mirrado. Cor da noite, cor de mortos. Cor de nuvem cinzenta, um tanto pálida. Cor de luz das estrelas, artificial. Cor de âmbar, cor lambida. Acariciou seu tato com as duas mãos. Primeiro tirou as luvas e pediu à atendente do armarinho que lhe mostrasse a cor cinza pérola. Não queria uma coisa muito exagerada, queria meias discretas. Meias de seda fina. Por fim, decidiu-se pela cor de tangerina, cor rosada e laranja, de tangerina temporã.

Provou-as naquela mesma noite. Tirou a roupa lentamente. Primeiro a calça, depois a camisa, a camiseta de baixo. Pôs-se diante do armário de mogno, o armário das bonecas de Judit, que Deus a tenha perdoado. Postou-se, então, diante do espelho, mas antes apagou as lamparinas e afastou a imagem de Nossa Senhora das Dores, que o observava com suas bochechas de cera, o rosto patético, os olhos chorosos, as mãos estendidas e o coração cheio de flechas. Começou a acariciar as meias, tão finas, como pétalas de botões, a afagá-las aos poucos, deixava os dedos deslizarem pela seda até embaixo, rumo às pontas. Eram meias de princesa. Os olhos um pouco sangrentos da Dolorosa ainda o observavam. Virou-a de costas, para um canto da parede. Mas a Virgem não saía do seu encalço e por fim, enfurecido, escondeu-a atrás de um dos biombos do salão dos fetiches. Aqui, bem quietinha, disse-lhe, vamos, hora de nanar. O manto de azeviche com bordados dourados era um fantasma dentro do salão. Mas ele já não via os olhos da Virgem.

Pegou as meias pela parte de cima e as enrolou até o tornozelo. As duas mãos dentro do buraco, fazendo força para fora, uma dobra após outra. Primeiro uma perna e depois a outra. Estendia o pé para cima, o peito do pé à mostra, como a Odile do *Lago dos cisnes* ou uma adolescente de Degas. Os dedos bem fechados, olhando para o chão, a planta bem curvada. Que peito do pé mais fino, parecia uma arte gótica, de tão perfeito. Começou a subir as meias, primeiro uma, depois a outra, com lentidão, rente à pele, içando-se pelas pernas. Até chegar à metade da coxa. Não usava cinta, não ousara comprá-la. Para poder se contemplar no espelho, teve que segurá-las com uma mão em cada lado. Ele ficava corcunda, mas as meias eram muito bonitas. Por fim, tirou-as e deixou-as em cima do espaldar da poltrona do quarto. Toda noite as acaricia antes de ir para a cama. Acaricia-as às escuras. Há apenas uma luz pálida do poste diante da casa, a luz que resvala por entre as frestas das venezianas, entre uma barra e outra, fazendo linhas de zebra. Enquanto afaga as meias, bem junto à bochecha, pensa que a luz do poste são raios de luar. E é então que acredita, também, que não está tão sozinho e que Judit, sua Judit, está perto...

Natàlia, na segunda de manhã, telefonou para o escritório de Lluís. Tenho que te ver, disse-lhe. Imediatamente?, sim, é urgente. Lluís a encontrou em um bar da Plaça Núñez de Arce, é claro, Natàlia chegara e começavam as complicações. Será que alguém foi dedo-duro, Patrícia?, não, ela não, tinha lhe prometido, jurado, que deixaria essa questão do pai nas mãos de Lluís Miralpeix, são assuntos de família, dissera-lhe, o que eu posso fazer? Encarna? também não, já tinha dores de cabeça o suficiente com o casamento, além disso, era discreta. Seu lema era que em boca fechada não entra mosca, desde pequeno a escutava dizer isso. Talvez Sílvia? Sílvia era uma linguaruda e, para lhe encher o saco... Não podiam esperar, caramba? Isso era coisa sua. Enfim, tratava-se do pai, não é, e era ele que tinha que falar com Natàlia. Deveria ter lhe escrito sobre isso. Mas essas coisas são difíceis de explicar por carta. O médico lhe dissera, seu pai vive um processo de neurose crônica, uma depressão irreversível, demência senil, falando em palavras comuns, e pode se tornar violento. Ele se preocupara que fosse bem atendido, ficava no pavilhão pago, o dos pensionistas, com uma enfermeira só para ele. Natàlia resolvia tudo com as "ideias": ia embora em momentos difíceis — mas deixou o sufoco da mãe em outras mãos, que fique bem entendido — e voltava para lhe dar lições de pureza. Lluís terminou uma planta que precisavam levar à copiadora e deixou o *sancta-sanctorum* para se encontrar com Natàlia.

O que você fez com o papai?, Natàlia esbravejou assim que se sentaram. Ele pediu um bíter; ela, um vermute branco seco. O que acha que eu fiz?, o que te disseram? Me disseram que você o prendeu em um manicômio, Natàlia falou. Veio um silêncio, curto, o garçom servia as bebidas. Quando o garçom foi embora, Lluís perguntou, quem te disse isso? Não é da sua conta, eu só quero saber se é verdade. O pai não está no manicômio, Lluís respondeu, vertendo a água gaseificada dentro do bíter. Então onde ele está?, Natàlia se impacientava. Na aparência, Lluís conservava a calma. O pai está em uma clínica. É claro, Natàlia ironizou, hoje chamam os manicômios de clínicas mentais. Olhe, garota, o pai envelheceu e... Natàlia o interrompeu, quer fazer o favor de me dizer onde posso encontrar o pai? Mas por que quer saber disso com tanta pressa? Você se preocupou em lhe escrever durante esses doze anos? Diga onde está o pai, não quero ficar brava. O pai está no manicômio de...

... assim, o pai estava no manicômio, no manicômio, no manicô, no mani no ma... O dicionário diz que manicômio é um hospital de loucos, dos que têm ideias fixas, obsessões. A ciência moderna avançara muito, tanto que os psiquiatras e antipsiquiatras fazem uma confusão diante da psique humana. Onde estão as teorias do velho sábio Freud, aquele que descobriu as zonas recônditas do inconsciente? A loucura é uma doença social?, é uma lesão do cérebro?, é uma questão genética?, Natàlia lera alguns artigos na Inglaterra sobre o tema, analisara-o da mesma forma que refletia sobre a natureza humana: como uma espectadora. De repente, as teorias e contrateorias formaram uma bagunça dentro de sua cabeça, assumiram um relevo diferente. A questão era outra: seu pai estava dentro da complicação. A palavra manicômio, hoje em dia, já não quer dizer nada. Os manicômios do século XIX, dos anos de Sade, não existem mais. Agora os loucos já não são acorrentados às barras da cama, nem são enfiados em banheiras, nem em jaulas. Mas o pai estava no manicômio, preso, sem capacidade para decidir nada sobre seu corpo e sua inteligência. A sabedoria popular, tão sensata e cruel, compilava frases e as transmitia a todas as idades e classes, você veio de Sant Boi? Parece que você vive em Sant Boi... Aquele ali é louco. Louco, maluco, anormal, demente, perturbado, pirado, tolo, alienado — se fizer literatura —, louco de pedra, não bate bem, doido, tem um parafuso a menos, fora de si, aloprado, biruta, lunático, *más loco que una cabra, majareta, he is crazy, isn't he?, il est fou, lunático, chiflado, mochales, he is mad...** não faça loucuras.

Está me escutando?, Lluís disse para Natàlia, mas o cérebro dela fora parar sabe-se lá onde. Lluís lhe confirmara que seu pai estava no manicômio e ela não conseguia fazer nada além de pensar em sinônimos de louco. Por que não me escreveu?, disse. Sei que você iria querer saber dos detalhes, do processo, e você verá, era urgente. Era cada vez mais difícil conviver com o pai. O pai, Lluís continuava, envelhecera. Desde que a mãe morreu, deixara de

* Mais louco que uma cabra, gagá, ele é louco, não é?, ele é louco, lunático, pirado, doido, ele é louco...

bater bem da cabeça. Primeiro chorou muito por ela, durante três meses ia todo dia ao cemitério. Passou a ter a mania de lhe deixar um cravo vermelho, um só cravo. Às vezes brigava com as floristas porque lhe ofereciam de outras cores, mas não, ele queria vermelho. Pensamos que isso era bom para ele, que era preciso se soltar, descontrolar-se. Recomendamos à Encarna que tivesse paciência. Mas os dias se passaram e ele começou a ter manias estranhas. Parou de trabalhar, na realidade trabalhava pouco, sobretudo desde que se passou aquilo do hotel de Lloret. Prenderam os dois, ele e Joan Claret, mas Claret é um homem importante e o soltaram ao fim de três dias. Como arquiteto, o pai já não valia nada. Erguera o hotel às pressas, queria deixá-lo pronto para a temporada turística. Construiu-o com materiais ruins e sem ver que, no subterrâneo, largaram material inflamável, pinturas, filmes e um barril de combustível. Isso era culpa do Claret, é claro, e do encarregado. Mas o pai não se preocupara que, no subterrâneo, houvesse ventilação. Além disso, a porta que abria para o subterrâneo fora construída ao contrário. Quem pensou nisso? Mas deixemos para lá. A questão é que o hotel se incendiou e morreram cinco pessoas que trabalhavam lá, todas carbonizadas. Um deles — soubemos disso depois — era homossexual e seus companheiros o faziam dormir separado, em um cômodo que dava para a adega, imagine como devem tê-lo encontrado. É claro que a culpa não era toda do pai. Por isso o soltaram logo. Mas a história o afetou. Cinco pessoas tinham morrido e ele se sentia culpado. O sentimento matara o pai, você sabe. Não soube sair da situação, como o Claret, que construiu mais hotéis em Lloret e Tossa, e aqui não aconteceu nada... O Claret sim que é um homem astuto, nunca afunda com o navio. Se ao menos, o pai me dizia, pudesse explicar tudo para sua mãe. Para o pai era um consolo se sentar na varanda interna, ao lado da mamãe, e acariciar sua mão. Quando ela morreu, afundou totalmente. Logo notamos que tinha obsessões. Fechava-se no quarto e escutávamos que falava sozinho. Não queria abrir para nós. Se saía, nos dirigia uma espécie de sorriso cheio de ambiguidade e de mistério, quase não nos olhava...

Uma vez, Lluís continuava, o tiraram do Café da Ópera porque beijara uma menina de catorze anos. Imagine a vergonha que passávamos. Não queria que a Encarna arrumasse seu quarto. A mulher nos telefonava todo dia, notávamos como estava inquieta. Chegou a ter medo do pai. Agora compreendo: não é nada agradável ter um louco em casa. Nós lhe dizíamos para ter paciência, que eram apenas manias de velho. Um dia, o pai saiu do quarto e se fechou no banheiro durante bastante tempo. A Encarna aproveitou para entrar: na cama, no lado onde mamãe dormia, havia uma boneca. Uma boneca?, Natàlia perguntou. Sim, uma boneca de porcelana que não tinha olhos nem mãos. Era uma boneca muito grande que mamãe conservara até o final, costumava deixá-la em cima do colo e a acariciava enquanto estava na varanda interna. Papai vestira a boneca com um conjunto de roupa íntima de seda e a Encarna disse que o conjunto tinha sido da mamãe. O papai deitara a boneca no lugar da mamãe, em cima de uns travesseiros. Falava com a boneca?, Natàlia perguntou. Imaginamos que sim. Conservava todas as bonecas da mamãe, sabe, e as guardava, como mamãe fazia, dentro do armário de mogno. A coisa não parecia que iria mais longe e aumentamos o salário da Encarna. É um velho, dizíamos, está caducando, tenha paciência. Mas, ao fim de um mês, começou com outras manias e queria que a Encarna trouxesse o jantar, para duas pessoas, ao quarto. Saía e voltava com muitos pacotes. Estava torrando seu dinheiro — o psiquiatra nos disse que um dos sintomas da depressão aguda é, justamente, gastar muito. A Encarna nos telefonou um dia toda perturbada: papai gastara uma quantidade imensa em roupas íntimas femininas, meias de seda, chapéus de palha, lenços italianos, luvas de pele, sutiãs... Amontoava tudo nas vitrines dos fetiches da mamãe, no salão dos biombos. Classificava-os por marcas: sutiãs Warner's, Belcor, meias Christian Dior, Panty... Tornou-se mal-humorado e não nos dirigia a palavra. A Encarna, um dia, veio nos ver: disse que ela não aguentava mais as esquisitices do pai, que aquilo não eram manias de velho, que o pai ficara louco... deixamos de alugar o apartamento da rua Bruc, enviamos a Encarna para a casa da tia Patrícia, e trouxemos o pai para casa. Foi ainda pior. Não gostava da comida, dizia que queríamos envenená-lo. Deixava a televisão bem alta e dizia que o locutor gritava tanto porque sabia que ele era um pouco surdo. Aborrecia Felisa, a diarista. Dizia que o perseguia, que roubara um dos seus chapéus da casa Prats. Vivia sujo e malvestido. Mas, ainda sim, nunca largava o chapéu, quando saía. Nem as luvas nem a bengala. Usava sempre um lenço em forma de triângulo no bolso do blazer e a corrente do relógio ficava pendurada no colete. A Sílvia tentou fazê-lo usar pulôver, mas ele dizia que não e não, que morreria de colete. Era ridículo. À noite, gritava Judit!, Judit, cravo vermelho!, e ria de uma forma que arrepiava, como um pássaro ou como uma grande ave de alta montanha... Devia se sentir muito sozinho, Natàlia disse. Talvez sim, Lluís admitiu, mas isso não muda o fato de que a convivência com ele fosse muito difícil, sabe?, a tranquilidade acabou em casa e eu, quando volto para casa, gosto de encontrar calma e quietude nela. Escapava. Ia falar com o porteiro, vestido como um vagabundo, e para nós era um transtorno ter que explicar para o porteiro que papai não estava bem da cabeça. Dizia que o espiávamos, que o seguíamos. Que os vizinhos o insultavam através das paredes. Nós íamos fazendo o que podíamos, até que uma manhã...

... acariciava meu sexo porque queria. Era meu, meu. Era meu e de Judit, era o sexo que Judit beijara. Ainda ficava ereto, eu era jovem, meu sexo me dizia, olha, cravo vermelho, você ainda é jovem, quem te beijará? Judit virá, cravinho, e ela será o orvalho... Judit, beije-o, é para você... Não ria, cravinho, vou te apertar dentro de mim, sem te machucar, eu não machucava você, não é?; espalhará as pétalas como a lua em cima do meu corpo, cravinho, acariciará o sexo e, talvez, você ficará e será geada. Você será um raio do luar e eu serei a terra, virá me beijar, assim, aos poucos, e depois eu serei o mar e você a areia, minhas mãos serão as ondas que te acariciarão, serei uma onda suave, beijarei seus pés, uma onda atrás da outra, e então serei o mar cansado e virá a tempestade, você será o vento revolto que desbravará o mar, como acalmar a tempestade?, não escuta o rumor do quebrar da onda?, e meu sexo será um seixo que beijará o vento... você será a abelha e eu serei o cravo, me picará, me chupará, o que restará de mim? E você será o Brejo Escuro e eu afundarei nele, desaparecerei, engolido pelos seus torvelinhos, estarei dentro do seu ventre, dentro de você. Dormirei...

... encontrei, então, o pai se masturbando com a boneca do lado dele. Ver um velho nesse estado! Ainda que seja seu pai. Além disso, havia outro assunto, papai tinha dinheiro no banco, muito, ainda que tenha precisado pagar, com o Claret, indenizações pesadas e honorários para o advogado por causa do hotel de Lloret. Eu precisava daquele dinheiro, queria ampliar o escritório, o Claret me fizera um crédito, sim, mas me tirava do sério ver como o papai gastava dinheiro com besteiras e o resto apodrecia no banco. Além disso, o pai também não queria vender a casa de Gualba, que estava em ruínas e nos ofereciam uma fortuna para construir um condomínio ali... Só queria a grana para ele, para suas extravagâncias. Ao ver que estava tão doente, buscamos um sanatório e não tivemos outra escolha a não ser incapacitá-lo... Podia ter começado por aqui, homem, Natàlia estava com os olhos em chamas, o que você queria era o dinheiro do papai. De novo, Lluís respondeu, você reduz tudo a esquemas. Não se tratava disso... Você acha que eu não tenho princípios? Eu também perdi, nessa questão toda, e não me refiro ao que teria feito se o papai tivesse me dado dinheiro quando eu precisava, não. Também perdi muito, vendo a mamãe que era uma babona e o papai fechado em si mesmo. Eu me esforçava para que se importassem comigo, para que fossem capazes de valorizar meu trabalho, meus êxitos nos estudos. Nossos pais construíram um mundo onde não cabia mais ninguém. A culpa é minha? Então só vocês são bons? Gostaria de saber o que você quer dizer com "vocês", Natàlia falou, vejo que você não mudou muito: ainda põe barreiras entre as pessoas, classifica-as. É o Lluís de sempre: ataca para se defender e não consigo ver do que você está se defendendo. Minha vida não é uma glória, Natàlia. Agora Lluís falava em voz mais baixa e insegura. Sempre tive que pagar pelo que você obteve com toda a facilidade. Antes de me casar com a Sílvia, tinha que pagar por minha ração de amor com uma puta. A Sílvia não queria que eu a tocasse, você não vai encostar em nem um fio da minha roupa, dizia de brincadeira, mas, em parte, era verdade. Se quero um amigo, tenho que pagar por ele. O Ramon fica atrás de mim e é meu amigo porque precisa de mim, a Sílvia é minha mulher porque precisa de mim, sabe que sem mim não iria a lugar nenhum... E o Màrius?, Natàlia falou. O Màrius é um produto da Sílvia, tem a sensibilidade à flor da pele. Sei que me menospreza. Eu, na sua idade, não sabia tantas coisas como ele, não tinha viajado. Ele conhece muitas coisas e as larga, tem tudo e não se dá conta do que tem. Quer saber de uma coisa?, pois ele é a única pessoa deste mundo que eu amo. Mas também tenho que pagar pelo seu afeto: no ano passado lhe comprei uma moto que me custou cerca de duzentas mil pesetas. Era o presente por ter terminado o ensino médio com boas notas e ainda estou esperando que me agradeça. Acho que ele quer ir embora de casa, Natàlia sugeriu. Muito bem, que o faça. Veremos como vai se virar. O que você pensa?, que não me esfalfo para ganhar dinheiro sem ter que cometer os desleixos que o pai fazia? Gostaria que a mãe o visse, pois nada do que eu fazia ela achava bom. Eu levo muita grana pra casa, sabe... E quer saber o que encontro lá?, apenas caras fechadas.

... Joan Miralpeix estava no Café da Ópera. Quando Judit ainda estava viva, iam lá com frequência e deixavam passar as horas até o entardecer. Judit o tratava como uma criança, não deixava que se descabelasse. Agora que parou de trabalhar, entedia-se terrivelmente. A Encarna sempre fica de cara feia, pois é, e não o deixa fazer nada. Não toque nisso, que vai quebrar... veja, se não fizer o que eu digo, agora mesmo telefono para o senhor Lluís e vão lhe dar aquela injeção que o senhor já sabe. A Encarna é uma bruxa, não o deixa ficar com as bonecas enfileiradas em cima da cômoda de mogno, ficam tão bonitas assim. Guarda-as no armário assim que ele sai. A Encarna é malvada, ele sabe muito bem que ela remexe nas vitrines do salão dos biombos, sempre encontra as caixinhas e as trompas de caça reviradas. Mas em casa, a Encarna manda: é assim. No outro dia, ele comprou os primeiros morangos, pequenos e carnosos, na Boqueria. Os morangos são macios, derretem na boca e deixam os lábios rosados... Então, ela, e agora, senhor!, por que gasta tanto? Diga-me, não percebe que os morangos são muito caros? Vou telefonar para o senhor Lluís... mas ele queria morangos, queria morangos, queria morangos! A boneca dos olhos esburacados lhe disse que queria um morango e ele lhe deu um e, por fim, pintou suas bochechas com o morango. Joan, abraçado à boneca, lembrou-se de Judit e caiu no choro. Entrou a bruxa, mas o que está fazendo, senhor? Vamos, já está crescido demais para isso! Eu quero a Judit, ela me disse que viria e ainda não veio. Não seja criança, não entende que a Judit está morta? Mentirosa!, a Judit virá... Perto do senhor Miralpeix, sentara-se uma menina vestindo jeans, deve ter uns catorze anos. A menina chupa um sorvete de casquinha de laranja.

A menina é um pouco gordinha, um cacho castanho cai por cima de sua testa. Tem o cabelo cacheado. Sentara-se na cadeira com as pernas abertas. A menina de jeans enfia o sorvete dentro da boca, passa-o pelos lábios, que ficam úmidos. Os lábios da menina são como um morango cristalizado, é gulosa, lambe o sorvete e ri. Diz, caramba! Outra menina a chama. Désirée! Então a menina de jeans, do cabelo cacheado e dos lábios de morango cristalizado se chama Désirée... Joan Miralpeix pensa, como gostaria de passar a língua pelo sorvete de laranja e pelos lábios de morango cristalizado. O garçom se aproxima, o que quer pedir hoje? Um xerez e azeitonas sevilhanas com caroço; porque ele gosta das azeitonas com caroço, que os dentes esbarrem com uma coisa dura, assim vê que ainda tem dentes, que ainda é jovem... A menina de jeans folheia uma revista de artistas enquanto lambe o sorvete, os lábios cada vez mais úmidos, molhados de morango... chega outra menina, e Désirée e a amiga exclamam, oi, Mabi! As três percebem que o velho as olha e cochicham entre elas. Riem. O botão de nácar de cima da blusa de Mabi se soltou e Désirée ainda passa os lábios pelo sorvete de laranja. Mabi e a outra foram ao banheiro e o velho estranho, com chapéu e bengala, aproximou-se de Désirée e lhe deu um beijo nos lábios, lábios de morango cristalizado, disse-lhe. Mabi, quando tiraram do bar o velho estranho, perguntou para Désirée, o que você sentiu quando ele te beijou? Não sei, Désirée falou, talvez um pouco de nojo.

Primeiro há a sala dos pobres. Iluminados por uma lâmpada de vinte e cinco watts, três fileiras de homens se sentam em bancos molhados de suor e tristeza. Olham para o vazio, não dizem nada. De vez em quando, um grito de cavalo, um riso rasgado. Alguém brande os braços como se levasse uma bandeira flamejante. Um homem de olhos desolados, de costas curvadas, pergunta ao porteiro, hoje também não vêm? É preciso atravessar a entrada lúgubre e escura para chegar a um jardim de cascalho e cercado de álamos. O jardim dá para o pavilhão dos pensionistas, dos que pagam.

Aqui, todos os enfermos convivem misturados. Natàlia fora ver o amigo de Emilio, o que estudava medicina e que, depois de tantos anos, a reconhecera. O amigo médico se especializara em diabetes, mas conhecia um psiquiatra da sua turma. Este, então, era quem mostrava o manicômio para Natàlia. Era um enorme trambolho, cercado de muros cinza e encrostados com diversos pavilhões e um parque no meio. Antes de se encontrar com o pai, queria conhecer onde ele vivia. Misturam os oligofrênicos, o psiquiatra dizia, com esquizofrênicos, os que têm paralisia cerebral, geralmente produzida pela sífilis, com alcoólatras ou pessoas com síndrome de Down... Há pouca coisa que podemos fazer. Na realidade, realizamos a psicoterapia com o enfermo da vez, mas depois tudo isso fica nas suas mãos, nas mãos dos religiosos e dos enfermeiros. Eles controlam a vida e a morte de todas essas pessoas. Às vezes chego a ver até duzentos enfermos por semana, depende. É claro que seu pai é um caso à parte, é dos que pagam. Não tenho quase contato com seu médico, nem quero ter. É um behaviorista. Segundo ele, tudo se resolve com pílulas ou com eletrochoques. E se seu pai, tal como você me contou, tem uma neurose depressiva, não acho que as pílulas vão ajudar. Deixam-no inconsciente e pronto. Passaram dois enfermos que arrastavam uma carroça cheia de tijolos. Eles trabalham?, Natàlia quis saber. Sim, os que não têm recursos. Os padres que administram o manicômio têm sua própria fábrica de tijolos, ganham milhões. Os enfermos se queixam do que recebem. Nós, médicos, dissemos que deveriam cobrar o décimo terceiro, mas, no momento, isso passou como fogo de palha. Também fazem aparelhos de televisão e de rádio para uma escola-rádio. Chamam o trabalho dos enfermos de "laborterapia".

Passaram ao lado de uma banca, podem ler o que quiserem?, Natàlia falou. As leituras são controladas. Vão à biblioteca os mais cultos, como seu pai. Mas os livros que mais abundam são os de religião. Na banca, você só encontra revistas. Não há jornais. Pense que há enfermos que estão aqui há mais de vinte anos e ignoram quase tudo do mundo exterior. Há quem poderia estar fora, mas ou não tem família, ou ela não quer se responsabilizar. Esse é o caso do seu pai, não? De toda forma, Natàlia falou, agora estou aqui e vou levar meu pai para casa. Será uma boa ação, o psiquiatra disse, seu pai será mais feliz lá fora que aqui dentro. Dos que estão aqui há muito tempo, o médico continuava, há quem tenha pegado a enfermidade da hospitalização e nunca se adaptará ao mundo externo. Mas não fogem?, Natàlia perguntou. Conheço um, o psiquiatra respondeu, que já escapou dez vezes e tem apenas vinte e nove anos. Quando volta, aplicam-lhe como castigo uma dose de terebintina na perna. Dói muito.

Você encontra de tudo aqui, o psiquiatra dizia. É como a prisão, um mundo à parte, há tráfico do que você quiser. Entraram no bar. No umbral, um rapaz muito jovem, vestido com um macacão de trabalho, pediu-lhes dinheiro. Um velho suplicou para que lhe pagassem um café. Aqui circula pouco dinheiro, o psiquiatra explicou, não podem comprar todo o café e tabaco que desejam. Sentaram-se perto da porta. Ao lado deles, havia um oligofrênico com olhos selvagens e que babava. Uma e outra vez, esfregava o rosto com uma chave. Repetia o gesto de modo incansável. Em um canto, um homem grande fingia que barbeava um cliente imaginário, três homens de boca aberta o contemplavam. Vi um campo de tênis dentro do parque, eles jogam? Não é para eles, o psiquiatra respondeu, é para a população da cidade. Uma vez por ano, para a festa de São João, trazem as mulheres do manicômio ao lado e celebram a festa juntos. Os zeladores se esforçam muito para separá-los, todo mundo se apalpa, procuram os enfermos pelo mato que dá para o muro, seguem-nos com lanternas... Queriam que os enfermos mentais não fizessem sexo, que fossem neutros, quando há tantas enfermidades que começam pelo sexo! Aproximou-se um homem jovem, moreno, alto e de ombros largos. Um cachecol de lã fina cobria seu pescoço. Esse, o psiquiatra falou em voz baixa, é o que escapou dez vezes. O homem moreno cumprimentou o psiquiatra. O médico o seguiu com a vista por um tempo, é um dos enfermos mais inteligentes que já conheci: é poeta e diz que escreve um romance. Parece com Miguel Hernández, Natàlia falou. Exatamente. Trabalhou em muitos ofícios e é capaz de citar Kant, Schopenhauer e Nietzsche. Interessa-se pelo existencialismo e gosta muito de Machado. Mas, segundo as regras da "normalidade", nunca se adaptaria ao mundo lá fora. Dorme em uma sala geral, entre oligofrênicos. Seu pai era pedreiro, morreu em um acidente de trabalho. Ensinou-lhe a ler e a escrever. O rapaz não digeriu a morte do pai, passou meia vida aqui dentro. É o que a psiquiatria tradicional chamaria de "um enfermo incurável". Bem, o médico pediu licença, é a hora da visita. Olhou para Natàlia, só queria que você entendesse uma coisa, sobretudo porque seu pai está aqui dentro: a realidade do enfermo é muito mais complexa e é preciso fazer um esforço para compreendê-la. Acredite em mim, continuou, sua realidade sempre tem um sentido.

O psiquiatra acompanhou Natàlia até o pavilhão dos pensionistas. Vou te deixar aqui, imagino que você queira ficar a sós com ele. Natàlia, enquanto avançava pelo corredor de paredes brancas e limpas rumo ao quarto do pai, sentia o corpo vazio. Doze anos tinham passado, vivera o suficiente para saber que tudo tinha nuances. Como encontraria o pai? Como era agora o homem que meio que a tirara de casa, disposto a denunciá-la para a polícia por ter abortado enquanto ele era o responsável por cinco mortes? Natàlia, hoje, via-se com coração para amá-lo. Seu pai já não seria seu pai, mas um pobre velho que achavam que estava louco, incapacitado e sozinho. A enfermeira lhe apontou o quarto, é aquele, disse. Natàlia abriu a porta e viu um quarto claro com uma janela próxima a um álamo. Ouvia-se o piar de pássaros, junto ao parapeito. Havia barras na janela. Sentado em uma cadeira, Natàlia encontrou um velho de olhar infantil e que sorria.

Natàlia, filha, o velho se levantou e a abraçou. Reconhecera--a. A menina, a menina estava aqui. Descabelada como sempre. Hoje, quando a enfermeira lhe dissera, você tem visita, ele imediatamente pensou: é a menina, ela voltou. E agora ela estava à sua frente: alta, com o rosto enérgico do velho Miralpeix e os olhos de Judit, que sempre olhavam longe. Sentaram-se com as mãos dadas, não se diziam nada. Natàlia achou que o pai estava mais gordo, completamente calvo, uma careca rosada, brilhante como a de uma criança que acabou de nascer. As olheiras já não estavam tão profundas nem tão escuras como antes, talvez porque tivesse engordado. O pai sorria e olhava para Natàlia. Vou te tirar daqui, Natàlia disse. Joan Miralpeix começou a falar como uma criança, eu não fiz nada feio, Natàlia, juro para você. Eles dizem que eu fazia coisas feias e eu só cometia o pecado de Adão e Eva. Agora já estou curado, e voltava a dizer: juro para você. Caso seja um castigo, já o expiei. Vou te tirar daqui, Natàlia repetiu. Mas o velho não a escutava, a vida é como um círculo, voltamos ao ponto de partida. Agora durmo com Judit, sabe, e os álamos acariciam nós dois... Natàlia apertava as mãos do pai, você vai vir morar comigo. Mas ele não a ouvia. O pai me diz para não me distrair e me bate, me machuca muito, mas tenho Judit para me defender, sabe? Judit e eu estamos tão contentes de voltar a viver juntos! Natàlia foi embora chorando.

... ao despertar, não ousava abrir os olhos. Ao ouvir os primeiros barulhos, o sino das sete, o do quarto ao lado que ia urinar, o bater de uma janela, o gorjeio dos pássaros, o vento que fazia a porta ranger, apertava as pálpebras com força. Ainda que identificasse os barulhos, que tudo lhe anunciasse a monotonia de um novo dia, ele não abria os olhos por um tempo, só depois que suas mãos, ensopadas de suor por uma noite de pesadelos, deixavam de sentir a tepidez dos lençóis, a aspereza das dobras da manta, espremida por suas convulsões. Então, lentamente, afrouxava as pálpebras e uma luz tênue, entre amarela e branca, o invadia. Suas pálpebras pareciam as asas de uma borboleta, rosadas, suaves, a meio caminho entre as trevas da noite e o novo dia. Aos poucos abria os olhos, virava um pouco a cabeça na direção da parede esquerda. Espreitava a mesa de cabeceira: a fotografia ainda estava ali. Seus olhos, ao perceberem aquela presença, arredondavam-se submersos entre pequenas rugas. Seu rosto inteiro se transformava. Sorria. Era um sorriso de plenitude, repousado. Isso de ver Judit lá, naquele retrato amarelado, toda vestida de voal, branca de neve e o cabelo cacheado, um cravo vermelho e o olhar distante, isso de sentir sua essência de malva-rosa queria dizer que ainda estava vivo.

À noite, antes de apagarem as luzes, colocava a fotografia em um ângulo agudo. Polia-a com a manga do pijama e assoprava-a para que não restasse nem um cisco de pó meio perdido. Olhava o retrato por bastante tempo, um conjunto de momentos intensos e isolados de todas as coisas involuntárias que o obrigaram a fazer durante o dia. Por fim, deixava-a em seu lugar, em cima da mesa de cabeceira que separava a cama da parede esquerda. O retrato lhe dizia: você ainda está vivo. Tinha medo de morrer à noite, quando o silêncio era sombrio e profundo como o Brejo Escuro. O silêncio era um inimigo, deus das trevas. Temia fechar os olhos e adormecer, agora que podia dormir. Mas ele nunca morreria porque tinha Judit.

Moià, outubro de 1976
(revisado em Barcelona em 1990)

1ª EDIÇÃO [2025] 1 reimpressão

ESTA OBRA FOI COMPOSTA PELO ESTÚDIO O.L.M./ FLAVIO PERALTA EM ELECTRA E IMPRESSA EM OFSETE PELA LIS GRÁFICA SOBRE PAPEL PÓLEN DA SUZANO S.A. PARA A EDITORA SCHWARCZ EM MARÇO DE 2026

FSC®
www.fsc.org
MISTO
Papel | Apoiando o manejo florestal responsável
FSC® C112738

A marca FSC® é a garantia de que a madeira utilizada na fabricação do papel deste livro provém de florestas que foram gerenciadas de maneira ambientalmente correta, socialmente justa e economicamente viável, além de outras fontes de origem controlada.